„Amicitiae nostrae memoriam spero sempiteram fore.“

Marcus Tullius Cicero

Das Hohe Tal

Das Buch der Großen Meister Teil I

Prolog

Der Himmel über den Bergen wurde langsam heller. Der dunkle Wald, der sich bis zu den Bergen erstreckte, begann tiefblau und schwarz zu schimmern. Die üppigen Tannen wogten im Wind und die hellgrauen Gipfel in der Ferne sahen darin wie Schaumkronen aus. Hinter den Felsmassiven in der Ferne erstrahlte der rosablaue Himmel.

Wunderschön, dachte Kyna. Sie fröstelte noch, aber ihr wurde wärmer beim Anblick der aufgehenden Sonne und sie atmete die nasse würzige Luft des Waldes tief ein. Er wird mir fehlen, der Wald, dachte sie und drehte sich nach Fynn um. Sie konnte ihn unten in einer Waldsenke gehen sehen, eine schlanke dunkle Gestalt, gefolgt von einer großen, hellen.

Wie weit war es noch bis zur Grenze? Wohl nur noch ein paar Stunden, hoffte Kyna. Aber die Zeit würde ausreichen um das Land zu verlassen, Atrisland, Kynas Heimat. Fynns Heimat war es nicht und wahrscheinlich war er auch deshalb mitgekommen. Sie mussten die Grenze am Steinernen Wall passieren, bevor am Drachenhof jemand ihr Verschwinden bemerkte und die Grenzwächter sie fanden.

Auf einer Anhöhe blieb Kyna stehen und wartete auf Fynn und den Silberkopf.

„Da seid ihr ja endlich, Fynn. Du musst ihn an die Leine nehmen. Er verbraucht seine ganze Kraft!"

„Er war an der Leine, Fräulein Schlau. Die Leine verfängt sich an jedem Ast."

„Ich hätte dich nicht mitnehmen sollen!" Kyna war wütend. Fynn lachte nur und sagte: „Wir hätten *ihn* nicht mitnehmen sollen."

Kyna schüttelte den Kopf. Der kleine Drache war der Grund, warum Kyna Atrisland verließ. Nein, der Grund war eigentlich ein Brief von ihrem Bruder Myron, der Drachenwart bei

König Kul war. Es war ein seltsamer Brief und Kyna hatte Angst bekommen, als sie ihn las.
„Sind wir bald an der Grenze?“, fragte Fynn.
„Ja.“
„Wie passieren wir die Grenze mit dem Riesenvieh?“ Er grinste. „Ach ja, wir haben übrigens auch keine Papiere.“
„Du hättest nicht mitkommen müssen!“
„Das ist keine Antwort auf meine Frage.“
„Geh mir einfach nach!“

Kyna ging weiter und konnte hören, wie Fynn mit dem Drachen schimpfte. Es wurde immer heller, die Zeit wurde knapp. Sie passierten Bankis Brücke, die letzte Brücke vor der Grenze. Kyna sah den breiten hellen Weg nach Bideli vor sich und schlug dann seufzend rechts den Weg ins dunkle Dickicht ein. Sie musste ständig die Äste wegdrücken, um den Weg freizumachen. Da sie ein wenig wütend auf Fynn war, kam sie schnell voran. Nach einer halben Stunde konnte sie hören wie Fynn sich keuchend näherte. Den Drachen zog er nun an der Leine hinter sich her.
„Wir passieren die Grenze wohl wirklich nicht am Grenzposten?“
„Nein.“

Die Bäume lichteten sich und es wurde steiler und steiniger, sie erreichten endlich die Baumgrenze. Vor ihnen türmte sich der weiße Bergkamm auf, darüber strahlte der herbstblaue Himmel. Es ist soweit, dachte sie. Fynn stand neben ihr und zog angesichts der Felswand die Augenbrauen hoch. „Da wollen wir drüber?“
„Ja. Los geht’s.“

Es gibt ein schönes, reiches Land,
in einem hohen Tal.
Es ist landauf, landab bekannt
und besungen viele Mal.

Das hohe Tal, es liegt versteckt,
hinter kahlen, steilen Bergen.
Ja dort, wo sich der Pass erstreckt,
und die Gipfel sich rosa verfärben.

Im Hohen Tal, so reich und schön,
leben die Drachenzüchter.
Sie haben viel Gold und feines Gewand
und wunderschöne Töchter.

In ihren Höfen hausen die Drachen,
gezähmt von ihren Söhnen.
Wenn sie mit Drachen Geschäfte machen,
müssen die Söhne fortgehen.

Im Austausch schicken mächtige Herren
edle Knappen ins Hohe Tal,
Fürstenkinder und Prinzen und Erben,
so geschah es schon viele Mal.

Nur einmal war kein Prinz dabei,
sondern ein dunkler Reiter,
er hatte ein Drachenei dabei,
und suchte den Großen Meister.

Teil I

Atrisland war kein Königreich, denn Atris war niemals König gewesen. Er war ein Heerführer aus der Armee der Waldemi, der nach ruhmvoller Soldatenzeit Land von seinem König verlangte. König Waldo ließ ihm nach den großen Kriegen Land zusprechen. Viel Land, weit weg von Waldemi, um den mächtigen Krieger von sich und seinen Armeen fernzuhalten.

So zog Atris mit seinen treuen Gefolgsleuten in das weitläufige Hochtal zwischen den beiden Bergketten Graue Türme und Steinerner Wall. Er beanspruchte das ganze Hochtal für sich und dort, wo das Tal nicht natürlich durch Bergmassive begrenzt war, errichtete er Mauern zum Schutz des Gebietes. Er lockte Händler und Bauern aus den angrenzenden Königreichen, um eine Stadt zu gründen, indem er verordnete, dass keine Abgaben an ihn entrichtet werden mussten. Bald bevölkerten ausgewanderte, machthungrige Clans das Gebiet rund um Atris Stadt. Dort entstand ein großer Markt und um ihn herum ein reges Stadtleben. Atris baute eine weiße Burg, in ihr tagte regelmäßig ein Rat aus Vertretern der Stadt und den umliegenden neu entstandenen Dörfern.

Doch Atris wollte nicht in die Geschichte eingehen als Gründer einer reichen Stadt, er wollte das Hochtal berühmt machen für Drachen. Nutzdrachen waren nach den großen Kriegen Mangelware und die Nachfrage stieg. Um sie zu züchten bedurfte es zweierlei: Geld und Mut. Geld war im Überfluss in seinem hohen Reich angekommen und mutige Züchter und Händler waren ihm gefolgt.

Die treuen Soldaten, die mit Atris in das Hochtal gezogen waren, brachen mit ihm auf in die Täler der Ewigkeit, um Drachen zu fangen und sie in das Hochtal zu bringen. Die Legende, die den Kindern in Atrisland erzählt wurde, besagte, dass heldenhafte Männer in den Tälern der Ewigkeit Jagd machten auf mächtige Drachen, sie unterwarfen und unter vielen Entbehrungen in das Hochtal brachten. Was Atris und seine Männer tatsächlich machten, war ein Diebeszug durch die Nester der Drachen, sie stahlen Eier, wie sie einst Kriegsbeute mitnahmen und brachten diese ins Hochtal. Die bestohlenen Drachen aus den Ewigen Tälern überfielen auf der Suche nach ihren Eiern das umliegende Land und verbreiteten mit ihrem Feuer Angst und Schrecken. Atris und seine Männer entkamen den Drachen jedoch auf einem Floß und brachten die Eier sicher in das Hochtal.

Die Dracheneier ließ Atris auf dem Markt von Atris Stadt unter den Clans versteigern. Wer Eier ersteigerte, musste sich verpflichten für zehn Generationen im Hochtal zu bleiben und bekam noch mehr Land zugesprochen, um mit der Drachenzucht zu beginnen. Die Clans, die erfolgreich in der Aufzucht waren, kreuzten die Typen und züchteten das Feuer und die Flugfähigkeit aus den Drachen heraus. Eine ganze Generation beschäftigte sich mit der Zucht der optimalen Nutzdrachen. Sie waren diejenigen die die großen Entbehrungen auf sich nahmen, die verletzt wurden oder starben, deren Häuser und Höfe im Drachenfeuer niederbrannten. Die überlebenden Töchter und Söhne dieser Pioniere begründeten die Dynastien der Drachenzüchter und machten Atrisland reich und berühmt.

Atris selbst erlebte die erste Drachenauktion noch mit. Er sah, wie die Drachen gehandelt wurden zum Preis von dreißig Pferden, wie sie wertvoller wurden als der Bidelitaler, das Gold und die Diamanten. Fürsten und Könige waren ins Hochtal gekommen, um die Drachen zu sehen und zu kaufen. Drachen für die Feldarbeit, für die Bewachung, für den Transport und für die großen Armeen.

Auch König Waldos Sohn, König Erle, war gekommen, um die Drachen zu sehen und zu kaufen. Als Kind hatte er den Feldherren seines Vaters bewundert. Er hatte miterlebt, wie Atris Heere in die Schlachten führte und ruhmreich wiederkehrte.

„Nun bist du auch ein König, Atris“, sagte er. „Der Drachenkönig im Drachenreich.“ Aber der alte Atris winkte nur ab und beobachtete, wie der nächste Drache den Fürsten und Königen vorgeführt wurde. Er hatte lange genug in den Kriegen von Königen gekämpft, um zu wissen, dass die Macht nicht von einer Krone ausging.

Kynas Vater war Drachenzüchter in der achten Generation und hieß, wie alle Erstgeborenen vor ihm, Kunder. Kunder der Erste lebte einst als Pferdezüchter in Bideli, dem angrenzenden Königreich und war ein ruhiger und geschäftstüchtiger Mann. Als er von dem abgabenfreien Gebiet im nahen Hochtal hörte, in dem der große Feldherr Atris eine Stadt gründen wollte, brach er mit seiner Familie auf und siedelte sich dort an. Die Familie lebte gut von der Pferdezucht in Atrisland und bald wurde Kunder der Erste in den Stadtrat berufen.

Als Atris im Rat seinen Plan verkündete, das Hochtal zum neuen Mittelpunkt der Drachenzucht zu machen, dachte Kunder der Erste, der alte Kriegsherr würde größenwahnsinnig. Doch er wurde eines Besseren belehrt, als Atris und seine Männer mit den Eiern aus den Tälern der Ewigkeit zurückkehrten und eine Auktion angesetzt wurde.

Sechzig Eier waren erbeutet worden und Kunder der Erste ersteigerte fünf. Die Drachenzucht war ein altes Handwerk und es gab viele Bücher und Schriften darüber und noch viel mehr Erzählungen und Lieder. Dennoch waren Drachen von den letzten Generationen kaum noch gezüchtet worden, da die großen Kriege alles Geld und alle Zeit verschlungen hatten. Aber die Stunde der Drachen wurde zurückkehren, das wusste Atris und Kunder der Erste wusste es auch.

Als die fünf Drachen auf Kunders Hof schlüpften, erwiesen sie sich als Feuerdrachen in unterschiedlicher Form und Farbe. Drachen waren nach ihrem ersten Sommer fortpflanzungsfähig und nach drei Sommern ausgewachsen. Kunders Ziel war es, in etwa zehn Sommern Drachen hervorzubringen, die als Nutzdrachen arbeiten konnten, kein Feuer mehr speien würden und keine Flügel mehr hatten. Auch wenn die Drachen während der Kriege aus den Landschaften verschwunden waren und es keine Gesetze gab, die in allen Königreichen galten, war es doch allgemein so, dass die Aufzucht und Haltung eines Feuerdrachen mit dem Tode bestraft werden konnte und die Aufzucht und Haltung eines Flugdrachen mit dem Tode und dem Bann der Familie. Kunder der Erste erwies sich als gewiefter Züchter und er brachte nach acht Sommern den ersten Nutzdrachen hervor. Sein Hof war dreimal abgebrannt und auch sein Gesinde war dezimiert, aber der Erfolg stellte sich ein. Er spezialisierte sich auf Arbeitsdrachen für die Feldarbeit und den Transport, welche auf vier Beinen standen und gingen. Sie waren etwa doppelt so hoch wie ein Pferd und zwanzigmal so stark. Es gelang ihm im neunten und zehnten Sommer die gezackten Schuppenkämme zu verkleinern und den Schwanz weiter zu verkürzen. Er war sehr zufrieden mit seinen Drachen und verkaufte zwölf bei der ersten großen Auktion. Seine Pferde verfütterte er an die Drachen und er war der erste Mann, der auf einem Drachen nach Atris Stadt ritt, um an einer Ratssitzung teilzunehmen.

Er baute seinen Drachenhof in eine befestigte Burganlage um. Im Inneren stand ein Haus mit zwei Nebenhäusern, sehr hoch, sodass diese von der Ferne wie drei Türme aussahen, umgeben von einer Mauer und einem Wassergraben. Die Wiese und das Waldstück rund um den Wassergraben wurde mit einer noch höheren Mauer umgrenzt. Dort lebten die frisch geschlüpften Drachen, stets beobachtet von einem Drachenwart aus einem der drei Türme. In den angrenzenden Waldlichtungen wurden Gehege errichtet. Dort lebten die älteren Drachen, die für den Verkauf vorbereitet wurden. Auch die Stallungen für das Vieh und die Pferde befanden sich dort, denn das Reiten auf Drachen in Atris Stadt und auf den Landwegen wurde bald verboten.

Kyna wuchs an Kunders Drachenhof auf, wie alle Kinder der Kunders vor ihr. Von ihrer Schlafstube aus konnte sie auf das Waldstück mit den Drachenjungen sehen. Sie sah sie schlüpfen und aufwachsen, sie spielte mit ihnen und sie weinte, wenn sie verkauft wurden. Kyna liebte die Drachen, den Wald und die Berge und sie wusste sie würde immer in Atrisland leben, zuerst als Tochter eines Drachenzüchters und später als Frau. Sie hörte die Lieder und Geschichten und jeden Sommer tanzte sie auf dem großen Fest nach der Auktion mit ihren Brüdern und Schwestern. Kyna wusste nichts von der Welt hinter den Bergen und sie war auch nicht an ihr interessiert. Das erste Mal bekam sie eine Ahnung von der Welt weit weg von zu Hause an dem Tag, an dem ihr Bruder Myron wegging, um Drachenwart bei König Kul zu werden. Denn an diesem Tag kam Fynn.

Es hatte nur wenige Sommer gedauert bis die Räte in der Weißen Burg erkannten, dass sie nicht nur Drachen in die angrenzenden Königreiche verkaufen konnten, sondern auch Drachenwarte. So begründeten sie den Berufsstand des Drachenwartes in Atrisland und jeder Züchter nahm, je nachdem wie groß er war, einen bis zehn Drachenlehrlinge bei sich auf. Nach sieben Sommern war die Ausbildung der Lehrlinge abgeschlossen und die jungen Drachenwarte nahmen Stellungen in Atrisland oder an großen Fürstenhöfen an. Der ranghöchste Drachenwart wurde üblicherweise Erster Drachenwart genannt.

Es gab etwa zwanzig Züchterfamilien in Atrisland. Sie alle züchteten Nutzdrachen für den Verkauf, aber die fünf größten Züchter züchteten mehr als die Hälfte des Bestandes. Die Kunden der großen Züchter waren Königs- und Fürstenhäuser, aber auch reiche Händler kauften die mächtigen Drachen zur Bewachung ihrer Güter und Transporte.

Wenn die Drachen an die großen fürstlichen Höfe verbracht wurden, kam stets ein ausgebildeter Drachenwart für die gelieferten Drachen mit. Nur Weibchen wurden verkauft, um keine Zucht der wertvollen Rassen außerhalb von Atrisland zu ermöglichen, und so verließen die kostbaren Drachendamen das Hochtal begleitet von einem jungen Burschen. Obwohl in Atrisland auch Mädchen zum Drachenwart ausgebildet wurden, wurden Frauen in diesem Beruf in den Königreichen nicht akzeptiert.

Mit der Zeit entstand die Tradition, dass die Züchterfamilien ihre zweit- und drittgeborenen Söhne als Drachenwart zu den Königen und Fürsten schickten. Wann immer dies geschah, schickten die Könige und Fürsten ihrerseits als Austausch einen zweit- oder drittgeborenen Sohn oder Höfling, der beim Züchter blieb und sieben Sommer lang ausgebildet wurde. Der Austausch fand meist nach der Auktion im Sommer statt, manchmal auch zu einem anderen Zeitpunkt, wenn ein Drache ohne Auktion verkauft worden war. Die Kinder der Drachenzüchter waren immer sehr aufgeregt, wenn ihre Brüder weggingen und neue Gesichter in den Lehrstuben und den Stallungen der Drachen auftauchten.

Auch Kyna und ihre ältere Schwester Adara bekamen mit ihren Brüdern und den Drachenlehrlingen Unterricht, allerdings nahmen sie nur am Geschichtsunterricht und der Lieder- und Länderkunde teil und arbeiteten nicht mit den Drachen in den Gehegen. Vater Kunder wollte nicht riskieren, dass eine seiner schönen Töchter von einem Drachen verletzt wurde und so waren die Mädchen morgens beim Unterricht und trennten sich nach dem Mittagessen von den Jungen, die den Nachmittag bei den Drachen verbrachten.

Die drei Häuser auf Kunders Drachenhof waren aufgeteilt in ein Haus für die Familie, ein Haus für die Lehrlinge und ein Haus für das Gesinde. Kyna und ihre Geschwister frühstückten mit den Eltern, nahmen aber die Mittags- und Abendmahlzeit in der Stube der Drachenlehrlinge ein. Girte war die Köchin der Drachenlehrlinge, eine dunkelhaarige temperamentvolle Dame aus den freien Südprovinzen.

Girte hatte keine Kinder und so galt ihre ganze Sorge den Drachenlehrlingen. Sie schlief als einzige vom Gesinde im Lehrlingshaus und trocknete bei den Neuankömmlingen so manche Träne. Während der Mahlzeiten versuchte sie meist vergeblich für Ruhe und Ordnung in der Stube zu sorgen. Girte schimpfte viel, auch ihrem Temperament geschuldet, aber sie liebte die Lehrlinge, ganz im Gegensatz zu den Drachen, wie ihre eigenen Kinder. Girte hatte im Süden nur Schlechtes über die edlen Tiere gehört, da waren sich die Lehrlinge sicher. Kynas Brüder, Mattyas und Myron, verängstigten sie ständig mit neuen Geschichten, sodass Girte beim Verlassen des Drachenhofes besorgt in ihrer Sprache vor sich hinzumurmeln begann, bis sie den Drachenwald und die großen Gehege endlich passiert hatte.

Die Kunderkinder Myron, Adara und Kyna waren unzertrennlich und nicht nur Girte, auch die Eltern hatten große Mühe die drei unter Kontrolle zu halten. Mattyas war älter und besonnen, er verbrachte mittlerweile kaum noch Zeit mit den Lehrlingen und den jüngeren Geschwistern. Er unterstütze Vater Kunder bei seinen Geschäften in Artis Stadt und ritt morgens nach dem Frühstück weg. Mattyas hieß eigentlich Kunder wie sein Vater, aber alle nannten ihn Mattyas, seit Adara ihn als kleines Kind so zu rufen begann. Nikli war die jüngste der Kunderschwestern. Sie war noch zu klein für den Unterricht, dennoch aß sie bereits bei Girte und pendelte mit ihren Spielsachen zwischen der Mutter im Familienhaus und Girte im Lehrlingshaus hin und her.

Myron war der beste Drachenwart den es in Atrisland gab, da war sich Kyna sicher. Meistens war er es, der mittags Girte eine wilde Geschichte über die Drachen zu erzählen begann. Der wiederkehrende Inhalt war, dass die Drachen entweder nachts in Girtes Küche gekommen waren und alles fressen wollten oder in Girtes Zimmer geklettert waren, um sie zu fressen - was er natürlich verhindert hatte. Adara und Kyna versuchten stets, möglichst lange nicht zu lachen, während Girte immer blasser und nervöser wurde, bis sie sich nicht mehr halten konnten und losprusteten.

Adara war sehr schön und Vater Kunder hatte bereits Mühe die Verehrer vom Drachenhof fernzuhalten. Adaras Traum war aus Atrisland wegzugehen und einen Fürsten im angrenzenden Königreich Bideli zu heiraten. Vater Kunder sprach nie darüber, aber Kyna war sich sicher, dass er versuchte über den Drachenhandel Kontakt zu einem Fürstenhaus herzustellen.

So kam es, dass sich an einem Spätsommertag nach der Auktion Vater Kunder beim Frühstück räusperte, um seiner Familie etwas mitzuteilen. Alle hörten auf zu sprechen und sahen Vater Kunder gespannt an. Kyna blickte in die Runde und sah, dass Myron unglücklich auf das Tischtuch starrte. „Liebe Kinder", begann Vater Kunder und lächelte, ganz besonders in Richtung Myron und Adara, „ich darf euch heute etwas Erfreuliches mitteilen".

Kyna dachte nach. Er hat Drachen verkauft, dachte sie. Und wer geht als Drachenwart mit? Sie erstarrte und sah Myron an. „König Kul wird sieben Drachen für seine Armee von uns erhalten und Myron wird als Drachenwart an seinen Hof gehen". Er räusperte sich noch mal. „Als Erster Drachenwart." Adara und Kyna sahen sich an. Sie wussten immer, dass dieser Tag kommen würde, aber nun, da es soweit war, traf es sie doch hart. „König Kul", sagte Adara. „Wow"
Und die kleine Nikli sagte: „Myron ist der Beste".
Kyna lächelte schwach. „Wer" fragte sie und sah ihren Vater an, „wird zu uns geschickt?"
Vater Kunder antwortete streng: „Ein Höfling"
„Hat er keinen Sohn?", fragte Adara.
„Nein", antwortete die Mutter.
Also kein Prinz für Adara, dachte Kyna.
„Wann?" fragte Kyna und sah Myron an.
„Morgen", antwortete Myron leise.
„Morgen?", rief Adara entsetzt, „Vater, da können wir ja kein Festmahl ausrichten!"
„Doch natürlich", antwortete die Mutter. „Wir feiern heute Abend, wenn die Gesandten des Königs eintreffen und verabschieden Myron morgen in der Früh."

Keiner sagte mehr etwas bis die Glocke der Lehrstube über den Hof erklang und die Kunders von ihrem Schweigen erlöste. Die Kunderkinder sprangen auf und liefen hinaus in Richtung Lehrlingshaus. Kyna blieb am Hof kurz stehen und atmete tief ein. Sie spürte Tränen aufsteigen, doch sie wollte nicht vor den Jungs im Unterricht weinen. Sie sammelte sich, schluckte die Tränen hinunter und ging festen Schrittes in Richtung Lehrlingshaus.

Von den Dingen, die der Lehrmeister an diesem Tag vortrug, merkte sich Kyna nichts. Mittags trottete sie traurig und gedankenverloren den anderen in die Stube zum Essen hinterher. Girte war schon dabei, die Speisen auf die Teller zu verteilen. Sie sah verheult aus und schüttelt immer wieder den Kopf. „Myron weggehen?“ flüsterte sie Kyna zu. Kyna nickte nur. Girte schüttelte den Kopf und murmelte etwas in ihrer Sprache. Myron ließ sich nichts anmerken, aber als die anderen Burschen zu den Drachen gingen, ging er ins Haus der Familie. Er muss packen, dachte Kyna. Sie lief ihm hinterher und klopfte an seine Tür.

„Myron?“

„Ja?“, sagte Myron mit leiser Stimme. Kyna ging in seine Schlafstube und schloss die Tür.

„Kann ich dir helfen?“

Er nickte nur und sie begann seine Kleidung zu falten und in die mit Drachen bemalte Reisetruhe zu legen. Wortlos packten sie gemeinsam alles ein bis nichts mehr da lag, erst dann sahen sie einander an. Kyna fragte:

„Nimmst du dein Pferd mit?“

„Nein.“

„Geht noch jemand von unserem Hof mit? Ein weiterer Drachenwart?“

„Nein.“

Dann atmete er tief ein und sagte: „Kyna, ich möchte dir etwas geben.“ Er zog ein kleines dickes Buch aus seiner Umhangtasche und überreichte es Kyna.

„Ich hab es neu binden lassen, mit Drachenleder, weil es so abgenützt war. Der Inhalt ist längst überholt, das sind alte Regeln für die Drachenzucht. Aber ich hatte es immer bei mir. Behalte es als Ande…behalte es.“

Kyna roch am Buch. Es roch süßlich.

„Danke Myron! Du hast aber viel darin gelesen. So überholt kann es nicht sein!“

Es war langsam dunkel geworden im Zimmer, die Gesandten mussten bald eintreffen. Myron und Kyna gingen zum Fenster und sahen hinaus zum Wassergraben und zum Drachenwald in dem die kleinen Drachen fiepend spielten. Da sahen sie vier Reiter aus dem Wald kommen und in Richtung Zugbrücke traben, gefolgt von einem Kastenwagen und drei weiteren Reitern. Die vier vorderen Reiter waren Soldaten, die zwei Herren neben dem Kutscher sahen wie ältere Höflinge aus. Zwei der hinteren Reiter sahen wie Boten aus, ihre Hüte waren sehr spitz und hatten lange weiße Federn. Zwischen ihnen ritt eine schlanke dunkle Gestalt, ein junger Bursche, schwarz gekleidet mit dunklem Haar. Das muss er sein, dachte Kyna.
Sie sah wie die Reiter und der Wagen im Hof zu stehen kamen und die Männer abstiegen. Mutter und Vater Kunder kamen in den Hof und begrüßten die Gesandten untertänig. Vater Kunder bat alle mit einladender Geste ins Haus. Adara stürmte in die Schlafstube.
„Los jetzt, wir müssen runter." Sie nahm Kyna an der Hand. Gemeinsam gingen sie hinter Myron die Treppe hinunter in die Halle. Die Drachenlehrlinge hatten bereits in Reih und Glied Aufstellung genommen und lugten verstohlen in den Saal zu den Speisen. Die kleine Nikli begrüßte alle Gesandten einzeln mit ihrer Puppe. Vater Kunder drehte sich erfreut um und sagte:
"…und das ist mein Sohn Myron und das sind meine Töchter Adara und Kyna."
Adara und Kyna lächelten höflich in Richtung ältere Herren.
Dann zeigt Vater Kunder auf den jungen Burschen in Schwarz und sagte: „Das ist Fynn. Er wird nun bei uns bleiben."
Adara und Kyna lächelten in Richtung Fynn und er machte so etwas Ähnliches wie eine Verbeugung.
„Dann gehen wir zu Tisch", sagte Vater Kunder und die Gesellschaft ging in den Saal. Nachdem alle angestoßen hatten, auf die Drachen und den Frieden, nahm sich Kyna Zeit, um

Fynn zu mustern. Er wirkte arrogant und unhöflich und Kyna würdigte ihn bereits nach der Vorspeise keines Blickes mehr. Als das Essen beendet war, verabschiedete er sich auch nicht, wie es üblich war, mit einem Gute-Nacht-Gruß. Er ging wortlos mit den anderen Burschen hinüber in das Lehrlingshaus.

„Ich mag ihn nicht“, sagte Kyna zu Adara, als sie gemeinsam zu ihren Schlafstuben hinauf gingen.

„Ich auch nicht“, sagte Adara finster. „Der ist niemals ein Höfling. Er hat sich völlig falsch verbeugt! Und ein Drachenwart? Niemals! Der sieht doch aus wie ein Bogenschütze.“

Kyna war traurig. Myron ging weg und als Austausch kam dieser Sonderling an den Hof. Sie freute sich so gar nicht auf den nächsten Tag.

Obwohl Kyna die ganze Nacht wach bleiben wollte, schlief sie ein und erwachte erst im Morgengrauen, als sie Stimmen im Hof hörte. Sie sprang auf und schlüpfte schnell in ihre Kleidung.

Kynas Kleidung war die Atris Tracht, eine Hose, ein knielanges Kleid, Stiefel und ein breiter Gürtel aus Drachenleder. Sie trug, wie alle Drachenzüchter, einen Gürtel, auf dem die Drachen der Familie eingeprägt waren und eine Schnalle mit dem Wappen der Familie. Nur die Drachenzüchter prägten Drachenköpfe auf ihre Gürtel - je größer die Zucht war, desto aufwendiger war der Gürtel. Alle anderen Bewohner von Atrisland trugen die breiten glänzenden Drachenledergürtel ohne Prägung, aber mit schmucken Schnallen. Auch Fynn hatte bei seiner Ankunft einen breiten schwarzen Gürtel getragen.

Man hatte ihn am Hof wohl entsprechend eingekleidet bevor er aufbrach. Jetzt stand er unten im Hof, ein wenig abseits von Myron und Mattyas, die sich unterhielten, und beobachtete den Drachenwald.

Kyna sah zu ihren beiden großen Brüdern hinunter. Beide schienen so groß und stark, wie zwei Krieger aus den Schriften in der Lehrstube. Myron war größer als Mattyas, obwohl er jünger war. Gerade beugte er sich ein wenig zu Mattyas hinunter, um ihm etwas zuzuflüstern.

Vater und Mutter Kunder kamen hinaus in den Hof. Mutter trug die kleine Nikli am Arm, die noch ganz verschlafen aussah und sich an ihre Puppe drückte. Es schien als wollte Mutter Kunder etwas zu Myron sagen, doch sie erstarrte plötzlich und blickte über die Zugbrücke hinweg zum Wald.

Dort standen sie, die sieben Drachen, die Myron zu König Kul bringen sollte. Auch Kyna starrte die Drachen an. Sie waren schwarzgrau und nicht nur größer als alle Drachen, die sie bisher gesehen hatte, sondern sie standen auch auf zwei Beinen und nicht auf vier. Die Kunders züchteten Drachen, die auf vier Beinen standen und gingen. Drachen, die sich auf zwei Beinen haushoch aufrichten konnten, hatte Kyna noch nie am Drachenhof gesehen. Auch hatten die Drachen einen ausgeprägten zackigen Kamm, der sich über den Rücken bis zur Schwanzspitze zog, obwohl die Drachen der Kunders dafür bekannt waren, dass der Kamm auf den Kopf beschränkt war und man deswegen besonders gut auf ihnen reiten konnte.

Das sind keine Transportdrachen für die Armee, dachte Kyna. Das sind Kampfdrachen.

Die sieben Drachen grollten und fauchten vor sich hin und einer von ihnen begann einen zweiten immer wieder zu stupsen. Die zwei Drachen, die sich stupsten, waren etwas größer als die restlichen fünf und sie begannen sich immer stärker zu stoßen. Das sind Männchen, dachte Kyna. Aber Männchen wurden doch nicht verkauft?

Myron hatte das Gezanke auch bemerkt und er lief los zur Zugbrücke. Er schrie etwas in Richtung der Drachen und der größte von ihnen brüllte laut zurück. Kyna sah wie der Drache sein Maul weit öffnete und nicht nur seine gewaltigen Zähne zeigte, sondern auch seine Zunge. Sie war schwarz. Kyna wurde bleich. Nur Feuerdrachen hatten schwarze Zungen. Feuerdrachen waren verboten und ihre Zucht und Haltung wurden mit dem Tode bestraft.

Der schwarze Drache beruhigte sich langsam und Myron kam unbeirrt in den Hof zurück. Vielleicht hab ich mich getäuscht, dachte Kyna. Es ist ja auch noch nicht ganz hell, die Sonne ist nicht komplett aufgegangen. Sie rieb sich sie Augen und ging hinunter in den Hof.

Myron und Mattyas unterhielten sich wieder und Fynn stand noch immer unbeteiligt daneben. Kyna blickte Myron an und wollte etwas sagen oder fragen, aber sie kam nicht dazu. Adara sprang herbei und klammerte sich heulend an Myron. Vater Kunder zog Adara von ihm weg und nahm sie tröstend in den Arm.

„So liebe Kinder“, sagte Vater Kunder, „bitte verabschiedet

euch jetzt von eurem Bruder.“

Mittlerweile hatten sich auch die Gesandten des Königs mit ihren Pferden vor der Zugbrücke versammelt. Die beiden älteren Herren übernahmen die Papiere für die Drachen vom Lehrmeister, der nicht nur für den Unterricht am Vormittag zuständig war, sondern auch für die Erstellung der Urkunden. Ohne Papiere war ein Drache nichts wert und es war auch nicht möglich mit ihm die Grenze zu passieren. Was würden die Grenzer wohl denken, wenn Myron mit den sieben Drachen und den Gesandten an der Grenze auftauchte? Wahrscheinlich würden die Grenzer davonlaufen, dachte Kyna.

Kyna fiel auf, dass der Kastenwagen nicht zur Abfahrt bereitstand. Seltsam, dachte sie. Aber vielleicht gehörte die Kutsche Fynn oder enthielt seine Sachen und blieb am Drachenhof.

Myron ging auf Kyna zu und sie fühlte wie ihr die Tränen in die Augen schossen. Myron sagte nichts, er umarmte sie nur kurz und fest und wandte sich Mutter und Nikli zu.

„Myron“, schluchzte die Mutter und auch Nikli fing an zu weinen. Sie drückte Myron ihre Puppe in die Hand, die eine kleine Stoffversion von Nikli mit blonden Strohhaaren und einem Miniatur-Ledergürtel der Kunders war.

„Für dich“, flüsterte Nikli und Kyna sah wie Myron die Puppe mit seiner Hand umklammerte, sodass seine Knöchel weiß hervortraten. Vater Kunder umarmte Myron und schüttelte ihn aufmunternd an der Schulter. Mattyas umarmte Myron kurz und sah ihn verschwörerisch an.

Kyna blickte zu Fynn hinüber der unbeteiligt daneben stand. Als Myron Fynn anblickte, rang Fynn sich ein Lächeln ab und sagte halb spöttisch, halb gelangweilt mit seiner tiefen Stimme: „Viel Glück, Drachenmeister.“ Dann sah er wieder hinüber zum Wald und zu den Drachen. Myron ging ohne sich umzudrehen über den Hof, an den wartenden Gesandten vorbei, überquerte die Zugbrücke und, Kyna traute ihren

Augen kaum, sprang auf den größten der Drachen. Ohne Decke, ohne Zaumzeug und Geschirr. Der Drache erhob sich und ging donnernden Schrittes an den anderen vorbei, voraus in den Wald hinein. Die anderen Drachen folgten ihm und dann mit etwas Abstand auch die Gesandten auf ihren Pferden. Kyna sah Myron nach, bis er mit den Drachen im Wald verschwunden war, dann drehte sie sich um und sah ihren Vater an. Er hatte einen Gesichtsausdruck den Kyna noch nie gesehen hatte. Er hatte Angst.

Ohne Myron waren Adara und Kyna die einzigen Kunderkinder in der Lehrstube und die sechs Drachenlehrlinge und Fynn als Neuzugang mussten sich erst neu ordnen. Die Burschen, die alle zu Myron aufgeblickt hatten, wirkten nun herrenlos und schienen zu überlegen, ob nun Adara oder Fynn als neuer Anführer taugten. Die Lehrlinge waren allesamt Söhne mächtiger Herren aus den umliegenden Königreichen.

Barti und Kimster, zwei Prinzen aus Bideli, waren am wenigsten weit von zu Hause entfernt und sie waren die einzigen, die Besuch aus ihrer Heimat bekamen.

Baldo und Fidibel, zwei Prinzen aus Waldemi, waren am weitesten von zu Hause entfernt. Baldo war bereits seit sieben Sommern am Drachenhof und würde nicht mehr lange bleiben.

Rikster war der Sohn eines reichen Händlers, er war vor fünf Sommern aus Bratsiland gekommen, als sein Vater zehn Transportdrachen von den Kunders übernommen hatte.

Kibri stammte aus Dleneland, er war der Sohn eines Fürsten, eng verwandt mit dem König, sehr ruhig und wie es Kyna schien, nicht unbedingt der Klügste.

Sie waren alle zwölf bis sechzehn Sommer alt und hatten die Ausbildung traditionsgemäß mit sieben oder acht Sommern begonnen. Fynn, der wohl drei Sommer älter als Prinz Baldo war, schien viel zu alt für einen Anfänger, aber gleichzeitig auch zu unerfahren in der Drachenzucht, um als Anführer zu taugen. So beschlossen die Lehrlinge, allen voran Prinz Baldo, sich an Adara zu halten.

Als die Lehrlinge und die Schwestern in der Lehrstube eintrafen, ordnete der Lehrmeister bereits seine Schriften und die Lehrlinge nahmen ihre Plätze ein. Für jeden gab es einen hölzernen Stuhl, die Sitzflächen waren bezogen mit Drachenleder. Die Kunderkinder hatten ihre Namen in die Stühle geritzt und keiner der anderen Lehrlinge wagte es sich dort hinzusetzen, wo einer der Namen stand. Fynn allerdings übersah die Namen oder aber er setzte sich mit Absicht auf Myrons Stuhl. Kyna und Adara blieben wie angewurzelt stehen, als sie ihn dort sitzen sahen und starrten ihn an.

Prinz Baldo, der zwar bemerkte, dass Fynn sich auf Myrons Stuhl gesetzt hatte, es aber elegant ignorierte, trat an Adara heran. „Fräulein Adara", begann er mit einer leichten Verbeugung, „wieso wurden wir heute nicht geweckt, um uns von Myron zu verabschieden?"

Adara sah Prinz Baldo an und wirkte überfordert. Fynn hatte sich lässig über die Stuhllehne gebeugt und sah Adara und Kyna herausfordernd an. Damit du nicht siehst, dass er mit sieben Feuerdrachen wegreitet, dachte Kyna und Fynn, der sie direkt ansah, schien grinsend dasselbe zu denken. Adara antwortet stammelnd: „Prinz Baldo… ich denke…weil, ihr habt euch doch gestern Abend …verabschiedet?"

Prinz Baldo war sichtlich unzufrieden mit der Antwort, aber er antwortete trotzdem mit einer Verbeugung: „Natürlich, Fräulein Adara." Der Lehrmeister räusperte sich und Kyna, Adara und Prinz Baldo nahmen ihre Plätze ein. Fynn saß nun zwischen Adara und Kyna und schien sich sehr wohlzufühlen, während Kyna und Adara wie versteinert dasaßen. „Du sitzt am falschen Platz", zischte Kyna ihn an und Adara fauchte: „Da drüben ist ein Stuhl neben Prinz Baldo, der ist für dich." Fynn deutete in Richtung Lehrmeister und sagte: „Bitte, ich versuche zuzuhören."

Als der Unterricht beendet war, schossen die Kunderschwestern von ihren Plätzen hoch und liefen allen voran in die Stube. Girte verteilte gerade summend das Essen auf die Teller. Sie hatte auf Myrons Platz an der langen Tafel nicht gedeckt und einen Teller für Fynn ganz am Ende vorbereitet.

Fynn der als letzter kam, setzte sich ruhig ans Ende der Tafel und begann zu essen. Prinz Baldo wollte die Stimmung

am Tisch heben und versuchte ein Gespräch über die letzte Lehrstunde zu beginnen. Es war um die sechzig Dracheneier gegangen, die Atris ins Hochtal gebracht hatte und die Drachenarten, die geschlüpft waren.
„Was war Atris doch für ein Held“, begann Prinz Baldo zu Adara blickend. „Mutig und entschlossen, schon als Heerführer bei meinem Ur..“ weiter kam er nicht, weil Fynn ihn lachend unterbrach.
„Wer war ein Held?“, fragte er grinsend mit seiner tiefen Stimme, die ihn noch älter schienen ließ als er war, und schnitt sein Fleisch auf.
„Atris“, antwortete Prinz Baldo, „der Gründer von..“.
„Atris war ein Schlächter und Räuber“, antwortete Fynn kauend, „er ist dafür verantwortlich, dass die komplette Landschaft um die Täler der Ewigkeit vernichtet worden ist. Tausende starben, nur damit ein paar gierige Clans…“.
„Was?“, fauchte Kyna. „Welche Clans?“ Und Adara zischte:
„Was erlaubst du dir? Das werde ich Vater sagen!“
Girte kam aus der Küche geeilt. „Kinder Ruhe! Fynn Essen! Kinder essen!“
Fynn sah Adara und Kyna belustigt an:
“Kein Wunder, dass Myron ein so großer Drachenwart ist. Bei den Schwestern…“

Adara sprang auf und schleuderte ihren Teller in Fynns Richtung. Sie traf mit ihrem Essen vor allem Prinz Baldo, da Fynn am Ende der Tafel saß. Der schaute nur erstaunt auf während die restlichen Lehrlinge betreten schwiegen. Adara rannte mit hochrotem Kopf aus der Stube. Kyna stand auch auf und ging Adara langsam nach, vorbei an der fassungslosen Girte. Die Drachenlehrlinge sahen Fynn abwartend an. Er wandte sich an die Runde und fragte: „Begrüßt ihr hier Neulinge immer so?“

Prinz Baldo, der das Geschehene nur schwer einordnen konnte, murmelte: „Nein, machen wir nicht. Machen wir

nicht“, und aß langsam weiter.
Girte sah Fynn an und sagte vorwurfsvoll: „Kunderschwestern nicht ärgern. Adara schnell wütend. Kyna lange böse.“ Fynn beugte sich über seinen Teller und aß weiter. „Das habe ich befürchtet“, sagte er.

Kyna und Adara verbrachten den Nachmittag auf der Wiese am Wassergraben und beobachteten die Drachenjungen im Wald. Die kleinen Drachen fiepten und versuchten die Schmetterlinge und Vögel zu fangen oder Löcher in die Erde zu graben. Während Adara laut Pläne schmiedete wie sie ihren Vater davon überzeugen konnte, Fynn fortzuschicken, konnte Kyna nur an Myron denken. Ob er wohl die Grenze passiert hatte? Bestimmt. Aber wo und wie würde er die Drachen füttern auf der langen Reise nach Kulman Stadt? Lies er sie jagen? Kyna war traurig.

Nicht nur weil Myron fort wahr, sondern weil er ihr verheimlicht hatte, dass er Kampfdrachen in den großen Gehegen großzog und trainierte. Feuerdrachen, das Wort wollte Kyna nicht einmal denken. Dennoch unterbrach sie Adara in ihrer Hasstirade und fragte:

„Adara?“

„Ja?“

„Hast du die Drachen heute Morgen gesehen?“

„Ja?“

„Ist dir etwas aufgefallen?“

„Das sie besonders hässlich waren?“

„Nein, sie standen auf zwei Beinen…“

„Armeedrachen eben. Riesige Biester.“

„Die züchten wir doch gar nicht?“

„Wir züchten was gebraucht wird.“

„Du klingst wie Mattyas! Ähm…, ist dir nicht aufgefallen, dass die Mäuler anders waren? Dass sie aussahen wie F…eben anders aussahen?“

„Nein.“

Kyna beließ es dabei, denn die Glocke zum Abendessen erklang. Adara seufzte tief und erhob sich aus dem Gras, Kyna folgte ihr und sie gingen über die Zugbrücke in den Hof. Kurz bevor sie das Haus der Lehrlinge erreichten, rief die Mutter aus dem Familienhaus heraus:

„Kyna! Adara!“

Adara verdrehte die Augen und sah Kyna vielsagend an. Kyna verdrehte die Augen und zuckte mit den Achseln. Nun würde es Schelte geben, wegen des Mittagessens. Kyna machte sich keine Sorgen, denn wenn Vater Kunder etwas gar nicht konnte, dann war es streng sein mit seinen Töchtern. Sie erinnerten ihn zu sehr an seine beiden geliebten Schwestern, besonders Adara, die Tante Kundra wie aus dem Gesicht geschnitten war. Wenn Tante Kundra und Tante Isla zu Besuch waren, konnte man bis in die frühen Morgenstunden lautes Lachen, Musik und Gesang aus der Kaminstube hören.

In ebendiese Kaminstube marschierten Adara und Kyna nun entschlossen ein und stellten sich vor ihren Eltern auf. Mutter und Vater Kunder blickten die beiden streng an. Vater Kunder räusperte sich. Adara und Kyna machten ihre großen blauen Augen besonders weit auf und sahen den Vater lächelnd an. Er blickte bereits ein bisschen weniger streng.

„Liebe Mädchen“, fing er an und räusperte sich erneut.

„Ja, Vater?“, fragen Adara und Kyna im Chor.

„Liebe Mädchen, ich würde euch doch bitten, etwas freundlicher zu unserem neuen Drachenlehrling Fynn zu sein.“

Adara und Kyna schwiegen.

„Also mir ist zu Ohren gekommen….also ich habe gehört, dass es eine Meinungsverschiedenheit beim Mittagstisch gab und ich möchte euch bitten, liebe Mädchen, dass ihr ein wenig netter seid.“

Kyna blickte zu Boden, Adara sah Vater Kunder fest in die Augen.

„Vater, dieser Fynn ist unmöglich. Er hat Sachen gesagt, die man… die man nicht sagt.“

Und er hat sich auf Myrons Stuhl gesetzt, dachte Kyna.

„Adara, liebes Kind, Fynn ist anders aufgewachsen. Er…“

„Am Hof sicher nicht!“, unterbrach Adara den Vater. „An

keinem Hof dieser Welt lernt man diese Manieren."
„Adara, sei nicht so herablassend. Benimm dich wie eine Tochter dieses Hauses, was sollen denn die jungen Prinzen denken?", rief die Mutter entsetzt.
Adara fixierte den Vater erneut. „Wer ist dieser Fynn?"
Vater Kunder schwieg. Er sah Kyna an und fragte: „Hast du auch etwas zu sagen?" Kyna sah ihn forschend an und fragte schließlich:
„Sind das Feuerdrachen mit denen Myron heute weggegangen ist?"
So, jetzt hatte sie es ausgesprochen. Vater Kunder sah Kyna ebenso forschend an und sagte schließlich:
„Ja."
Kyna schluckte. Adara blickte entgeistert in die Runde.
„Behaltet das für euch", sagte die Mutter.
„Für uns behalten?", rief Kyna. „Die Viecher marschieren gerade mit Myron durch zwei Königreiche zu König Kul! Myron und die Drachen tragen die Zeichen unserer Familie. Die Aufzucht und das Halten von Feuerdrachen werden mit dem T… werden bestraft." Kyna war den Tränen nahe.
„Myron marschiert nicht durch zwei Königreiche. Die Drachen werden auf einem Floß transportiert. Auf mehreren Flößen."
So wie einst Atris die Dracheneier stahl, dachte Kyna. Atris, der Schlächter und Räuber.
„So Mädchen, ihr beruhigt euch jetzt und geht essen", sagte die Mutter. Der Vater schwieg und sah die Mädchen besorgt an.

Adara nahm Kyna an der Hand. Sie gingen aus der Kaminstube durch die Halle in den dämmrigen Hof hinaus, ins Lehrlingshaus hinein und in die Stube zu den Burschen. Sie setzten sich wortlos und begannen zu essen. Kyna sah zu Myrons leerem Stuhl hinüber und ihr stiegen die Tränen in die Augen. Sie spülte den Eintopf schluckweise mit Wasser hinunter, während ihr die Tränen über die Wangen liefen. Adara nahm sie unter dem Tisch an der Hand, aber es half nicht. Kyna spürte, wie Fynn sie musterte. Verdammt, dachte sie. Jetzt denkt der auch noch, ich heule weil wir seinetwegen Schelte bekommen haben. Sie zog ihre Hand aus Adaras, stand langsam auf, sagte „Gute Nacht“ in Richtung Tischtuch und ging hinaus.

Die Zugbrücke war bereits hochgezogen. Kyna setzte sich auf die Mauer, blickte über den glänzenden Wassergraben in den dunklen Wald hinein und hörte die kleinen Drachenjungen leise unter ihren Bäumchen schnarchen. Sie erinnerte sich an den kleinen grünen Drachen, der in den Wassergraben gefallen war, und daran, wie Myron ihr nachgesprungen war, als sie versucht hatte das Tier zu retten. Plötzlich stand Fynn neben ihr.

„Ich weine nicht deinetwegen, du kannst wieder gehen.“

„Schon klar.“

Aber er blieb stehen. Dann sagte er:

„Dein Bruder kann das.“

„Selbst wenn das stimmt. Es ist verboten und wird mit dem Tod bestraft. Und zwar überall.“

„Es war nicht immer verboten. Vielleicht ändert sich das bald wieder.“

„Was? Wieso?“

„Feuerdrachen wurden schon immer im Krieg eingesetzt.“

Im Krieg? Kyna wusste nicht, was sie sagen sollte.

„Hat dir dein Bruder ein Buch geschenkt?“

Kyna wollte nicht antworten.

„Schau dir das einmal genauer an.“

Und weg war er.

Kyna schlug das Buch auf der meistgelesenen Seite auf und da stand:
'Feuerdrachen

Feuerdrachen sind mutige und loyale Gefährten. Bei guter Führung stellen sie keine Gefahr für den Menschen dar. In bedrohlichen Situationen werden sie angreifen und das Territorium und seine Einwohner verteidigen. Werden Feuerdrachen in Schlachten eingesetzt, müssen sie von ihrem Drachenmeister befehligt werden. Werden mehrere Drachen eingesetzt, befehligt man den mächtigsten unter ihnen.'

Weiter unten stand noch:

'Feuerdrachen können nicht gefüttert werden, sie sind Jäger. Die Halter von Feuerdrachen müssen im Besitz großer Wald- und Wiesenflächen sein, um dem Feuerdrachen ein Jagdgebiet zur Verfügung zu stellen.'

Aha, dachte Kyna. Was sollte das heißen? Hatte Myron die Feuerdrachen hier jagen lassen? Nein, die waren sicher gefüttert worden. Auf jeden Fall wusste sie jetzt nicht mehr als zuvor. Sie ärgerte über sich selbst, was hatte sie auch auf Fynn gehört. Was wollte der überhaupt wissen? „Dein Bruder kann das", hatte er gesagt. Wie sollte er das beurteilen können, nach einem Tag auf dem Drachenhof? Kyna legte das Buch weg und schloss ihre Augen. Sie dachte an Myron, sie vermisste ihn so sehr.

In den folgenden Monaten gewöhnten sich die Einwohner des Drachenhofes an die neue Situation und Fynn fügte sich in den Alltag ein. Myrons Stuhl war aus der Lehrstube verschwunden und Fynn saß nun auf einem Holzstuhl ganz außen am Fenster. Er behielt auch seinen Platz am Ende der Tafel und so kam es, dass Kyna und Fynn kaum mehr miteinander sprachen als die üblichen Grußworte. Adara ignorierte Fynn weiterhin demonstrativ und sprach eigentlich nur noch mit Kyna und Prinz Baldo, es sei denn, sie wurde etwas gefragt. So wurde es ruhig und beinahe langweilig am Drachenhof und alle freuten sich mehr als sonst auf die bevorstehende Auktion. Die Auktion wurde jeden Sommer im Atris Stadt veranstaltet. Sie fing frühmorgens mit dem festlichen Einzug der Züchterfamilien auf ihren geschmückten Drachen an und endete abends mit einem großen Fest in der Weißen Burg. Für die kleinen Züchter war die Auktion noch immer die wichtigste Einnahmequelle, für die großen Familien wie die Kunders war sie vor allem Tradition. Die alten Drachenzüchterdynastien wickelten ihre Geschäfte das ganze Jahr über ab und so passierten regelmäßig Drachen die Grenze am Steinernen Wall zwischen dem Hochtal und Bideli. Nur im Winter, wenn der Pass zuschneite, konnten die Tiere den Berg nicht überqueren. In schweren Wintern schafften es auch die Botenreiter nicht und Atrisland war abgeschnitten.

Mattyas wählte wie schon im letzten Sommer die Drachen für die Auktion aus und entschied sich, im Gegensatz zu Vater Kunder, auch immer für Drachenjungen. Das hatte dazu geführt, dass die kleine Nikli die Auktion nicht mitansehen wollte und so blieb sie bei Girte am Hof zurück. Girte selbst kam nie zur Auktion, denn nichts machte ihr mehr Angst als noch mehr Drachen als am Drachenhof nahe zu sein, noch dazu in einer ummauerten Stadt.

Dennoch bereitete sie mit den anderen Köchen und mit tatkräftiger Unterstützung von Nikli tagelang Speisen vor, denn die Drachenzüchter luden auf der Weißen Burg die Teilnehmer der Auktion auf ein Festmahl ein. Jede Züchterfamilie stellte eine große Tafel bereit und bewirtete Kunden und die Einwohner von Atris Stadt. Adara und Kyna halfen Mattyas und dem Lehrmeister beim Vorbereiten der Papiere für die Auktion und bestickten mit ihrer Mutter die Tischtücher mit dem Zeichen der Familie für die Tische der Gäste.

Fynn und die Drachenlehrlinge bereiteten mit den Drachenwarten die Drachen vor. Sie übten das Führen an der

Leine und die Befehle für Stehenbleiben und Niederlegen. Den Drachen wurde das Zeichen der Familie auf den Rücken gebrannt, dazu wurden sie mit dem Pulver der Mrillerpflanze betäubt.

Am Tag der Auktion zogen die Kunders mit den anderen Drachenzüchtern in die Stadt ein. Vater Kunder und Mattyas ritten jeweils auf einem Drachen, Adara und Kyna ritten zu zweit auf einem und Mutter Kunder wurde in einer Kutsche von zwei Drachen gezogen. Die Drachenwarte kamen dahinter reitend auf den ausgewachsenen Drachen die für die Auktion bestimmt waren und ganz zum Schluss folgten die Lehrlinge mit den Drachenjungen zu Fuß. Nach der Eröffnungszeremonie eröffnete der ständige Gesandte aus Waldemi im Namen des Rates die Auktion und Kyna und Adara ritten zur Weißen Burg, um bei den Vorbereitungen zu helfen.

Kyna liebte diesen Tag, doch die vielen Nachfragen nach Myron von den Töchtern der anderen Drachenzüchter stimmten sie traurig. Und so kam es, dass sie das Fest gar nicht mehr gut fand und nach dem langen Festessen begann sie die Lieder zu zählen, um nach dem zehnten Lied nach Hause zu gehen. Adara tanzte mit den Gästen der Kunders, endlich waren Fürstensöhne und reiche Händler als potenzielle Heiratskandidaten vor Ort.

Adara sah wie immer wunderschön aus und niemand beachtete Kyna, die hinter der üppigen Festtafel an der Burgmauer lehnte und auf Atris Stadt hinuntersah.

Die Lehrlinge tanzten mit den jüngeren Töchtern der Gäste und der anderen Züchterfamilien und amüsierten sich sichtlich sehr. Prinz Baldo hatte ganz rote Wangen und bat in seinem Überschwang sogar Adara um einen Tanz. Fynn der das Fest halb gelangweilt, halb amüsiert beobachtete, stand auf und stellte sich neben Kyna.

„Sucht sich deine Schwester heute einen Ehemann aus?“

„Vielleicht."
„Einen Drachenzüchter etwa?"
„Wer weiß. Ich denke nicht."
„Wieso?"
„Weil sie aus Atrisland wegmöchte. Am liebsten nach Bideli."
„Aha. Und du?"
„Ich bleibe hier."
Fynn sah nachdenklich aus.
„Hast du dir das Buch angesehen?"
„Ja."
„Und?"
„Feuerdrachen fressen Fleisch."
Fynn sah verwirrt aus. Aber bevor er noch etwas erwidern konnte, sagte Kyna:
„Ich gehe jetzt. Gute Nacht."
„Warte, ich komme mit. Wie kommen wir heim?"
„Mit einem Drachen natürlich, großer Drachenlehrling."
Kyna ging voran und Fynn folgte ihr. Vor der Weißen Burg stand Krindi, der alte Drachenwart mit der Drachendame Miri und wartete.
„Fräulein Kyna", sagte er und verbeugte sich leicht.
„Wir reiten nach Hause, Krindi."
„Gut, auf geht's."
„Wir reiten alleine Krindi. Geh doch hinein und genieße das Fest."
„Sicher, Fräulein Kyna?" Krindi musterte Fynn misstrauisch und sagte:
„Fynn ist erst kurz hier, ich denke nicht, dass er Miri führen kann. Auch, wenn Miri sehr brav ist." Er tätschelte die liegende Miri liebevoll am Hals und Miri grunzte genüsslich.
„Sicher", sagte Kyna und nickte bekräftigend.
„Na gut, Fräulein Kyna. Wollt ihr beide aufsitzen?"
Bevor Fynn etwas sagen konnte, antwortete Kyna:
„Ja, wir beide."

Kyna und Fynn saßen auf, Krindi band Miri los und überreichte dem vorne sitzenden Fynn die Zügel. „Gute Nacht!“, rief Krindi und ging, äußerst beschwingt für sein Alter, hinein in die Weiße Burg in Richtung Musik.
Miri setzte sich langsam in Bewegung. Kyna beugte sich zu Fynns Ohr und sagte:
„Geradeaus.“
„Bitte sei still, sonst verreiten wir uns.“
Kyna war zu müde zum Zanken. Sie schloss die Augen und spürte den sicheren Gang des Drachen unter sich.
„Hallo da hinten, schläfst du ein?“, fragte Fynn.
„Nein.“
„Du fällst drei Meter tief, wenn du dich nicht hältst. Will ich nur erwähnt haben.“
„Ach was. Rate, wer auf dem Drachen zu Burg geritten ist.“

Kyna schlief nicht. Sie betrachtete die Stadt im Mondlicht, das Stadttor, das mit Fackeln erhellt war und die alte Zugbrücke mit dem festlich geschmückten Geländer. Das Wasser im Graben glänzte schwarz und der Wald sah blau aus, still und ruhig in der mondhellen Nacht. Ja, dachte Kyna, ich bleibe hier. Kyna war ein wenig traurig, dass der Ritt durch das verträumte Atrisland gleich vorbei sein würde. Sie passierten bereits die ersten Gehege der Kunders. Dort lebten die ausgewachsenen Drachen für die Zucht, die Mauern der Gehege waren höher als die höchsten Bäume und leuchteten silbergrau im Mond. Kyna sah ein sehr hohes Gehege am Waldrand. Ein breiter, neu ausgetretener Weg führte hin. Das Gehege war ihr noch nie aufgefallen. Da müssen die Feuerdrachen drin gewesen sein, dachte sie. Myron. Sie hatte ihn für einen kurzen Moment vergessen.
„Halt an!“, forderte sie Fynn auf.
„Wieso?“
„Ich will da links hineinreiten.“
„Wozu?“

„Tu es einfach."
Fynn lenkte Miri nach links, doch die Drachendame blieb abrupt stehen und weigerte sich weiterzugehen. Sie grollte ängstlich. Kyna stupste Fynn an:
„Komm, wir steigen ab."
„Was?"
„Dann reite doch einfach weiter Fynn. Aber lass mich vorher runter."
Fynn schnaufte genervt.
„Run-ter", kommandierte er Miri. Miri bewegte sich nicht.
„Run-ter", versuchte er es noch einmal. Miri grollte lauter.
„Runter Miri, danke.", sagte Kyna. Und Miri legte sich hin.
Fynn stieg leise fluchend mit Kyna ab. Sie inspizierte den Weg, er war wirklich frisch ausgetreten. Sie sah zum Gehege am Waldrand, vom Boden aus wirkte es plötzlich dunkel und bedrohlich.
Kyna ging los.
„Kyna, das ist nicht dein Ernst."
„Reite heim Fynn. Gute Nacht."
„Das ist nicht dein Ernst. Mal ganz abgesehen von dem, was da wohl im Gehege schlummert, will ich nicht wissen, was hier im Wald unterwegs ist."
„Da ist gar nichts unterwegs, wenn Drachen in der Nähe sind." Kyna ging weiter.
Fynn folgte ihr. Das Tor zum Gehege war mit einem Schloss verschlossen.
„Und jetzt?", fragte Fynn.
„Wir gehen zum Futterschacht." Durch den Futterschacht wurde Futter in die Tröge gelassen. Wasser wurde meist von den Bächen in die Gehege geleitet, damit die Drachen immer frisches Wasser hatten. Das musste auch hier so sein, denn sie hörte ein Bächlein rauschen. Sie gingen die Mauer entlang ums Eck in Richtung Wald. Kein Futterschacht. Sie gingen wieder ums Eck. Kein Futterschacht, aber da war ein weiteres

Tor. Ein Tor zum Wald. Es war ein Zugtor und es war nicht gerade klein. Kyna sah Fynn an, er wirkte ruhig.
„Ein Tor zum Wald", flüsterte sie. *'Feuerdrachen können nicht gefüttert werden, sie sind Jäger.'* Fynn kapierte wohl nicht was los war.
„Fynn, die Drachen werden rausgel…", aber weiter kam sie nicht, denn ein knarzendes Geräusch setzte ein. Das Zugtor begann sich nach oben zu bewegen.
„Wie gesagt, tolle Idee."
„Fynn, was machen wir jetzt?"
„Hast nicht du gesagt, Feuerdrachen fressen Fleisch. Ich glaube, dass hast du mir heute erkl.."
„Fynn!!!"
Fynn nahm Kyna an der Hand und sie rannten los. Hoffentlich war das Zugtor langsam. Die Strecke zurück entlang dem Gehege schien endlos. Sie rannten auf Miri zu. Miri lag noch immer auf dem Hauptweg, aber sie hatte den Kopf gehoben. Kynas Brust brannte. Sie konnte nicht mehr, aber Fynn hielt ihre Hand fest umklammert und sie rannte weiter. Sie sprangen zugleich auf Miris Rücken und die Drachendame erhob sich hastig. Miri trabte panisch los in Richtung Drachenhof. Plötzlich wirkte der Wald bedrohlich, Kyna konnte das wilde Pochen von Miris Herz in ihren Schenkeln spüren. Vor dem Wassergraben blieb der Drache scharrend stehen. Fynn beugte sich vor zu Miris Ohr.
„Runter Miri, bitte", flüsterte er und sie legte sich hin.
„Wieso läutest du nicht die Glocke am Baum?"
„Weil die laut ist."
„Die sollen die Zugbrücke runterlassen."
„Besser nicht."
Fynn zog Kyna von Miris Rücken und Kyna versuchte Fynn nachzugehen, doch ihre Knie knickten ein. Fynn zerrte sie bis zur Wiese.
„Wir müssen ins Wasser.", sagte er.

„Ich kann nicht schwimmen."
Fynn schubste Kyna ins Wasser und sprang nach, er zog sie schwimmend bis zur anderen Seite zu den Steinen unter der Mauer. Unter einem Vorsprung hielt er sich an den Felsen fest. Er legte Kynas Arme auf den Stein und seine Hände darauf, um sie zu fixieren. Im Wassergraben war durch das frisch eingeleitete Wasser eine starke Strömung. Und es war kalt.
„F...", Fynn hielt ihr blitzschnell mit einer Hand den Mund zu. Plötzlich war eine Erschütterung zu spüren und Kyna sah wie am Waldrand ein großer Drache auftauchte. Sein zackiger Kamm zeichnete sich im Mondlicht ab. Er grollte leise und ging auf Miri zu. Miri hatte sich unterwürfig auf den Rücken gedreht und regte sich nicht. Der Drache richtete sich auf und hielt seine Nase in den Wind. Er sucht uns, dachte Kyna und begann zu zittern. Der Drache grollte lauter und weckte die schlafenden Drachenjungen, die verängstigt fiepten.

Der Drache ging näher an Miri heran und grollte noch lauter. Er öffnete sein Maul. Da drehte Fynn Kynas Gesicht zur Mauer und hielt es fest. Kyna sah wie es heller wurde um sie herum und hörte einen entsetzlichen Laut. Es roch nach ekelhaftem Feuer. Da wurde es plötzlich hektisch im Drachenhof, Lichter wurden entzündet. Kyna hörte in ihrer Schockstarre den Tumult und das mehrfach laut aufdröhnende Signalhorn der Wärter. Große Gefahr, bedeutet das Signal, das war noch nie erklungen am Drachenhof. Aufgeregte Stimmen näherten sich aus dem Wald. Es waren zwei Drachenwarte, sie brüllten dem Drachen Befehle zu. Der Drache hörte auf Feuer zu speien.
„Verdammt, lein ihn an!", schrie der eine dem anderen zu.
„Warum ist der nicht im Wald? Der läuft doch nie in die Richtung!"
„Verdammt, ist der grüne Drache tot?"
„Ja, verdammt. Den nehmen wir mit und verfüttern ihn. Der große soll ihn gleich ziehen."
„So eine Schweinerei."

Es dauerte eine gefühlte Ewigkeit bis die Wärter mit dem Feuerdrachen und seiner Beute im Wald verschwanden. Endlich wurde die Zugbrücke heruntergelassen.

Fynn schwamm mit Kyna zur Wiese. Kyna kroch aus dem Wasser und blieb erschöpft liegen. Sie fühlte sich gelähmt durch die Kälte, ihre Brust und ihre Beine brannten wie Feuer. Fynn zog sie hoch.

„Komm wir gehen rein."

Als sie den Hof vor den Häusern erreichten, stürmte der Lehrmeister, gefolgt von Girte und Nikli, herbei. Nikli fing an zu weinen, als sie Kyna nass und bleich dastehen sah.

Girte und der Lehrmeister starrten entgeistert.

„Wart ihr auf dem Drachen?", fragte der Lehrmeister.

Kyna nickte.

Der Lehrmeister sah Fynn streng an:

„Fynn, was war los?"

„Ich glaube, das sieht man", antwortete er.

Girte war außer sich:

„Drache frei gewesen! Drache gefährlich! Drache töten! Kyna sofort ins Haus. Fynn sofort ins Haus."

Kyna ging mit Girte und der weinenden Nikli in Richtung Familienhaus, Fynn mit dem schimpfenden Lehrmeister in Richtung Lehrlingshaus. Vor den Eingängen blieben beide stehen und sahen sich noch einmal über den Hof hinweg an.

„Danke", flüsterte Kyna durch die Nacht. Fynn schüttelte den Kopf und winkte ab. Bevor er im Eingang verschwand, blieb er kurz stehen und flüsterte auch noch ein Wort in Kynas Richtung. „Feuerdrache". Er grinste.

Der Vorfall vor der Zugbrücke am Abend der Auktion hatte zwei Folgen mit denen Kyna nicht gerechnet hatte.

Als erstes ging Girte. Girte packte gleich am nächsten Tag ihre Sachen und verließ die Kunders. Die Drachenlehrlinge waren schockiert und verabschiedeten Girte niedergeschlagen. Nikli veranstaltete ein Riesentheater und klammerte sich weinend an Girtes Bein als diese mit ihrer Reisetruhe im Hof stand. Mutter Kunder und Adara schafften es kaum sie zu beruhigen und mussten Nikli wegbringen, damit Girte sich in Ruhe von jedem verabschieden konnte. Kyna stand im Hof wie alle anderen um Lebewohl zu wünschen und sagte leise:

„Auf Wiedersehen, Girte“

„Kyna aufpassen. Kyna nicht mit Fynn spazieren.“

Kyna wollte Girte erneut erklären, dass der Vorfall nicht Fynns Schuld war. Das hatte sie ihr zwar, wie auch allen anderen, mehrmals erklärt, aber es schien so, als wollte man ihr nicht zuhören. Fynn, der daneben stand, machte eine abwinkende Handbewegung als wollte er sagen: Lass es bleiben.

Zu Fynn sagte Girte gar nichts, obwohl Fynn sich höflich verabschiedete. Sie drehte sich einfach weg und murmelte etwas in ihrer Sprache.

Später, nach dem Abendessen, das bei Weitem nicht so gut war wie sonst, sagte Kyna zu Fynn als sie an der Mauer standen:

„Es ist so schlimm, dass Girte weg ist.“

„Wieso?

„Hast du nicht gesehen, wie traurig die anderen Lehrlinge waren? Und Nikli? Girte hat jeden Tag mit Nikli gespielt. Nikli wird mir das nie verzeihen.“

„Nikli wird Girte vergessen. Sie ist zu klein.“

„Und alle denken, dass es deine Schuld ist, dabei war es meine.“

„Klar ist es meine Schuld.“

„Wieso?“

„Ich hab dich nicht abgehalten.“

Kyna war am Boden zerstört. Der tote Drache, alle am Drachenhof wussten nun über die Feuerdrachen Bescheid, der Weggang von Girte und die Sache mit Kindri – es war einfach alles ihre Schuld.

Mattyas hatte Kindri unverzüglich aus dem Dienst entlassen. Kyna hatte noch versucht es zu verhindern. Sie war aufgeregt zu Mattyas in das Kunderhaus nach Atris Stadt geritten, um seine Meinung zu ändern, aber es war zwecklos.

„Mattyas, bitte entlasse ihn nicht! Es war nicht seine Schuld, er wollte uns heimführen. Ich habe ihm gesagt, er soll bleiben und das Fest genießen."

„Das ist nicht deine Entscheidung, Kyna."

„Mattyas, bitte, Kindri ist alt. Er bekommt doch in ganz Atrisland keine Anstellung mehr, wenn du ihn entlässt."

„Das hätte er sich überlegen müssen, bevor er diesem Fynn die Zügel in die Hand gedrückt hat."

„Das war doch nicht Fynns Schuld! Ich wollte mir das Gehege anschauen und.."

„Natürlich."

„Ja, so war es."

„Ach, er wollte dich nicht mit einem kleinen Abenteuer beeindrucken?"

„Nein, so ist er nicht. Das würde er nie machen, er wollte heim und.."

„Oho! Da hat aber jemand seine Meinung geändert!
Da ist wohl viel passiert seitdem Adara und du ihn mit Essen beworfen habt!"

„Ich hab ihn nie mit…"

„Kyna, ich hab keine Zeit. Kindri ist entlassen und Fynn kann froh sein, dass wir ihn nicht wegschicken können."

„Wieso?" Kyna horchte auf. Würde sie endlich etwas über Fynn erfahren? In dem Moment kam Vater Kunder herein.

„Liebe Kinder, jetzt ist es aber genug."

„Vater, bitte entlasse Kindri nicht."

„Kindri ist entlassen, Kyna. Das hat nichts mit dem F… hat nichts mit dem Vorfall zu tun. Seine Aufgabe war den Drachen und dich sicher heimzubringen, das hat er nicht gemacht."
Kyna gab auf. Aber eines wollte sie noch wissen:
„Wieso können wir Fynn nicht wegschicken?"
„Willst du das?"
„Nein, aber…"
„Dann frag nicht."
Kyna ging niedergeschlagen zur Tür. Da räusperte sich Vater Kunder und sagte:
„Es ist eben so, Kyna."

Dann war Fynn wohl doch nicht so unwichtig wie er immer tat. Aber warum hatte Kul ihn geschickt? Fynn wusste bereits alles, was der Lehrmeister vortrug und vieles mehr. Und offensichtlich wusste er auch, wie man sich in gefährlichen Situationen verhielt. Er musste das alles irgendwo gelernt haben, nur wo?

Kyna ritt nach Hause und legte sich auf die Wiese zwischen die Drachenjungen. Sie war unglücklich. Myron war weg. Girte war weg. Kindri musste gehen. Nikli heulte nur noch. Und das Essen war auch noch schlecht.

Die Stimmung im Lehrlingshaus hatte ebenso ihren Tiefpunkt erreicht und so überlegte sich der Lehrmeister mit dem ersten Drachenwart, dass die Lehrlinge einige Zeit bei der Aufzucht der Drachenjungen mithelfen sollten.

In Atrisland lief die Drachenaufzucht auf jedem Hof gleich ab. Die Dracheneier wurden den Zuchtdrachen sofort genommen, nachdem sie gelegt waren, und in einem beheizten Bruthaus auf Strohnester gebettet. Sobald die Drachen geschlüpft waren, kamen sie in den sogenannten Drachenwald der zwischen dem Hof und dem Wald mit den Gehegen lag. Der Drachenwald war eine Wiese rings um den Drachenhof, der mit niederen Bäumen und Büschen bepflanzt war. Dort blieben die kleinen Drachen bis sie ihren ersten Sommer erlebt hatten. So lernten sie in der Gesellschaft anderer Tiere zu sein und gewöhnten sich an die Menschen, die ständig den Weg zum Hof passierten.

Die Aufgabe der Lehrlinge war es nun, die Dracheneier im Bruthaus zu beobachten und den schlüpfenden Drachen aus der Schale zu helfen. Fünfmal am Tag fütterten sie die kleinen Drachen im Drachenwald und hielten tagsüber abwechselnd Wache in einer der Wachstuben ganz oben in den drei Häusern des Drachenhofes.

Fynn langweilte sich natürlich noch mehr als sonst und er bat Kyna ihm bei der Nestbeobachtung Gesellschaft zu leisten.

„Kommst du mit nach dem Essen? Ich hab Dienst im Eierstall."

„Nenn ihn nicht so."

„Kommst du mit?"

„Von mir aus."

Adara beobachtete die beiden mit Argwohn. Als die Familie am Morgen nach der Auktion den Vorfall mit dem Feuerdrachen besprochen hatte, hatte Adara wiederholt verlangt, dass Fynn weggeschickt würde.

Kyna traf Fynn im Bruthaus zwischen den Strohnestern an. Er war in ein Pergament vertieft und schenkte den Eiern keine Beachtung.

„Du hast eh was zu lesen."

„Ich dachte du kommst nicht, weil Adara es verbietet."

„Blödsinn. Sie mag dich halt nicht, weil du unhöflich bist."

„Sie mag mich nicht, weil ich kein Prinz bin, den sie heiraten kann. Den hatte sie sich als Austausch für Myron erwartet." Er grinste. „Zu Recht."

„Blödsinn."

„Ihr seid schon ein komisches Schwesternpaar."

„Wie meinst du das?"

„Ihr habt keine Gemeinsamkeiten."

„Doch!" Kyna war verärgert. Was wollte Fynn? Worauf wollte er hinaus? Bevor sie noch etwas entgegnen konnte, sagte Fynn:

„Ich wollte dir etwas zeigen. Komm mit." Er ging zu einem Nest ganz hinten, das entfernt von den Fenstern im Halbdunkeln lag.
„Schau dir das Ei an." Das Ei war grau-grün. Dracheneier waren normalerweise grau-weiß.
„Es sieht anders aus." Kyna überlegte. „Ist das ein Feuerdrachenei?"
„Glaub ich nicht."
„Wieso nicht?"
„Weil die auch grau-weiß sind." Woher wusste Fynn das denn wieder? Er konnte überhaupt nicht mit Drachen umgehen, aber er wusste so viel über sie.
„Was ist es dann?"
Fynn zuckte mit den Achseln. In diesem Moment kam der Lehrmeister mit einem Drachenwart herein. Kyna hatte den Drachenwart noch nie gesehen. Obwohl die Kunders dreißig Drachenwarte beschäftigten, kannte Kyna alle vom Sehen, denn sie wohnten im Gesindehaus und grüßten immer freundlich. War er bereits der Ersatzmann für Kindri?
„Fräulein Kyna, also…der praktische Teil ist nicht für die Töchter vorgesehen", sagte der Lehrmeister und musterte Fynn streng. Fynn hielt dem Blick stand und stupste mit seiner Schriftrolle das Ei an. Der Drachenwart starrte besorgt auf das Ei, aber er wagte nichts zu Fynn zu sagen.
„Ich gehe, Lehrmeister. Vielen Dank!" sagte Kyna.

Sie ging zurück zum Drachenwald und setzte sich auf die Wiese. Vielleicht stand etwas in Myrons Buch darüber? Ach, das Buch war doch zu nichts zu gebrauchen. Kyna hatte gleich nach dem Vorfall mit dem Feuerdrachen das Buch durchgeblättert, um eine Nachricht von Myron darin zu entdecken, aber da war nichts. Es war ein Andenken, wie er gesagt hatte. Nach dem Abendessen sah Kyna trotzdem das Buch durch. Sie fand natürlich nichts.
Am nächsten Tag besuchte sie Fynn erneut im Bruthaus,

allerdings ohne vorherige Einladung seinerseits. Vielleicht wollte er den Bogen doch nicht überspannen, nachdem der Lehrmeister am Vortag nicht begeistert über Kynas Anwesenheit gewesen war. Er war wieder in eine Schrift vertieft, schon wieder in eine andere, wie Kyna bemerkte.
„Fynn, ich hab wegen dem Ei in Myrons Buch nachgeschaut und nichts gefunden."
„Natürlich nicht."
„Wieso?"
„Weil es ein Handbuch für Nutzdrachen ist."
Kyna sah ihn verwirrt an.
„Du meinst, das ist ein wildes .. ich meine ..von einem wilden.."
„Vielleicht."
Kyna ging zu dem Ei. Durch die grau-grüne Schale konnte man schon dunkle Schatten sehen. Der Drache würde bald schlüpfen. Frisch geschlüpfte Drachen waren in etwa so groß wie Katzen. Der hier schien nicht viel größer zu sein als andere Drachen, das Ei war es zumindest nicht. Nur die Farbe war anders.
Fynn klopfte gegen das Ei.
„Lass das!"
„Ich hol dich wenn es schlüpft."
„Denkst du Mattyas und Vater wissen, dass dieses Ei hier ist?"
„Sicher."
„Aber sie haben nichts gesagt?"
„Haben sie bei den Feuerdrachen ja auch nicht, oder?"
Das stimmte.
„Ich geh wieder zum Drachenhof. Bitte lass mich rufen, wenn es schlüpft."

Kyna war ein bisschen aufgeregt. Aber es geschah nichts und nach dem Abendessen gingen alle schlafen. Kyna schlief unruhig, sie wachte von einem Geräusch auf. Jemand warf Steine gegen ihr Fenster. Es war Fynn der unten stand und ungeduldig winkte. Kyna lief runter zur Tür und öffnete sie.

„Es geht los“, sagte er.
„Woher weißt du das?“
„Kommst du oder nicht?“
„Wie kommen wir über den Wassergraben, die Zugbrücke ist..“ Die Zugbrücke war heruntergelassen.
Fynn grinste.
„Lieber schwimmen?“

Sie liefen gemeinsam über die Brücke durch den dunklen Drachenwald zum Bruthaus. Hinten beim Nest stand der Drachenwart vom Vortag mit einer Laterne. Kyna und Fynn sahen auf das Ei, das bereits Sprünge hatte. Es war ganz ruhig im Gebäude, nur das Geräusch der immer weiter brechenden Eierschale war zu hören, das Knistern der Kamine und von draußen das Rauschen der Bäume. Dann ertönte ein leises Gurren, es kam vom schlüpfenden Drachen. So ein hohes, melodisches Gurren hatte Kyna noch nie von einem Drachen gehört. Wunderschön, dachte sie. Der Kopf des kleinen Drachen kam zum Vorschein. Er war hellgrau und oval mit einem grünen Kamm. Der Drache öffnete die Augen und blickte Kyna an. Seine Augen waren nicht braun-schwarz wie die der anderen Drachen am Hof, sie waren grün mit gelben Sprenkeln. Wilde Augen, dachte Kyna. Dann stieß der kleine Drache einen kurzen Schrei aus und sprang mit einem Satz aus dem Ei auf den Boden. Er stand zuerst auf zwei Beinen, dann kippte er vor auf vier. Er war noch sehr verschmiert, besonders an den Seiten klebte viel glänzender Schleim.

Der Drache schüttelte sich, als wollte er sich davon befreien und dann – Kyna traute ihren Augen nicht – breitete der Drache seitlich zwei Flügel aus und stellte sich wieder auf zwei Beine, ganz so als wollte er größer wirken. Er legte den Kopf schräg und schaute keck in die Runde.
Kyna wusste nicht was sie sagen sollte. Fynn sah den Drachen an, dann Kyna und sagte:
„Ein Flugdrache.“

Der Drachenwart hob den kleinen Flugdrachen vom Boden auf und trug ihn, gefolgt von Fynn und Kyna, hinaus in das Drachenwäldchen. Dort setzte er ihn vorsichtig unter einem Baum ab und legte ein paar Fleischbrocken vor ihn hin. Der kleine Drache ignorierte das Fleisch und musterte stattdessen leise gurrend die drei Menschen, die um ihn herumstanden. Der Drachenwart sagte: „Ein wunderschönes Exemplar. Ein Silberkopf mit einer grünen Zeichnung – außergewöhnlich. ¬Nun, ich denke, wir lassen ihn nun in Ruhe seine Umgebung erkunden und sehen morgen nach ihm." Weder Fynn noch Kyna antworteten ihm und so ging er einfach grußlos, zur großen Verwunderung von Kyna, nicht über die Zugbrücke in das Gesindehaus, sondern in Richtung große Gehege.

Sobald der Drachenwart verschwunden war, wagte sich der kleine Silberkopf aus dem Schatten des Baumes ins Mondlicht und gurrte Fynn und Kyna an.

„Du bist aber ein hübscher kleiner Kerl!", sagte Kyna und Fynn verdrehte die Augen. „Wo kommst du denn her kleiner Silberkopf, wie gefällt's dir denn hier?" Sie versuchte möglichst so zu klingen wie Mutter, wenn sie mit Nikli sprach. „Du bist der allerallerschönste Drache, den ich je gesehen habe."

Und das stimmte auch. All die Nutzdrachen, die Kyna je in Artisland gesehen hatte, waren große schwerfällige Tiere mit einer eintönigen grünlichen oder bräunlichen Schuppung. Sie sahen aus wie riesige Schlangen auf stämmigen Beinen mit kurzen Schwänzen und verkümmerten Flügeln. Dieser Drache aber war einfach perfekt. Obwohl er, wenn er sich aufrichtete, Kyna nicht einmal bis zum Bauch reichte, hatten seine Flügel bereits eine Spannweite von über einem Meter. Seine Schuppung war grausilbern mit einer smaragdartigen Zeichnung im Gesicht, einer filigrane Schuppung, welche die Augen umrandete und über die Stirn bis hin zum grünen Kamm verlief. Der Körper und die Beine des Drachen waren

lang und schlank, die Füße sahen aus wie die eines Greifvogels. Kyna sagte:
„Ich finde, er sieht ein wenig wie eine Eule aus – mit der Zeichnung im Gesicht.“ Und da Fynn nichts antwortete: „Ich finde ihn wirklich außergewöhnlich.“ Fynn sah den Drachen noch immer gedankenverloren an. Kyna bemerkte, dass der Drache die Fleischstückchen noch nicht gefressen hatte. Sie sagte:
„Du Fynn, der hat nichts gefressen. Normalerweise fressen die Drachenjungen immer gleich etwas, wenn sie ins Wäldchen kommen.“
„Mmh..vielleicht mag er kein Aas? Vielleicht frisst er Insekten oder Vögel? Das werden wir ja sehen. Komm gehen wir.“
Fynn gähnte und ging langsam los, Kyna folgte ihm. Der kleine Drache legte den Kopf schief und sah den beiden nach. Als Kyna sich auf der Zugbrücke umdrehte, um noch einmal nach ihm zu sehen, war er verschwunden.

Am nächsten Morgen lief Kyna noch vor dem Frühstück in das Drachenwäldchen, doch sie konnte den Drachen nicht finden. Die anderen Drachenjungen purzelten und tollten umher, aber der Silberkopf war nicht zu sehen. Kyna beschloss ihn zu rufen. Sie ahmte die Stimmlage nach, die Girte immer verwendet hatte, wenn sie laut nach Nikli gesucht hatte, obwohl sie genau wusste, dass Nikli in der Speisekammer war: „Ja, wo hast du dich denn versteckt kleiner Silberkopf? Ich kann dich ja gar nicht finden? Wo bist du denn?“ Da raschelte es hinter Kyna im Baum und sie drehte sich um. Der Silberkopf saß auf einem Ast der kleinen Buche und lugte vorsichtig durch das Blätterwerk hindurch. „Na, komm herunter kleiner Drache, oder frühstücken kleine Drachen nichts?“, flötete Kyna. Der kleine Drache sprang herunter und kam gurrend auf Kyna zu. „Magst du das?“, fragte Kyna und hielt ihm ein Hühnerei hin. Bevor Kyna sich überlegen konnte, ob sie das Ei lieber ins Gras legen sollte oder es ihm auf der flachen

Hand mit zusammengepressten Fingern wie bei einem Pferd hinhalten sollte, schnappte sich der kleine Drache das Ei und schlang es runter. Kyna konnte zwei Zahnreihen perfekter Reißzähne sehen, jeder schneeweiß und sehr, sehr spitz. Der kleine Drache gurrte zufrieden und verschwand wieder im Baum. Kyna lief schnell zurück, um sich nicht beim Frühstück zu verspäten.

Es saßen bereits alle am Tisch, als Kyna hereinkam, und hatten begonnen sich zu unterhalten. Mutter hatte Myrons Stuhl an die Wand neben den Kamin gestellt und die restlichen Stühle etwas lockerer um den Tisch verteilt. Kyna nahm sich gerade Milch und Brot als Vater Kunder sich räusperte und sagte:

„Liebe Kinder, ab heute haben wir einen ganz besonderen Gast in unserem Drachenwäldchen."

Alle Kunders sahen ihn gespannt hat, Mutter Kunder nicht wirklich begeistert, denn sie hatte den Unfall mit den Feuerdrachen noch immer nicht ganz verkraftet. Vater Kunder fuhr stolz fort:

„Ab heute lebt ein Silberkopf, ein besonders schönes Exemplar möchte ich hinzufügen, in unserem Wäldchen. Er wird wohl bis zum nächsten Sommer bei uns bleiben."

Nikli, die seit Girtes Weggang äußerst störrisch und unausgeglichen war, fragte: „Wieso muss er dann weggehen?"

Vater Kunder räusperte sich und antwortete: „Länger kann er nicht bleiben, Nikli-Kind, die Silberköpfe werden nämlich", er räusperte sich erneut, „recht groß."

Kyna musterte Mattyas, der noch gar nichts gesagt hatte, und ihren Vater und fragte: „Wo kommt der Silberkopf her? Habt ihr das Ei gekauft?" Mattyas und Vater sahen sich kurz an, dann sagte der Vater: „Das Ei war ein Geschenk."

Kyna wollte fragen: Von wem? Aber die Mutter sah sie streng an und sie ließ es bleiben. Nach dem Frühstück ertönte die Glocke und als Adara und Kyna hinaus in den Hof gingen,

sahen sie die Drachenlehrlinge, auch Fynn, an der Mauer stehen und über den Wassergraben in das Wäldchen schauen.
„Ich sehe ihn nicht“, sagte Prinz Kimster.
„Er sitzt da im Baum“, sagte Fynn.
„Ah, was für ein herrliches Tier“, rief Prinz Baldo. „Fidibel, schau, da sitzt er.“
„Guten Morgen“, sagten Kyna und Adara und die Lehrlinge machten, bis auf Fynn, eine kleine Verbeugung. Prinz Baldo frage Adara:
„Fräulein Adara, haben Sie den Silberkopf schon gesehen? Ist er nicht atemberaubend? Er scheint aber nicht zu fressen! Ich bin heute mit dem Füttern im Wäldchen dran, ich bin schon sehr gespannt wie er sich wohl verhalten wird und werde es Ihnen dann berichten.“
Kyna sagte: „Ich habe ihm heute Morgen ein Ei gegeben, das mochte er.“
Prinz Baldo antwortete: „Vielen Dank, Fräulein Kyna, sehr gut, dass ich das weiß, dann werde ich es auch mit Ei versuchen.“

Kyna erwartete sich, dass der Lehrmeister ein wenig vom Silberkopf erzählen würde, aber das tat er nicht. Er fuhr stattdessen mit der Länderkunde fort und erklärte die Fürstenhäuser von Waldemi. Kyna überlegte, dass sie über wilde Drachenarten gar nichts wusste. In Atrisland unterschied man Transportdrachen, Wachdrachen und Armeedrachen – wobei die Feuer speienden Armeedrachen, die sogenannten Feuerdrachen, verboten worden waren. Flugdrachen waren nicht verboten, denn es gab sie ja nirgendwo.

Kyna stellte sich vor, dass der Silberkopf tatsächlich fliegen könnte und die Idee gefiel ihr. Aber wenn er wirklich fliegen konnte, würde er nicht im Wäldchen bleiben, hatten Mattyas und Vater darüber nachgedacht? Ach was, sicher konnte er nicht fliegen, die Flugfähigkeit war überall aus den Drachen herausgezüchtet worden. Es sei denn das Ei war wirklich von einem wilden Drachen. Das war aber doch sehr unwahrscheinlich.

Beim Mittagessen gab es wieder Schwierigkeiten mit Nikli, die nicht essen wollte und den Eintopf von Girte verlangte. Adara wandte sich noch bevor sie aufgegessen hatten leise an Kyna und frage:

„Was meinst du, gehen wir mit Nikli den Silberkopf suchen? Vielleicht gefällt er ihr ja?"

Kyna nickte und sie nahmen Nikli links und rechts an der Hand, zogen sie vom Stuhl und gingen mit ihr hinaus über die Zugbrücke zum Wäldchen. Kyna hatte etwas Fleisch mitgenommen, gekochtes Fleisch vom Mittagessen, und rief den Drachen. Es raschelte wieder in der Buche.

Man sah kurz wie sich die Blätter bewegten, dann glitt der Silberkopf lautlos auf die Wiese. Viel kontrollierter als heute Morgen, dachte Kyna und rief: „Silberkopf, schau was ich da für dich habe!" Sie hielt ihm das Fleisch hin und er schnappte es sich, so schnell konnte Kyna gar nicht schauen.

Adara stellte sich etwas nervös vor Nikli. „Der ist ja doch schon recht groß", meinte sie vorsichtig und Kyna beschwichtigte:

„Er wirkt nur größer, weil sein Schwanz lang ist und weil er Flügel hat."

Nikli sagte nichts, sie schien sich aber nicht zu fürchten. Sie sah Adara an und fragte: „Kann er fliegen?"

„Noch nicht, Nikli-Maus", sagte Adara, „aber sicher bald."

Nikli ließ Adaras Hand los, ging einen Schritt auf den Silberkopf zu, der im aufrechten Stand genauso groß war wie sie, und sagte: „Hallo."

Der kleine Drache gurrte. Der Laut klang genau wie Niklis „Hallo", hoch und freundlich. Dann rief Nikli:

„Du musst fliegen."

Sie begann ihre Arme auf- und abzuschwingen und um den Drachen herumzuspringen. Adara trat unruhig von einem Bein auf das andere, Kyna wusste nicht, was sie davon halten sollte. Da fauchte plötzlich Fynn in ihr Ohr:

„Sehr schlau, vor einem wilden Drachen verrückt herumzuspringen. Sie muss mit dem Gefuchtel aufhören." Er hielt einen Ast kampfbereit wie ein Schwert in der Hand.
Adara, die wohl tatsächlich einer Meinung mit Fynn war, rief:
„Nikli-Maus, nicht so wild, er bekommt ja Angst. Komm wir gehen noch zu den Fohlen, du kannst dann am Rückweg noch einmal Hallo sagen."
Sie streckte ihre Hand aus, um Nikli bei ihrer nächsten Umdrehung abzufangen. Doch da stieß der Drache einen kurzen, wilden Schrei aus und begann Nikli nachzulaufen. Fynn holte aus. Doch bevor er zuschlagen konnte, hielt Kyna ihn am Arm fest und sagte:
„Nicht, die spielen nur! Der Drache macht sie nach!"
Fynn schien nicht überzeugt, aber er zögerte. Nikli begann auf den großen Steinen im Gras auf- und abzuspringen und der Silberkopf sprang ihr begeistert kreischend nach. Adara war noch immer kreidebleich, aber sie traute sich nun zu Nikli hinzugehen, sie an die Hand zu nehmen und sagte:
„Komm Nikli, wir gehen zu den Fohlen."
Der Silberkopf hielt erstaunt inne, als Nikli zu spielen aufhörte und gurrte ihr leise nach. Nikli drehte sich lachend und winkend um während sie an Adaras Hand vergnügt davonsprang. Fynn hielt noch immer den Ast in der Hand und fragte:
„War das deine Idee?"
„Nein, Adara meinte, Nikli könnte der Silberkopf gefallen und dann sind wir gemeinsam hergekommen."
„Adara, natürlich. Aber du bist doch ein wenig schlauer, oder? Ist dir nicht klar, dass das ein wildes Tier ist?"
„Ach was, wild. Fynn, wo soll denn ein wildes Ei herkommen? Aus den Tälern der Ewigkeit?"
„Glaub mir, der ist wild", knurrte Fynn und schleuderte den Ast auf die Wiese. Dann ging er davon.

Kyna hatte in letzter Zeit immer seltener an Myron gedacht, denn der Vorfall mit dem Feuerdrachen und der Silberkopf hatten sie abgelenkt. Es waren immer nur Kleinigkeiten, die sie an ihn erinnerten und den Schmerz kurz aufkochen ließen. Zum Beispiel, wenn Mattyas auf Myrons Pferd davonritt oder wenn es Pastinakeneintopf mit Hühnerfleisch gab. Meistens wurde sie durch Adara an Myron erinnert. Sie sahen sich unglaublich ähnlich, auch wenn Myron zwei Sommer älter als Adara war.

Beide waren groß und blond und überstrahlten jeden und alles, wenn sie lachten. Doch während Myron herzlich und lustig war und mit seinem Charme jeden in seinen Bann zog, verließ sich Adara immer auf ihr Aussehen und setzte ihr Lachen nur ein, wenn sie besonders gefallen wollte. Adara sprach nie über Myrons Weggang. Nur einmal hatte sie beim Frühstück Mattyas gefragt, ob Myron eine Nachricht hat schicken lassen und wirkte sehr traurig, als Mattyas verneinte. Das Versenden von Nachrichten ging nur über die Handelswege. Wenn Waren Atrisland verließen oder nach Atrisland kamen, passierten stets Nachrichten mit ihnen die Grenze am Steinernen Wall. Die Drachenzüchter und Händler verteilten die Briefe, die mit der Ware ankamen.

Meist schickten sie Dienstboten mit den versigelten Nachrichten zu den Adressaten. Manchmal war ein kurzes Begleitschreiben dabei mit der Bitte an den Händler, die Nachricht dieser oder jener Person zuzustellen. Fürsten und Könige schickten manchmal Botenreiter, man konnte sie an ihren spitzen Hüten mit der langen Schwanenfeder erkennen.

Kyna erhielt nie Briefe. Adara erhielt manchmal Einladungen aus Bideli, meist von den jungen Herren, die sie auf der Auktion kennengelernt hatte. Die meisten Briefe, die am Drachenhof eintrafen, waren für die Drachenlehrlinge bestimmt. Der Lehrmeister, der Mattyas oft bei der Urkundenerstellung unterstützte, brachte die Briefe aus Atris Stadt mit und verteilte sie in der Lehrstube. Fynn erhielt nie Nachrichten und erwartete sie auch nicht. Während die anderen Drachenlehrlinge den Lehrmeister jedes Mal hoffnungsvoll anblickten, wenn er aus Atris Stadt gekommen war, sah Fynn nur aus dem Fenster. Kyna wagte nie ihn zu fragen, woher er kam, wer seine Familie war, wo er zuvor ausgebildet worden war. Sie ahnte, dass er ihr nicht antworten würde und sie fürchtete sich vor einer seiner schroffen Zurückweisungen. Kyna hatte zunehmend den Eindruck, dass hinter Fynns Langweile etwas brodelte, das sie nicht genau einordnen oder beschreiben konnte.

Sie mochte Fynn und sie wollte diese wackelige Freundschaft aufrechterhalten. Ich werde traurig sein, wenn er weggeht, dachte sie oft. Er wird mich mit vielen Fragen zurücklassen. Fynn hatte Tage, an denen er sehr in sich gekehrt war und wenn er nicht zu Kyna kam, wenn sie an der Mauer am Wassergraben stand, oder sie nach dem Mittagessen etwas fragte, sprach sie nicht mit ihm.

Heute war so ein Tag, an dem sie nicht miteinander sprechen würden und so ging Kyna, mit Nikli an der Hand, nach dem Mittagessen über die Brücke zum Drachenwäldchen und legte sich mit ihr in die Sonne. Nikli versuchte die Drachenjungen zu zählen, aber sie kannte nur die Zahlen von eins bis fünf. Sobald sie bei fünf angekommen war, lachte sie begeistert und fing wieder von vorne an.

Der Flugdrache war nicht zu sehen. Und weil Nikli dabei war, rief Kyna ihn nicht. Sie hatte immer noch Fynn vor Augen, wie er den langen, schweren Ast mit der rechten Hand fest hielt, so, dass seine Knochen weiß hervortraten und wie er den Silberkopf, der Nikli nachjagte, mit schmalen Augen ansah. Er hätte ihn getötet, dachte Kyna. Das wurde ihr erst jetzt bewusst. Er hatte ihn gar nicht wegscheuchen wollen mit dem Ast, sondern erschlagen.

Gedankenverloren hörte Kyna zuerst gar nicht, dass sich ein Reiter aus dem Wald näherte. Erst als das Pferd auf der Wiese

schnaubend stehenblieb, sah Kyna auf.
„Mattyas", sagte Nikli nicht wirklich erfreut. Nikli mochte Mattyas nicht sonderlich, denn Mattyas wollte immer, dass sie still war oder ruhig sitzen blieb oder beides. Mattyas schwang sich vom Pferd und kam auf Kyna zu. Er hielt eine versigelte Schriftrolle in der Hand. Kyna bekam ein mulmiges Gefühl.
„Hallo Mattyas! Bist Du heute schon früher zurück?"
„Hallo, ja. Mit der Lieferung aus Bideli ist ein Brief für dich angekommen."
„Ein Brief?"
„Ja, ein Brief für dich, er ist von Myron."
„Woher weißt du das?"
„Es war ein Begleitschreiben dabei. Myron will, dass ich ihn dir direkt gebe."
„Hat er noch jemandem einen Brief geschrieben?"
„Nein, nur dir."
Myron gab Kyna den Brief und sagte: „Ich reite rein, wir sehen uns beim Essen." Kyna umklammerte den Brief. So lange hatte sie auf eine Nachricht gehofft, aber jetzt hatte sie Angst vor dem, was da wohl drinstehen würde. Seltsam, dass er Adara keinen Brief geschickt hatte. Myron mochte Adara sehr. Er hatte immer gescherzt, dass er ihre Hochzeit verhindern würde, damit sie nicht wegmusste. Jetzt war er weg. Nikli stellte sich neugierig vor Kyna hin und stupste den Brief an. „Vorlesen", sagte Nikli. Und dann noch, als Kyna nicht reagierte: „Bitte, bitte." Aber Kyna lächelte nur und sagte:
„Später."

Beim Abendessen sah Mattyas Kyna forschend an und Kyna schüttelte leicht den Kopf, um zu signalisieren, dass sie den Brief noch nicht gelesen hatte. Prinz Baldo, der zunehmend auch Kyna in seine Gespräche einbezog, fragte:
„Fräulein Kyna, leider frisst der Silberkopf nichts, er mag zurzeit auch keine Eier. Hätten Sie einen neuen Vorschlag für mich oder haben Sie ihn bereits anderweitig gefüttert?"

Kyna hatte die Hälfte nicht mitbekommen und sagte: „Der Silberkopf… ich weiß nicht, nein,… leider nein, Prinz Baldo", und starrte auf ihren Teller.
Prinz Baldo nickte verständnisvoll:
„Keine Sorge, Fräulein Kyna, er wird bald fressen, bestimmt haben sich die Drachenwarte bereits etwas überlegt."
„Bestimmt", flüsterte Kyna in Richtung Teller. Dann stand sie auf, murmelte: „Gute Nacht" und ging hinaus zur Mauer am Wassergraben. Sie spürte die kleine Schriftrolle in ihrer Rocktasche. Was würde da wohl drinstehen? Dass es toll war bei König Kul und er glücklich war oder das Gegenteil. Eher das Gegenteil, denn Feuerdrachen bedeuten Krieg.
Plötzlich stand Fynn neben ihr. Er sagte nichts, blickte nur wie sie hinunter auf das dunkle Wasser im Graben. Schließlich fragte er:
„Was ist los?"
„Nichts."
„Seit wann hast du Geheimnisse mit Mattyas?"
„Hab ich nicht. Gute Nacht."
Fynn sah sie fragend an. Kyna dachte nach. Sie wollte mit ihm reden. Aber sie wusste schon was er sagen würde. Und zwar, dass sie den Brief lesen sollte und so weiter. Darauf konnte sie im Moment verzichten. Also lächelte sie ihn noch kurz an, um nicht unhöflich zu sein und ging los. Fynn ging ihr nach, das hatte er noch nie gemacht.
„Was ist los?", fragte er.
„Übernachtest du heute im Familienhaus?"
„Seit wann hast du denn mit Mattyas Geheimnisse?"
„Seit wann hab ich denn welche mit dir?"
Fynn blieb stehen. Er schüttelte verständnislos den Kopf und dann drehte er sich einfach um und ging.

Kyna ging in die dämmrige Halle und sah, dass die Tür zur Kaminstube offen war. Der flackernde Schein vom Kaminfeuer leuchtete heraus und das Knistern vom Holz war gut zu hören.

Da hatte wohl gerade jemand nachgelegt. Kyna blickte die dunkle Treppe herauf. Sie würde den Brief in ihrer Kammer lesen, auch wenn sie am liebsten in die Kaminstube gegangen wäre und sich an das Feuer gesetzt hätte.

„Kyna". Das war die Mutter. Ihre Stimme war nur leise zu hören bei all dem Knistern. Trotzdem konnte Kyna hören, dass ihre Stimme gar nicht streng oder fordernd wie sonst klang, sondern einladend. Kyna ging langsam in die Stube hinein und sah ihre Mutter, die mit einer Stickerei auf dem Stuhl vor dem Feuer saß, fragend an. „Kyna", sagte die Mutter, „setz dich zu mir."

Sie legte die Stickerei nieder und deutet auf den leeren Stuhl neben sich. Kyna setzte sich und sah den flackernden Widerschein an der Wand an. „Kyna, ich weiß, dass du Myron sehr vermisst, so wie wir alle."

„Ja", sagte Kyna leise.

„Trotzdem, Kyna, solltest du dich nicht darauf versteifen, dass Fynn Myron für dich ersetzen kann."

Kyna sah ihre Mutter verwundert an. „Wie meinst du das?"

„Nun ja", fuhr die Mutter fort, „Myron, du und Adara seid sehr eng verbunden. Ihr seid gemeinsam aufgewachsen, habt alles gemeinsam gelernt und viel Zeit miteinander verbracht."

Die Mutter sah auf ihre Stickerei. Sie stickte Enten und Schmetterlinge auf ein weißes Laken.

Für Nikli, dachte Kyna. „Wir haben immer gewusst dass Myron eines Tages weggeht. Und du und Adara", sagte sie und blickte Kyna nun wieder direkt an, „werdet auch fortgehen, wenn ihr heiratet."

Kyna war überrascht. „Ja, aber ich doch nicht? Wieso? Ich werde doch hier heiraten?"

„So? Wen denn?", entgegnete die Mutter.

„Ähh.. also, ich hab gedacht…, also… einen von den Söhnen der anderen Züchter?" Kyna wurde rot. Die Mutter lächelte nachsichtig.

„Kynakind, die Söhne der Züchter die altersmäßig für dich in Frage kommen, sind versprochen oder verheiratet."
Soweit hatte sich Kyna das noch gar nicht überlegt. Sie hätte sich bei der Auktion besser umsehen sollen, dass bereute sie jetzt. Aber heiraten war bis jetzt Adaras Thema gewesen.
„Also, Mutter, ich weiß nicht, ist das nicht zu früh… ich meine, zuerst heiratet doch Adara… und dann erst ich."
„Ja, Adara wird nach Bideli heiraten.", sagte Mutter stolz. „Und für dich sollten wir uns jetzt dann auch umschauen. Und deshalb würde ich dich bitten, dass du, wenn du dich mit den Drachenlehrlingen aufhältst, auf die edlen Söhne und Prinzen konzentrierst und nicht auf Fynn."
Kyna wusste gar nicht mehr was sie sagen sollte.
„Denn so wie die Prinzen wird dein Mann sein. Und so werden deine Söhne sein." Kyna sah ins Feuer, sie wusste auch gar nicht mehr wo sie sonst hinschauen sollte. „Kyna ich weiß, dass Fynn interessant für dich ist, weil er sehr belesen ist. Aber sein Benehmen, auch dir gegenüber, einem jungen Fräulein, ist, nun, wie soll ich das sagen, nicht angemessen. Insbesondere seine Art offen zu zeigen, dass er alles besser weiß, wirkt sehr unhöflich."

Die Mutter legte ihre rechte Hand auf Kynas und rückte ihren schweren Stuhl näher am Kyna heran. „Bitte schau dir dieses Benehmen, auch wenn es dich beeindrucken mag, nicht ab. Das heißt nicht, dass du aufhören sollst zu lesen und Wissen zu sammeln, nur zeige nicht offen, wie viel du weißt. Dein Mann wird deinen Rat einmal sehr zu schätzen wissen. Die klugen Töchter aus Atrisland werden überall sehr geschätzt. Aber", die Mutter drückte Kynas Hand, „halte dich zurück und überrasche mit deinem Wissen, wenn du gefragt wirst."
Kyna nickte langsam. „Fynn beeindruckt mich nicht", flüsterte sie ohne flüstern zu wollen.
„Das weiß ich doch", die Mutter lächelte wohlwollend. „Adara und du, ihr seid zwei bildschöne, kluge Mädchen, ich bin stolz

auf euch.“

Kyna war überrascht. Noch nie war sie in einem Atemzug mit Adara gleichgestellt worden. Das tat gut und sie begann sich selbst in einem ganz anderen Licht zu betrachten.

Kyna sah ihr Mutter an: „Wisst ihr denn schon, wen Adara heiraten wird? Und wann?“ Die Mutter richtete sich stolz auf: „Ja, Adara wird Reker, den Sohn von Fürst Malkmer von Dalberg heiraten.“

Da richtete sich Kyna überrascht auf. „Reker? Reker von Dalberg? Er ist der älteste Sohn? Er wird Fürst?“

Die Mutter nickte mit glänzenden Augen.

„Aber“, Kynas Herz schlug schnell, „wir können doch niemals eine Mitgift in der geforderten Höhe stellen.“ Kynas Gedanken rasten. Sie war natürlich immer davon ausgegangen, dass Adara, schon alleine wegen ihrer Schönheit, eine ausgezeichnete Partie machen würde in Bideli. Einen Edlen vom Land oder einen sehr reichen Kaufmannssohn vielleicht oder sogar einen zweit- oder drittgeborenen Fürstensohn. Sie würde in einer schönen Burg am Land oder einem edlen Stadthaus leben, umgeben von Bediensteten und Bewunderern.

Und Kyna würde sie dann besuchen kommen, mit Myron, und sie würden lachen und singen, so wie Vater mit seinen Schwestern, wenn sie zu Besuch kamen. Ja, Adara würde ein wundervolles Leben an der Seite eines edlen Mannes haben. Aber, dass sie Fürstin werden könnte? Davon hatte wohl selbst Adara nicht geträumt.

Die Mutter sah mit glänzenden Augen ins Feuer. „Doch, wir können die Mitgift stellen.“

Kyna wusste, dass es ihrer Familie sehr gut ging, aber sie wusste auch, dass die Mitgift für die Hochzeit mit einem Fürsten normalerweise nicht nur Gold, sondern auch Ländereien umfasste. Die Kunders hatten keine Ländereien in Bideli, auch wenn sie ursprünglich von dort stammten. Das bedeutete, dass der Wert von Land in Gold aufgewogen

werden musste. Woher sollte dieser Goldsegen kommen? Kyna erstarrte. Sie sah ihre Mutter an.
„Das Gold kommt vom Verkauf der Feuerdrachen, oder?" Die Mutter nickte. Kyna war entsetzt. „Ihr habt Myron geopfert für eine gute Partie?" Ich… verstehe euch nicht, wollte Kyna sagen, aber sie brachte kein Wort mehr heraus.
„Kyna, so ist nun mal der Lauf der Dinge."
Kyna sammelte sich langsam, sie sah in das flackernde Feuer.
„Weiß Adara davon? Ich meine, von diesem Handel oder Tausch? Feuerdrachen und Myron gegen Gold für einen Fürsten?"
„Sag das nicht so!", rief die Mutter.
Aber so ist es doch, dachte Kyna.
„Vater hat deine Schwester nach der Auktion in Kenntnis gesetzt. Es waren Gesandte von Fürst Melkmer als Gäste hier, sie haben sich Adara angesehen. Am Tag nach der Auktion wurde im Stadthaus verhandelt."

Kyna wurde nun vieles klar. Deswegen war der Zwischenfall mit dem Feuerdrachen gar nicht so dramatisch besprochen oder bestraft wurden. Da liefen ganz andere Dinge im Stadthaus der Kunders ab. Und als sie dort war, um Kindris Entlassung abzuwenden, hatten Vater und Mattyas sie als lästig abgetan, weil sie weit wichtigeres zu besprechen hatten – natürlich. Kyna stand auf.
„Mutter, danke, ich denke, ich werde nun zu Bett gehen."
Die Mutter stand auch auf. „Kyna, auch du wirst einen Fürsten heiraten."
Kyna nickte: „Ja, Mutter." Es gibt ja noch Feuerdrachen, die wir verkaufen können, dachte sie, zumindest den einen, der Miri gefressen hat.
„Wir wollen nur das Beste für Adara und dich."
„Und für Myron?"
Die Mutter wurde blass. „Myron hat eine sehr hohe Stellung an einem Königshof. Es wird ihm sehr gut gehen."

„Wird er nicht in einen Krieg ziehen mit den Feuerdrachen? In einen Krieg für König Kul?“

Die Mutter wurde noch blasser und Kyna sah wie sie schluckte.

„Na dann“, sagte Kyna, „verkauft die Feuerdrachen für meine Mitgift nicht an die Gegenseite.“

Die Mutter riss die Augen weit auf und wollte noch etwas sagen, doch Kyna sagte schnell: „Gute Nacht“ und lief hinaus. Und als sie die dunkle Treppe zu ihrer Kammer hinaufeilte, schnell, damit die Mutter sie nicht zurückholen konnte, dachte sie: Ich fürchte, ich bin doch so wie Fynn.

Obwohl Kyna die ganze Nacht nicht schlafen konnte, las sie den Brief nicht. Sie sah natürlich blass und schlecht aus beim Frühstück und auch die Mutter sah aus als hätte sie schlecht geschlafen und geweint. Das fiel auch Nikli auf, die sich daraufhin entschloss nicht bockig zu sein. Sie setzte sich auf Mutters Schoß und streichelte ihre Wange. Adara sah auch schlecht aus und Kyna fragte sich, ob Adara sie belauscht hatte. Immerhin musste Adara nach ihr vom Abendessen gekommen sein. Könnte sein, dass sie draußen in der Halle stehen geblieben war und alles mit angehört hatte. Wie eine stolze zukünftige Fürstin sah sie jedenfalls nicht aus. Kyna schleppte sich in die Lehrstube und hatte Mühe sich im Unterricht zu konzentrieren.

Beim Mittagessen starrte sie nur auf den Teller und stocherte in ihrem Eintopf herum. Obwohl sie Hunger hatte, konnte sie nichts essen. Sie lächelte müde als Prinz Baldo und Prinz Fidibel diskutierten, wie sie den Flugdrachen, der offensichtlich noch immer nicht fraß, füttern sollten und trottete nach dem Essen den anderen nach hinaus in den Hof. Adara ging mit Nikli in das Familienhaus zurück, die Drachenlehrlinge über die Zugbrücke in Richtung Gehege und Kyna blieb einfach stehen und wusste nicht wohin. Fynn kam als letzter aus dem Lehrlingshaus, ging auf sie zu und fragte:

„So schlimm?“

„Was?“

„Na, was in dem Brief steht.“

Kyna winkte müde ab. „Hab ich nicht gelesen.“ Fynn sah sie verwundert an und hakte weiter nach:

„Was ist dann so schlimm?“

Kyna merkte, wie sich ihre Kehle zuschnürte. Hilfe, sie wollte auf keinen Fall anfangen zu weinen.

„Nein.. also.. das sind.. Familienangelegenheiten… ich“, sagte sie schluchzend.

„Kyna?“ Fynn schien überfordert zu sein.

„Entschuldige, bitte“, sagte Kyna und drehte sich weg. Dann ging sie langsam ins Haus hinein, vorbei an der stillen und leeren Kaminstube, hinauf in ihr Zimmer. Es klopfte an der Tür.

„Ja“, schluchzte Kyna. Die Tür öffnete sich langsam, Adara kam herein. Sie setzte sich neben Kyna aufs Bett und nahm sie an der Hand. Ihre Augen glänzten, aber sie weinte nicht. Einmal möchte ich mich so beherrschen können, dachte Kyna, und so schön aussehen wie sie, wenn ich traurig bin. Kyna sah an die Wand gegenüber und fragte:

„Wann gehst du weg?“

„Im Frühjahr.“

Beide schwiegen. Adara drückte Kynas Hand ganz fest und sagte:

„Das Fürstentum ist an der Grenze zu Kulmeli. Ich werde Myron vielleicht öfter sehen können.“

„Hast du denn deinen Mann schon einmal gesehen?“

„Auf einem Bild.“

„Wie sieht er aus?“

„Wie ein Fürst.“

Kyna sah Adara an und fragte weiter:

„Bist du glücklich?“

Adara antworte nicht.

„Das war doch dein Traum?“, fragte Kyna.

„Myrons Traum war es ein großer Drachenwart zu sein“, sagte Adara leise.

„Ich verstehe dich nicht?“

„Vielleicht sollten wir uns vor unseren Träumen in Acht nehmen. Myron wollte ein mächtiger Drachenwart werden, ich eine Fürstin und du –“

„Und ich?“

„Du möchtest so sein wie Fynn!“

„Was? Wieso bist du so gemein? Du magst ihn nicht einmal! Wieso sollte ich so sein wollen, wie jemand, den du nicht magst?“ Kyna riss ihre Hand weg und sprang auf. Adara stand auch auf und legte beschwichtigend ihre Hand auf Kynas Schulter. „So meine ich das doch nicht, Kyna, wirklich nicht. Ich denke nur, dass du ein Bild von Fynn hast, das nicht der Wirklichkeit entspricht. Er wirkt unabhängig, frei, mutig und klug. Mutig und klug ist er vielleicht sogar, aber niemals unabhängig und frei. Er wäre sonst nicht hier, das hat er nicht frei entschieden. Wenn du mich fragst, ist er noch mehr gefangen als du und ich.“

Kyna horchte auf. Sie hatte sich nie als gefangen in ihrem Leben gesehen, aber nun wurde ihr zunehmend klar, dass sie das war. Ihre schöne Kindheit mit Myron und Adara war vorbei. Myron war weg, Adara würde auch fortgehen und sie war die nächste. Sie hatte sich immer vorgestellt, wie Adara und sie sich ihre Männer am Festabend der Auktion auswählen würden. Sie würden essen, lachen und tanzen und den, der ihnen am liebsten war, den würden sie nehmen. Dass sie sich alle trennen würden, weit voneinander entfernt leben müssten, vielleicht nie mehr in ihre Heimat zurückkommen konnten, daran hatte sie nie gedacht. Sie hatte immer nur Vaters Schwestern gesehen, die auf Besuch kamen und ihre Mutter vergessen, die aus Bideli kam und seit ihrer Hochzeit das Hohe Tal nicht mehr verlassen hatte.

„Schon klar, Adara, ich reg mich nur so auf weil, …“

„Ich weiß…“

„Ich will nicht, dass du weggehst.“ Kyna spürte plötzlich, dass Adara ihr genauso fehlen würde wie Myron ihr fehlte.

„Vielleich heiratest du in meine Nähe.“

Beide schwiegen, denn sie wussten, dass es wohl kaum so kommen würde.

„Gehen wir ein wenig raus auf die Wiese?“, fragte Kyna.

„Ja.“

„Nehmen wir Nikli mit? Wo ist die eigentlich?“

„Bei Mutter, lass sie.“

Adara und Kyna gingen los, hinaus in den Hof und auf die Zugbrücke. Sie sahen Prinz Baldo, Prinz Fidibel und Fynn die ratlos im Drachenwald vor einem Baum standen. Adara verdrehte die Augen und seufzte. Kyna sah wie Prinz Baldo und Prinz Fidibel diskutierten, Fynn sah besorgt aus
„Sicher sitzt der Silberkopf im Baum und frisst nicht", sagte Kyna.
„Ach Kyna, mir egal, ich will eigentlich nur meine Ruhe haben. Können sie die Kerle am Nachmittag nicht mit etwas anderem beschäftigen? Oder ihnen in den Gehegen beibringen wie man füttert? Das darf ja nicht wahr sein."
Fynn hatte die beiden offensichtlich gehört und drehte sich in ihre Richtung um. Er sah besorgt aus und kam ihnen entgegen.
„Der hat mir noch gefehlt", fauchte Adara. Kyna drückte ihre Hand und rief Fynn entgegen:
„Braucht ihr da noch lange?"
„Bitte?", fragte Fynn.
„Mit dem Füttern? Wir hätten ganz gerne unsere Ruhe! Und so wie die Sonne steht, solltest ihr schon lange fertig sein", sagte Kyna.
„Ach, wir stören euch? Ihr zwei Prinzessinnen wisst schon, dass wir eure wertvollen Drachen füttern, mit denen ihr euer Gold verdient?", antwortete Fynn.
„Ihr versucht gerade den Silberkopf zu füttern, der uns kein Gold bringen wird, weil er zu nichts zu gebrauchen ist", antwortete Kyna. Fynn fing an zu grinsen. Er schüttelte den Kopf und sagte: „So, Fräulein Schlau, denkst du das?"
„Ja", fauchte Kyna, „und offensichtlich seid ihr Vollidioten und habt keine Ahnung von Drachen. Denn wenn er wirklich so wild ist wie du sagst, will er vielleicht jagen und interessiert sich nicht für das Aas, dass ihr ihm vor die Klauen werft."
Fynn sah Kyna aufmerksam an. „Du denkst…", wollte Fynn anfangen, aber Kyna fauchte: „Ja!", und lief in Richtung Prinzen.

Prinz Baldo lächelte freundlich: „Fräulein Kyna…", aber Kyna schenkte ihm keine Beachtung und griff nach einem faustgroßen Fleischstück. Sie lief ein paar Meter vom Baum weg und nahm ihren Gürtel ab. Sie sah Adara und Fynn auf der Zugbrücke stehen. Adara schaute erstaunt, Fynn sehr gespannt. Kyna sprang auf einen kleinen Felsen. Sie steckte das Fleischstück durch die goldene Gürtelschnalle, nahm den Gürtel am anderen Ende in die Hand und begann ihn über ihrem Kopf kreisen zu lassen. Sie schwang den Gürtel immer schneller und schleuderte ihn schließlich, als es nicht mehr schneller ging, in hohem Bogen in Richtung Wald, dicht am Baum vorbei, in dem der Silberkopf saß. Gebannt schaute sie dem Gürtel nach, der wie eine braune Schlange durch die Luft flog. Da schoss der Silberkopf lautlos im Sturzflug aus dem Geäst und griff mit seinen Klauen den Gürtel. Er landete unsanft auf der Wiese und verbiss sich gierig im Fleisch. Er schüttelte das Fleischstück mit dem Gürtel dran wild hin und her und fing schlussendlich an zu fressen. Die anderen Drachenjungen sprangen panisch quiekend davon und versteckten sich im Gebüsch.

Kyna war zufrieden. Sie drehte sich um und sah Adara und Fynn am Brückenende stehen. Adara blickte entgeistert, Fynn zufrieden. Prinz Baldo und Prinz Fidibel liefen zu Kyna und Prinz Baldo sagte:

„Famos, Fräulein Kyna, ausgezeichnete Idee! Das hätte uns einfallen müssen! Natürlich, der Silberkopf möchte jagen. Ich wünschte der Drachenwart würde…" Weiter kam er nicht, denn Adara lief laut rufend auf Kyna zu.

„Kyna, dein Gürtel! Hoffentlich ist er nicht kaputt! Dass diese Kerle nicht fähig sind, dieses Vieh zu ernähren. Ich werde Vater…"

Weiter kam sie nicht, denn Fynn unterbrach sie mit ruhiger Stimme:

„Ja, genau, dein Gürtel. Den solltest du zurückholen."

Kyna sah Fynn verunsichert an: „Wie meinst du das?“
„Hol dir deinen Gürtel.“ Er zeigte auf den kleinen Drachen, der einen Steinwurf entfernt schmatzend fraß und seine Flügel ausgebreitet hatte um das Fleischstück und den Gürtel abzuschirmen. Sein langer geschuppter Schwanz fuhr rhythmisch hin und her.
Adara sah Fynn entsetzt an: „Fynn? Das ist nicht lustig? Der Drache frisst?“

Kyna war müde. Sie hatte nicht geschlafen und sie war herausgekommen, um im Drachenwäldchen ihre Ruhe zu haben. Die Drachenlehrlinge störten sie und Fynn störte sie heute irgendwie ganz besonders. Deswegen sagte sie:
„Weißt du was? Ich hol ihn!“, und ging los. Adara rief: „Kyna, nein“ und wollte sie abhalten aber Fynn hielt sie am Oberarm fest. Kyna drehte sich kurz um und sagte: „Und dann geht ihr und lasst uns in Ruhe.“ Kyna ging langsam auf den Drachen zu. Er war ganz schön lang geworden, auch wenn sein Körper vielleicht so groß wie der eines Hundes war, der Schwanz und die Flügel waren überproportional gewachsen. Sie war sich nicht sicher ober er noch fraß, denn er rührte sich nun kaum mehr. Die Flügel hatte er noch ausgebreitet, er schien abzuwarten was Kyna vorhatte. Da Kyna sich von hinten näherte, konnte sie seinen Kopf nicht sehen. Sie hörte die Stimme der Mutter, die ihr und Adara eingebläut hatte, niemals, aber wirklich niemals, zu einem fressenden Hund oder Drachen hinzugehen und sie hatte es der Mutter gewiss tausend Mal versprochen. Der Drache war wie erstarrt. Kyna ging langsam seitlich an ihm vorbei, um sich von vorne zu nähren. „Hallo Drache“, sagte sie freundlich und ruhig. „Na, hast du Hunger?“
Der Drache sah auf und gurrte. Er hielt einen kleinen Rest vom Fleischstück in einer Klaue, der Gürtel lag vor ihm im Gras. Die goldene Schnalle war etwas verschmiert, ansonsten war der Gürtel unversehrt.

„Geschicktes Kerlchen“, sagte Kyna und der Drache gurrte wieder. Kyna deutet auf den Gürtel im Gras: „Das ist meiner, den nehme ich mir jetzt.“ Sie ging langsam auf den Drachen zu, der sie interessiert fixierte. Kyna sah ihm direkt in die Augen und ging in die Hocke. Langsam hob sie den Gürtel auf. Sie drehte ihn und dann schnallte sie ihn sich um. Der Drache gurrte, dann steckte er sich das Fleischstück ins Maul und fraß weiter. Kyna konnte seine weißen, messerscharfen Zähne sehen. „Ich geh jetzt wieder, kleiner Drache. Sei brav.“
Kyna ging langsam am Drachen vorbei und sah ihn dabei immer an. Als sie um ihn herumgegangen war, so knapp, dass sie beinahe auf seinen rechten Flügel gestiegen war, sah sie in Richtung Adara, Fynn, Prinz Baldo und Prinz Fidibel. Die vier sahen ihr gebannt zu.

Die zwanzig Schritte zu ihnen zurück fühlten sich an wie eine Ewigkeit. Kyna wagte es nicht, schnell zu gehen. Ihr Rücken fühlte sich so ungeschützt an. Sie hatte Angst, jeden Augenblick die Klauen des Drachen zu spüren, die sich in ihr Kreuz bohrten. Doch als sie die Gruppe erreichte und sich nach dem Drachen umdrehte, war er verschwunden.
Kyna grinste und sah Fynn herausfordernd an. Der ließ Adara los. Doch bevor er etwas sagen konnte, verpasste Adara ihm eine schallende Ohrfeige. Kyna sah Adara überrascht an, dann sagte sie zu Fynn:
„So, ihr geht jetzt besser und lasst uns allein.“
Prinz Baldo war sprachlos und so sagte Prinz Fidibel:
„Natürlich Fräulein Kyna, Fräulein Adara, wir sehen uns beim Abendessen.“
Fynn räusperte sich und sagte grinsend: „Fräulein Kyna, Fräulein Adara, schönen Nachmittag“. Er ging den beiden Prinzen nach, die sich murmelnd in Richtung Gehege entfernten. Adara sah Kyna fassungslos an:
„Was in aller…“
„Adara, wieso hast du ihm denn eine runtergehauen?“

„Er macht sich einen Spaß daraus, dich in Lebensgefahr zu bringen! Hast du das nicht gesehen?"
„Ich hätte es ja nicht tun müssen."
„Natürlich, wenn er dich so herausfordert! Und du machst es auch noch! Wie beim Feuerdrachen! Vater muss ihn wegschicken."
„Also das mit dem Feuerdrachen, das war etwas ganz anderes!"
„Ach, Kyna! Wieso machst du was er sagt? Du bist doch sonst so schlau? Was soll das?" Adara fing an zu weinen. Kyna legte ihren Arm um Adara:
„Tut mir leid, Adara."
„Dein schöner Gürtel ist ganz dreckig."
„Den werde ich gleich in meiner Kammer putzen."

Adara schluchzte weiter an Kynas Schulter. Adara weinte bestimmt nicht nur wegen dem Gürtel, da war sich Kyna sicher. Während Adara vor sich hin heulte, schloss Kyna die Augen, sie war so müde. Als sie die Augen kurz öffnete, weil es im Gebüsch raschelte, sah sie auf der Brücke den Lehrmeister und den Ersten Drachenwart stehen. Sie starrten Kyna an und unterhielten sich.

Adara und Kyna schleppten sich müde zum Abendbrot. Sie setzten sich auf ihre Plätze und begannen zu essen. Die Drachenlehrlinge unterhielten sich und schienen das Thema zu wechseln, als die beiden Mädchen in die Stube traten. Fynn saß unbeteiligt auf seinem Platz und aß. Adara würdigte ihn keines Blickes. Kyna merkte, wie die Lehrlinge sie musterten und sie spürte, dass die jungen Burschen sie verstohlen und ein wenig bewundernd ansahen. Kyna hätte sich gerne über den Silberkopf mit den anderen unterhalten, aber sie wollte Adara nicht reizen, denn das Thema Ohrfeige wäre sicher auch aufgekommen.

Nach dem Abendessen ging Kyna in den Hof hinaus und stellte sich an die Mauer. Sie blickte über das schwarz schimmernde Wasser hinüber in den blauen Wald. Es wurde

bereits früher dunkel, der Sommer würde bald vorbei sein. Als sie hörte, dass Prinz Baldo und Prinz Fidibel in der Diele vor der Stube waren, rief sie durch die offene Tür hinein:
„Prinz Baldo!"
„Ja, Fräulein Kyna." Die Prinzen traten heraus.
„Prinz Baldo, ich wollte Sie um einen Gefallen bitten."
„Sehr gerne, Fräulein Kyna. Sehr gerne."
„Wäre es möglich, dass wir uns morgen bei Sonnenaufgang an der Zugbrücke treffen und Sie bringen einen langen Stock und ein Seil mit? Das müsste im Lehrlingshaus oder in den Gehegen zu finden sein."
„Natürlich, Fräulein Kyna. Was haben Sie damit vor?"
„Nun, Prinz Baldo, ich denke, ich kann Ihr Problem mit der Fütterung lösen. Wir binden ein Stück Fleisch an das Seil und das Seil an den Stock. Den schwingen Sie dann und der Silberkopf wird das Fleisch jagen und fressen, denke ich."
Prinz Baldo schaute zuerst begeistert, dann besorgt.
„Sie meinen, ich, also ich.. soll den Silberkopf das Fleischstück jagen lassen? So wie Sie heute?"
„Ja." Kyna merkte, dass Prinz Baldo nicht sehr angetan von der Idee war, den Silberkopf so zu füttern. „Prinz Baldo, ich weiß nicht, ob es funktionieren wird, deswegen werde ich es versuchen. Bitte bringen Sie einfach den Stock und das Seil mit, sollten sie nichts finden, dann frage ich..."
„Natürlich, Fräulein Kyna. Nein, also das mache ich! Das finde ich!" Prinz Baldo nickte fest entschlossen.
„Vielen Dank, lieber Prinz. Dann bis morgen, gute Nacht. Gute Nacht, Prinz Fidibel."

Die beiden gingen wieder hinein und Kyna betrachtete weiter den Wald. Myron hatte ihr einmal erzählt, dass es Tiere gab, die ihre Jagdbeute nicht komplett erlegten, sondern nur verletzten und von ihren Jungen zu Ende töten ließen. Das wäre vielleicht auch ein Weg, um den Silberkopf zum Fressen zu animieren. Nur, da würde der Prinz nicht mitmachen, da war sich Kyna sicher. Da würde sie schon Fynn fragen müssen und das wollte sie nicht. Erstens nicht, weil sie Adara nicht ärgern wollte und zweitens wegen dem, was Mutter ihr gesagt hatte. Da fiel ihr der Brief wieder ein, sie musste ihn endlich lesen. Adara kam aus dem Lehrlingshaus heraus und kam zu Kyna.

„Lass uns gehen", sagte sie, „irgendwie bin ich froh, wenn ich diese mühsamen Kerle los bin, auch wenn…". Sie schluckte, sah in den Wald hinein, als könnte sie durch ihn hindurchschauen und an seinem Ende etwas sehen, das nur sie sehen konnte. Dann sagte sie: „Dass du dich das getraut hast."

„Der Drache mag mich, Adara. Er ist ja nur ein kleines, hungriges Tierchen. Flugdrachen leben in Familien und er ist ganz allein."

„Woher weißt du das?"

„Hat Myron mir mal erzählt."

„Wie es ihm wohl geht."

„Weiß nicht… sicher gut. Er reitet auf dem Feuerdrachen durch Kulman Stadt und die edlen Damen am Hof laufen ihm scharenweise nach."

„Ja sicher!" Adara lachte.

„Ich vermisse ihn."

„Ich auch."

„Ich wünschte, er wäre hier."

„Ich auch."

Adara hakte Kyna unter und ging mit ihr über den Hof. Kyna drehte sich noch einmal nach der Mauer, dem Wassergraben und dem Wäldchen um und sah Fynn an der Mauer stehen. Er zwinkerte ihr zu und schwang seinen Arm über seinen Kopf.

Prinz Baldo stand bei Sonnenaufgang mit Stock und Seil an der Zugbrücke. Prinz Fidibel war nicht dabei. Kyna hatte Hühnerschenkel aus der Küche mitgenommen und sie winkte Baldo zu, als sie aus dem Familienhaus trat.
„Guten Morgen, Fräulein Kyna."
„Guten Morgen, Prinz Baldo."
„Ich bin schon sehr gespannt, Prinz Baldo, ob das funktionieren wird. Vielen Dank, dass Sie diesen Versuch mit mir wagen."
„Sehr gerne, ich kann es auch kaum erwarten. Ich hoffe, dass es funktioniert."
„Hat man euch am Nachmittag denn einmal etwas zu dem Flugdrachen erzählt?"
„Nein, Fräulein Kyna. Leider nicht."
„Haben Sie denn in Waldemi etwas über Flugdrachen gelernt?"
Prinz Baldo dachte nach. Sie gingen langsam los über die Zugbrücke in Richtung Drachenwald und sahen zu ihm hinüber.
„Nun ja, Flugdrachen gibt es schon lange nicht mehr, zumindest nicht in der Nähe von Menschen. Schon seit den großen Kriegen nicht mehr. Seit dem ersten großen Krieg eigentlich."
„Wieso nicht?"
Kyna ging neben ihm und versuchte auch so elegant und würdevoll zu schreiten. Sie erreichten den Baum, in dem der Silberkopf immer saß.
„Weil es nicht mehr möglich war, sie zu füttern. Sie wurden abgerichtet und haben gekämpft und wenn sie aus den Schlachten zurückkamen, haben sie frei gejagt. Die Flugdrachen jagen eigentlich Wild, aber sie sind zunehmend, nun ja, auf den Geschmack von Menschenfleisch gekommen."
Prinz Baldo blickte den Baum an. „Das hatten sie ja in den Schlachten zur Genüge gefressen." Er band das Seil an den langen Stock. „Vielleicht war es auch so, dass es nicht mehr genug Wild gab, weil die Menschen in ihrer Not alles Wild

gejagt haben und dann wurden sie selbst zur Beute der Flugdrachen." Kyna schauderte. „Die Könige haben daraufhin die Flugdrachen nicht mehr eingesetzt, weil sie begannen die Dörfer zu überfallen und auch niederzubrennen, wenn sie keine Menschen als Beute fanden."
„Können Flugdrachen etwa Feuer speien?"
„Ja, natürlich." Prinz Baldo lächelte ein wenig verträumt. „Flugdrachen können alles. Laufen, fliegen, tauchen, Feuer speien. Sie sind die wertvollste Waffe eines Königs." Die wertvollste Waffe eines Königs, dachte Kyna. Waldemi war ein mächtiges Königreich. Es hatte alle Könige in den großen Kriegen besiegt.
„Gibt es in Waldemi noch Flugdrachen?"
„Nein, nirgendwo. Auch bei uns wurden sie zurück in die Berge gebracht. Manchmal kamen sie zurück und verbreiteten Angst und Schrecken. Irgendwann blieben sie dann dort."
„Dann gibt es keine mehr?"
„Nein, Fräulein Kyna." Prinz Baldo lächelte. „Nur den hier." Er deutete auf den Baum. „Geben Sie mir das Fleisch." Kyna reichte ihm eine Hühnerkeule. Prinz Baldo band sie geschickt fest. Er reichte Kyna den Stab und sagte: „Bitte sehr, Fräulein Kyna."

Kyna atmete tief ein und ging wieder zu dem kleinen Felsen. Sie stellte sich darauf und rief: „Silberkopf!" Es raschelte im Baum, aber der kleine Drache war nicht zu sehen. Prinz Baldo ging vom Baum weg und Kyna begann den Stock mit der Schnur hin und her zu schwingen. Sie ließ ihn rechts und links kreisen und versuchte sich die Schnur nicht selber ins Gesicht zu klatschen. Funktioniert überhaupt nicht, dachte sie. Doch da schoss der Silberkopf plötzlich herbei. Er stürzte sich aber nicht sofort auf die Hühnerkeule, sondern er stand segelnd etwa drei Meter über ihr in der Luft. Wie schön er ist, dachte Kyna. Seine Augen funkelten grün und gelb und der zackige Kamm leuchtete smaragfarben in der Sonne. Kyna

holte weit aus und schwang den Stock nach rechts und links. Der Drache folgte mühelos segelnd ihren Bewegungen. Er flog mehrmals nach rechts und links, doch er griff nicht an. Da machte Kyna eine Kopfbewegung in Richtung Fleisch und lächelte. Blitzschnell stürzte der Drache auf das Fleisch und landete damit in der Wiese. Kyna legte den Stock ab und ging zu ihm hin. Der Drache gurrte erfreut. Kyna legte ihm die restlichen Hühnerkeulen hin und ging zurück zu Prinz Baldo.
„Ich bin wirklich beeindruckt, Fräulein Kyna."
„Ach, das war doch seltsam. Er hat nicht gleich gejagt!"
„Ja, weil er auf Ihre Erlaubnis gewartet hat."
„Bitte?"
„Er hat auf Ihre Erlaubnis gewartet."
„Die hab ich ihm doch nicht gegeben?"
„Doch, als sie genickt haben."
Kyna schüttelte nachdenklich den Kopf und ging mit Prinz Baldo zurück in den Hof. Die Sonne strahlte nun hell am Himmel. Sie konnten schon das Frühstück aus den beiden Häusern riechen und so verabschiedeten sie sich.
„Danke, Prinz Baldo."
„Hat mich sehr gefreut, Fräulein Kyna."

Beim Frühstück im Familienhaus ging es sehr ruhig zu. Kyna hatte erwartet, dass der Fütterungsversuch mit dem Gürtel und die Ohrfeige angesprochen werden würde, aber nichts dergleichen geschah. Mattyas und Vater aber musterten Kyna sehr interessiert. Kyna wollte gerne noch einmal fragen, woher das Ei kam, wer es den Kunders geschenkt hatte. Aber sie ließ es bleiben, denn sie würde es nicht erfahren, genauso wenig wie man ihr die Wahrheit über Fynn erzählte. Nach dem Frühstück allerdings, als sie in der Lehrstube zum Unterricht gehen wollte, fing Mattyas sie ab.
Er rief sie in die Kaminstube hinein.
„Kyna!"
„Ja, Mattyas?

„Was hat Myron dir geschrieben?"
„Nichts Besonderes."
„So? Wieso erzählst du es mir nicht?"
„Hast du Angst, dass deine Feuerdrachen ihr Gold nicht wert sind?"
„Kyna, also…"
„Hast du dir mit Vater schon überlegt, wen ich heiraten soll?"
„Nein, haben wir noch nicht."
„Ach, habt ihr nicht, soso." Kyna sah Mattyas herausfordernd an: „Wie viele Feuerdrachen haben wir noch?"
„Bitte? Wieso willst du das wissen?"
„Ich will schon wissen, welche Art von Fürst sich für mich ausgeht? Oder gar ein König? Immerhin bringe ich auch den Flugdrachen als Hochzeitsgeschenk mit."
Mattyas starrte Kyna entgeistert an. Kyna lächelte ihr schönstes Lächeln:
„Ich muss jetzt zum Unterricht. Prinzen und edle Herren darf man nicht warten lassen." Kyna drehte sich auf ihrem Absatz um und ging hinaus durch die Halle in den Hof. Da stand Fynn:
„Fräulein Kyna, könnten wir uns heute bitte unterhalten."
„Hör auf!"
„Womit?"
„Mich Fräulein zu nennen!"
„Oh, Fräulein Kyna, ich habe aber das Gefühl, es gefällt Ihnen."
„Bist du jetzt eifersüchtig auf Prinz Baldo?"
„Ja, sehr."
„Dann freunde dich doch mit Adara an. Du weißt ja, Liebe und Hass sind das gleiche, nur anders."
„Fräulein Kyna, was hab ich gemacht, um Sie so zu verärgern?"
Kyna wollte an Fynn vorbeigehen, doch er packte sie am Oberarm so wie Adara am Vortag. Das war kein angenehmer Griff. Er fühlte sich an wie eine Fessel und Fynn drückte auch ziemlich fest zu.

„Lass – mich – los!“, fauchte Kyna.
„Was – ist – los?“, fauchte Fynn zurück.
Kyna wollte sich losreißen, doch Fynn gab nicht nach. Da ertönte plötzlich ein gellender Schrei. Es war der Silberkopf. Er war aus dem Baum in die Luft aufgestiegen, mit großen Flügelschlägen flog er langsam, unsicher segelnd, in Richtung Hof. Es war windig und er zitterte in der Luft. Er stieß erneut einen gellenden Schrei aus.
„Er schafft es nicht über den Graben“, sagte Kyna, „Fynn lass mich los. Vielleicht dreht er dann um.“
Fynn ließ Kyna augenblicklich los. Kyna ging ein paar Schritte von Fynn weg und der Drache, der immer noch in drohender Gebärde gegen den Wind ankämpfte, segelte unsicher zurück auf die Wiese. Die anderen Drachenjungen liefen sofort in das Gebüsch, als der Silberkopf auf dem Gras aufsetzte. Fynn stellte sich wieder neben Kyna und sah interessiert hinüber zum Wäldchen.
„Er mag wohl keinen Streit. Ganz wie ich!“ sagte Fynn und grinste.
Kyna überlegte, ob sie ihm auch eine runterhauen sollte, so wie Adara.
„Wir sollten reingehen, du darfst Prinz Baldo nicht warten lassen. Schade, dass er das jetzt nicht gesehen hat.“ Kyna deutet zum Fenster der Lehrstube, aus dem sich die Lehrlinge herausgelehnt hatten und gebannt den Silberkopf beobachteten.
„Nicht nötig“, grinste sie zurück.

Im Unterricht erwähnte der Lehrmeister die Geschehnisse um den Silberkopf nicht. Fynn sah wie immer aus dem Fenster. Er hörte bestimmt nie zu, da war sich Kyna sicher. Aber wenn der Lehrmeister ihn etwas fragte, wusste er stets die Antwort. Adara hörte auch nicht mehr zu. Doch sie blieb dem Lehrmeister die Antworten meist schuldig, wenn sie etwas gefragt wurde. Kyna bemerkte allerdings, dass der

Lehrmeister Adara gar nicht mehr in den Unterricht einbezog. Er weiß, dass sie fortgeht, dachte Kyna, und lässt sie deswegen in Ruhe. Kyna wurde noch abgefragt und sie antwortete auch richtig, aber sie hielt sich zurück. Sie dachte an die Worte ihrer Mutter und versuchte nur zu glänzen, wenn man etwas von ihr wissen wollte.

Nach dem Mittagessen ging Kyna mit Adara auf die Wiese. Sie beobachteten das geschäftige Treiben auf der Zugbrücke und im Drachenhof. Als die letzten Sonnenstrahlen vom Schatten der drei Häuser im Hof abgefangen wurden und es kühl wurde, standen sie auf und gingen los in Richtung Lehrlingshaus zum Abendessen.

„Bald ist der Sommer vorbei", sagte Kyna.

„Ja."

„Wann im Frühjahr gehst du? Weißt du das schon?"

„Sobald der Pass nach Bideli passierbar ist."

„So bald schon!" Der Pass am Steinernen Wall lag nicht sehr hoch. Sobald die ersten Vögelchen zwitscherten, war er passierbar, er verband die einzige Handelsstraße zwischen dem Königreich Bideli und dem freien Atrisland. Kyna schluckte.

„Wird Myron bei deiner Hochzeit sein?"

„Das hoffe ich."

„Wer wird dich begleiten?"

„Vater und Mutter. Und Nikli."

„Und ich?"

„Ich weiß es nicht", sagte Adara leise. Ich muss bei Mattyas bleiben und auf das nächste Frühjahr warten, dachte Kyna.

Beim Abendessen unterhielt sich Kyna mit Prinz Baldo und Prinz Fidibel. Fynn hörte amüsiert zu. Kyna hätte sich gerne mit ihm unterhalten, sie vermisste die gemeinsamen Gespräche. Aber sie konnte noch immer den Abdruck am Oberarm spüren und dachte an die Worte ihrer Mutter.

Als sie im Bett lag, konnte sie nicht einschlafen. Ich muss den Brief lesen, dachte sie. Sie öffnete die Tür einen Spalt und

hörte die Stimmen der Eltern aus der Kaminstube durch die Halle herauf. Als es endlich still wurde, schlich Kyna barfuß auf dem kalten Boden die Treppe hinunter, durch die Halle in die Kaminstube hinein. Sie kniete sich vor das ausgehende Feuer und brach das Sigel. Sie las den Brief dreimal.
Dann stand sie auf und verbrannte ihn.

Teil II

Fynn konnte das Leben am Drachenhof nicht ausstehen. Gemeinsame Essen mit den anderen Lehrlingen und den eingebildeten Kindern des Hauses, am Vormittag fade Vorträge vom betagten Lehrmeister und am Nachmittag Stallarbeit in den Drachengehegen. Dass die Töchter hübsch waren, war auch kein Trost, denn erstens wollte er mit keiner von beiden etwas anfangen und dann machten sie ihm auch noch das Leben zur Hölle.

Kyna, nun ja, bekam er mit der Zeit in den Griff, aber bei der älteren Adara kämpfte er auf verlorenem Posten. Die restlichen Frauen am Hof waren vom Gesinde und weder jung noch schön, außer die verrückte Girte vielleicht, aber die stammte aus dem Süden und mit ihrem Aberglauben trieb sie sowieso jeden in den Wahnsinn. Als sie endlich abhaute, war es gut, denn ihr nerviges Getue ging Fynn zusehends auf die Nerven. Abgesehen davon konnte er es sowieso nicht gebrauchen, dass irgendeine Magd schwanger von ihm herumlief.

Nach Atris Stadt kam er kaum und wenn nur gemeinsam mit den Lehrlingen, die mehr oder weniger noch Kinder waren, also brachte auch das meist nur Langeweile. Hier und da konnte er sich davonstehlen und sich eine Frau suchen, aber leider viel zu selten.

Im Stadthaus der Kunders gab es eine interessante Sammlung von Schriften, aber er hatte sie sehr schnell durchgelesen und die neuen Bücher kamen erst im nächsten Jahr – oder wie das kauzige Volk von Atrisland sagen würde: im nächsten Sommer.

Nun, nachdem der Silberkopf endlich geschlüpft war, nahm die ganze Sache an Fahrt auf und Fynn würde den Drachenhof endlich verlassen können. Es gab nur ein Problem, nämlich Kyna. Wie erwartet folgte der Drache Kyna und sie schaffte es recht gut ihn abzurichten. Nur hatte die kleine Gans angefangen ihn auszuschließen und richtete das Tier gemeinsam mit Prinz Baldo ab. Fynn konnte die beiden jeden

Morgen dabei beobachteten wie sie den Drachen an die Leine legten, mit ihm spazierten, ihn fütterten, ihm beibrachten auf Kommando aufzufliegen und sonstige Späße.

Fynn war bei Kyna aktuell abgeschrieben und der Einfluss von Adara war der ganzen Sache nicht gerade zuträglich. Fynn hatte nun zwei Möglichkeiten. Entweder er entführte Kyna mit dem Drachen – äußerst schwierig, denn selbst, wenn er ihr Mrillerpulver geben würde, wusste er nicht wie er sie dann unbemerkt mitnehmen sollte und ob der Drache überhaupt folgen würde. Oder, die zweite Möglichkeit – mühsam aber machbar – er könnte Kyna Verliebtheit vorspielen und sie zum Weglaufen überreden. Darauf wollte Fynn irgendwie auch lieber verzichten. Wenn möglich, wollte er Kyna nicht verärgern, denn er brauchte den Drachen und somit auch sie. Den Brief von Myron sah er als seine große Chance. Er würde sie überreden können ihn als Begleitung mitzunehmen auf dem Weg nach Kulmeli zu ihrem Bruder, den sie ja so sehr liebte. Nur sprach sie dummerweise nicht mit ihm über den Brief und zog sich zunehmend zurück.

Eines Tages im Spätsommer als Kyna wieder einmal blass und aufmerksam neben Adara in der Lehrstube saß, bemerkte Fynn, dass sich an ihrem Gürtel etwas verändert hatte. Die Einwohner vom Hohen Tal trugen alle diese sonderbar bestickte Kleidung mit breiten Gürteln. Die Drachenzüchter hatten die aufwendigsten Gürtel mit eingeprägten Drachen und goldenen, manchmal sogar edelsteinbesetzten Schnallen. Kyna trug wie Adara einen hellen Gürtel in dem die gezüchteten Drachenarten sowie der Umriss des Drachenhofes, ein Halbkreis mit drei Türmen, eingeprägt waren. Kyna hatte nun bei ihrem Gürtel die Schnalle ausgetauscht. Anstatt der hellgoldenen Schnalle, die aus einem einfachen goldenen Bügel und einem beweglichen Dorn bestanden hatte, trug sie eine dunkle flache Schnalle auf der ein raubvogelartiges Wesen war.

Hässlich, dachte Fynn und grinste. Wo hatte sie das Ding nur her? Hatte sie die Schnalle in einem Schuppen zwischen den Gehegen gefunden oder hatte etwa Prinz Baldo sie ihr besorgt? Unwahrscheinlich, der hätte für sein liebes Fräulein Kyna wohl eine diamantbesetzte Schnalle in Atris Stadt anfertigen lassen. Die Schnalle war gewiss nicht aus Edelmetall und die Machart war auch veraltet, viel zu grob war die Prägung. Das war eine alte Schnalle.

Als Kyna nach dem Mittagstisch bei der Mauer am Wassergraben stand, ging Fynn zu ihr hin und deutete auf die Schnalle.

„Neu? Sehr schön. Steht dir." Kyna verdrehte nur die Augen und wollte weggehen.

„Wo hast du die her?"

Kyna grinste Fynn an und sagte: „Von Nikli."

„Bitte?"

„Von Nikli."

„Ja sicher…."

„Ja, sicher!"

Kyna ließ ihn einfach stehen und folgte Adara zur Zugbrücke. Jetzt würden sie wieder den ganzen Nachmittag auf der Wiese liegen und über irgendwelchen Blödsinn reden. Fynn war genervt. So kam er bei Kyna nicht mehr weiter. Jetzt erzählte sie ihm sogar schon irgendwelchen Unfug, um ihn loszuwerden. Oder? Stimmte das doch? Wenn die Schnalle wirklich von Nikli kam, gab es nur zwei Möglichkeiten. Nikli hatte sie entweder in irgendeiner dunklen Ecke am Drachenhof gefunden und Kyna gegeben oder jemand hatte Nikli die Schnalle geschenkt. Aber wieso sollte das jemand machen? Egal, Fynn musste jetzt zu den Gehegen und die jungen Transportdrachen füttern. Er konnte die jungen Transportdrachen nicht ausstehen. Sie waren etwa so hoch wie Pferde, nur dreimal so breit und mit ihren Schwänzen und langen Hälsen dreimal so lang. Dämliche, überzüchtete Viecher, dachte Fynn. Sie grunzten und grollten bei der Fütterung und versuchten sich gegenseitig in den Trog zu schubsen.

Seit zwei Wochen musste er die fünf bereits betreuen, nächste Woche würden sie endlich verkauft werden. Vielleicht kam er ja dann zu den Feuerdrachen. Die musste man zumindest nicht füttern. Fynn lächelte verschmitzt in sich hinein. Das war schon eine wilde Aktion gewesen, als er mit Kyna nach der Auktion zu dem Gehege gegangen war. Aber wie blöd war sie auch. Es wunderte ihn immer wieder, wie viel sie im Unterricht wusste, aber was um sie herum geschah, das kapierte sie überhaupt nicht. Er konnte die Transportdrachen schon schnauben hören. Und riechen konnte er sie auch. Wie in einem Hühnerstall, den man seit einem Jahr nicht sauber gemacht hatte, ekelhaft. Die Drachen stierten ihn an und begannen heftiger zu schnauben.

„So ihr Vollidioten, gleich geht es los." Fynn ging zum Schuppen, in dem das Futter gelagert wurde, schaufelte eine Schubkarre voll und fuhr mit der stinkenden Brühe zum Gehege. Die Transportdrachen waren lediglich mit einem baumhohen Holzzaun eingezäunt. Die Drachen starrten Fynn mit der Schubkarre begeistert an. „Ihr seid so dämlich, ihr habt nicht einmal ein richtiges Gehege", sagte Fynn mit freundlicher Stimme. „Ihr seid nämlich zu blöd zum Davonlaufen."

Er schaufelte das Futter, ein Gemisch aus Getreide, stinkenden Fleischresten und Heu in den Trog. Die Drachen stürzten sich grunzend darauf. „Nicht einmal Schweine würden das fressen." Er fuhr wieder zum Schuppen zurück und holte die nächste Ladung. Fünfmal musste er fahren. Als er die letzte Fuhre in den Trog geschaufelte hatte, brachte er die Schubkarre zurück in den Schuppen. Er sollte sie eigentlich auswaschen, aber das tat er nicht. Das sollte einer der Drachenwarte beim abendlichen Kontrollgang machen. Fynn wusch sich die Hände in dem Bächlein, das in das Gehege eingeleitet wurde. Da tauchte ein Drachenwart auf.

Fynn hatte seinen Namen vergessen. Er mochte ihn nicht. Er wollte ganz klar Erster Drachenwart werden, wenn nicht hier, dann woanders. „Fynn", rief er mit herablassender Stimme. Fynn atmete tief ein und aus.

„Ja."

„Die Drachen werden nächste Woche verkauft."

„Ja."

„Sie bekommen noch das Wappen eingebrannt. Wir machen das heute, damit es bis nächste Woche abgeheilt ist."

„Ja?"

„Wir machen das jetzt gemeinsam, du hast das für die Auktion ja schon gemacht. Wir betäuben sie und dann brennen wir es ein."

Der Drachenwart ging zur Feuerstelle und zeigte darauf. „Mach Feuer. Ich hole das Eisen und das Mrillerpulver." Fynn nickte nur und ging zur Feuerstelle um Feuer zu machen. Dann ging er zurück in den Schuppen und füllte die Schubkarre mit Futter. So würde der Drachenwart auch nicht sehen, dass er sie vorhin nicht ausgewaschen hatte. Das Mrillerpulver wurde in das Futter gemischt. Je nach Drachenart wurden die Tiere komplett betäubt oder nur ruhig gestellt. Die Drachenwarte stellten die Tiere meist nur ruhig, weil sie Angst hatten, dass sie bei einer Überdosierung sterben würden. Die leichte Betäubung war aber gefährlich, denn wenn das Zeichen eingebrannt wurde, bäumten sich die Tiere auf oder schlugen mit ihren Schwänzen, manche schnappten auch nach den Drachenwarten. Die Männer waren dabei stets in Gefahr. Aber die Menschen waren nun mal nicht so viel wert wie die Drachen, das wusste Fynn.

Er überlegte, wieviel von dem Pulver wohl am Drachenhof gelagert wurde und wo. Das reine gute Pulver, das für die Drachen verwendet wurde, war sehr wertvoll und kam aus dem Süden. Dort wuchs die Mrillerpflanze, eine wunderschöne Blume mit weiß-gelben Blüten und einem unwiderstehlichen

Duft. Die Menschen, die das Pulver als Medizin bekamen oder jene die es nahmen, um sich zu betäuben, erhielten selten das reine Pulver. Für die fünf Drachen würden sie wohl einen Krug mit Pulver in das Futter kippen müssen. Der Drachenwart kam mit einem Lederbeutel zurück auf dem die Mrillerpflanze faustgroß eingeprägt war. Fynn grinste. Überall wurde das Pulver unter der Hand weitergegeben, nur ihm Hohen Tal lief man offen damit herum. Die Welt war schon verdreht.

Wie vermutet kippte der Drachenwart ein Kilo Pulver in die Schubkarre, Fynn rührte es mit der Schaufel ein.

„Gut. Fynn, hol jetzt fünf von den mittellangen Seilen, damit wir ihnen die Mäuler zubinden können."

„Die Mäuler?"

„Wir brennen am Hals ein. Das sind Transportdrachen. Es soll ja jeder sehen können woher sie stammen, wenn sie unterwegs sind." Fynn ging zurück in den Schuppen. Die mittelangen Seile waren etwa dreißig Meter lang. Normalerweise hingen zehn an der Wand, da zehn Tiere insgesamt in das Gehege passten. Aber da hingen nur neun. Fynn wunderte sich. Er nahm fünf Seile und ging wieder hinaus. Der Drachenwart hatte das Futter schon in den Trog gekippt und die Drachen fraßen. Es dauerte nur wenige Minuten bis sich die Drachen stöhnend hinlegten und mit ihren Schwänzen unruhig auf und ab schlugen.

„Verbinde ihnen die Mäuler." Der Drachenwart sah Fynn herausfordernd an.

„Klar", knurrte Fynn.

Er stieg in das Gehege und verband einem nach dem anderen das Maul, indem er das Seil um das Maul und den Hals führte. Der Drachenwart kam mit dem erhitzten Eisen und brannte es dem ersten Drachen in den Hals. Das Zeichen, ein Halbkreis mit drei Türmen drauf, leuchtete blutrot am grün-braunen Hals. Der Drache fauchte und die anderen Drachen wurden unruhig aber sie blieben wie gelähmt liegen. Der Drachenwart

brannte jedem das Zeichen ein.
„Fynn, geh jetzt aus dem Gehege, ich binde sie los."
„Soll nicht ich das machen?"
„Nein, zu gefährlich."
„Äh… ich habe einen speziellen Knoten gemacht, ich weiß nicht, ob Sie den lösen können." Die Drachen bewegten sich immer mehr.
„Raus jetzt!", zischte der Drachenwart. Fynn stieg aus dem Gehege.

Der Drachenwart versuchte den Knoten zu lösen, doch es gelang ihm nicht. Die Drachen begannen sich zu wälzen, der mittlere versuchte sich aufzurichten. Bald würde es zu spät sein. Wenn sie sich aufrichteten, gab es keine Möglichkeit mehr den Knoten zu lösen, dann musste man warten, bis sie schliefen. Und das war mindestens genauso gefährlich. Fynn sah, wie der Drachenwart in Panik geriet. Fynn sprang zurück ins Gehege, hängte sich an den Hals des mittleren Drachen und löste den Knoten. Dann lief er zum nächsten bis er alle fünf befreit hatte. Die Drachen begannen nach Fynn und dem Drachenwart zu schnappen. Der Drachenwart wollte noch alle Seile aufsammeln, doch Fynn zerrte ihn hinter sich aus dem Gehege.
„Die Seile…"
„Egal, dann fehlen welche."
Der Drachenwart war sehr unzufrieden. Obwohl das Einbrennen des Zeichens immer risikoreich war, war er wohl unzufrieden mit dem Verlauf.
„Also, was war denn das für ein Knoten?"
„Einer der gut hält."
„Also…"

Fynn hatte sich schon weggedreht, ging zur Schubkarre und begann sie am Bächlein auszuwaschen. Der Drachenwart murrte vor sich hin und verteilte das glühende Holz in der Feuerstellen, damit es ausging. Fynn fuhr die Schubkarre zurück und verabschiedete sich mit einem Kopfnicken vom Drachenwart, der noch immer unglücklich auf die am Boden liegenden Seile im Gehege starrte, auf denen die Drachen herumtrampelten. Fynn ging zurück in Richtung Drachenwald und Zugbrücke. Er sah wie Kyna und Adara auf der Wiese standen. Kyna demonstrierte Adara wie sie den Silberkopf mit einer Handbewegung aufsteigen ließ und wieder zum Landen bewegte. Zumindest fliegt dein kleiner Diebstahl jetzt nicht auf, Fräulein Kyna, dachte er und grinste.

Am nächsten Morgen sah Fynn durch das Fenster seiner kleinen Kammer im Lehrlingshaus. Er beobachtete Kyna auf der Wiese vor dem Wäldchen. Sie trug ihren Umhang, denn die Morgen waren bereits kühl und sie hatte sich die Kapuze übergezogen. Von der Ferne war sie von Adara kaum zu unterscheiden, eine große schlanke Gestalt mit einer selbstbewussten Haltung. Beide waren schön, aber Kyna hatte nichts Liebliches an sich. Fynn konnte gar nicht definieren, woran das lag. Aber Kyna wirkte eher abschreckend ganz im Gegensatz zu Adara, der stets alle erlegen waren.

Fynn war sich sicher, dass Adara sich in ihrem Wesen gar nicht so sehr von Kyna unterschied, nur wusste sie es besser zu verbergen. Aber das war eigentlich egal, denn beide würden auf Grund ihrer Mitgift in reiche Fürstenhäuser in Bideli einheiraten und würdige Fürstinnen abgeben. Die Kunders waren schon eine sehr ehrgeizige Familie, das beeindruckte Fynn. Sie waren die reichste Familie im Hohen Tal und umgingen mit dem Wissen des Rates Regeln und Gesetze aller Art. Die Zucht von Feuerdrachen war verboten, dennoch wurden sie hier seit Jahren gezüchtet.

Fynn war sich sicher, dass da noch wesentlich mehr Geschäfte abliefen. Denn wenn er mit den Lehrlingen in Atris Stadt war, gingen Stadträte und Gesandte im Haus der Kunders ein und aus und trugen versigelte Schriftrollen und ihre Diener Truhen voller Gold. Man musste nicht nur sehr reich sein, um als Züchter seine Tochter in ein Fürstenhaus zu verheiraten, sondern auch sehr einflussreich. Und die Kunders waren einflussreich, sonst hätten sie nie erreicht, dass er, Fynn, gegen Myron ausgetauscht wird. Nur, das könnte der erste Fehler von Vater Kunder gewesen sein.

Kyna fütterte den Drachen aus der Hand. Die Sonne ging endgültig auf und verwandelte die steingrauen Schuppen des Drachen in glänzendes Silber. Die Kopfzeichnung des Silberkopfs und die Schuppung am Rücken leuchteten smaragdfarben. Und dann, Fynn traute seinen Augen nicht, legte der Drache seinen Kopf auf Kynas Schulter und schloss die Augen. Kyna stand mit den Rücken zum Hof, er konnte nicht sehen, was sie machte. Es schien, als würde sie den Silberkopf am Hals streicheln. Tja, Kyna, dachte Fynn, du bist noch wertvoller als Adara und weißt es nicht. Fynn nahm seinen Umhang vom Stuhl, um nach unten zu gehen. Als er noch einmal einen Blick aus dem Fenster warf, standen Kyna und der Drache noch immer gleich da. Aber der Drache hatte seine gelb funkelnden Augen geöffnet und sah Fynn aufmerksam an.

Als Fynn auf die Wiese kam, hatte der Drache sich bereits wieder versteckt und Kyna sammelte ihre Utensilien von der Wiese auf, um hinein zum Frühstück zu gehen. Sie sah sehr blass aus und war in Gedanken versunken. Sie bemerkte Fynn erst, als er vor ihr stand und fragte erschrocken:

„Wieso schleichst du dich an?"

„Wozu benötigst du ein Drachenseil?"

Kyna sah Fynn verunsichert an und sah zu Boden.

„Kyna?"

Kyna antwortete nicht.

„Fehlen noch mehr Dinge aus den Gehegen?" Kyna wurde rot.

„Kyna was hast du vor?" Fynn versuchte freundlich und mild zu klingen. Die ganze Angelegenheit entglitt ihm. Er musste endlich wissen, was Kyna vorhatte.

„Kyna, schau, auch wenn es keiner bemerkt. Ich weiß, dass du Pläne hast, die sich von denen deiner Familie unterscheiden. Ich weiß auch, dass du kein Drachenseil brauchst, egal in welcher Länge. Es sei denn…"

„Es sein denn?"

„Es sei denn, du hast vor zu klettern."

Kyna sah Fynn ruhig an.

„Klettern?", fragte sie als hätte sie noch nie davon gehört.

„Ja, klettern. Über den Steinernen Wall. Um nach Bideli zu kommen."

„Wieso sollte ich da hin?"

„Um nach Kulmeli zu gelangen, zu Myron."

„Wieso sollte ich das machen?"

„Weiß ich nicht. Sag du es mir."

Kyna schüttelte den Kopf. „Ich muss rein."

„Kyna", Fynn legte seine Hand auf ihre Schulter, „hör zu. Wenn du das wirklich vorhast, nimm mich mit. Ich kenne erstens den Weg durch Bideli. Du überlebst allein keinen Tag da draußen. Und zweitens kann ich besser klettern als du."

„Das hab ich mir schon gedacht!"

„Was?"

Kyna schob seine Hand von ihrer Schulter, beugte sich zu ihm und flüsterte ihm ins Ohr: „Dass du irgendwo raufgeklettert bist, um das Ei zu stehlen."

„Kyna, ich verspreche dir, dass ich dich sicher und wohlbehalten nach Kulmeli bringe, wenn du mich mitnimmst." Er konnte richtig spüren, wie der Drache ihn durch das Blätterwerk seines Baumversteckes beobachtete. „Ich schwöre es dir."

Kyna sah Fynn nachdenklich an, berührte ihn kurz am Arm und ging zurück zum Familienhaus.

Im Unterricht verhielt sich Kyna unauffällig und ruhig, beim Mittagessen konversierte sie mit Prinz Baldo. Fynn spürte, dass Kyna und Prinz Baldo sich wirklich mochten und einander sehr schätzten. Das störte ihn, denn er hielt Prinz

Baldo für einen verwöhnten, verweichlichten Königsspross. Unglaublich, dass ein Prinz aus Waldemi, dem größten Königreich mit der mächtigsten bekannten Armee, dem Reich dem alle anderen Königreiche am Ende der Kriege unterlegen waren, so sein konnte. So belesen und vornehm, so schick und gewandt und, das musste Fynn zugeben, so geistreich. Er fragte sich, ob Prinz Baldos großer Bruder, König Walmann, auch so war. Über ihn war nicht viel bekannt, außer dass er, wie alle anderen Könige auch, seine Armee vergrößerte. Na ja, König Barin von Bideli vielleicht nicht, der war ja auch zu nichts fähig, aber die anderen, die rüsteten auf.

Ob Feuerdrachen auch nach Waldemi gebracht werden sollten? Gut möglich. Waldemi hatte die längste Geschichte mit Kampfdrachen. Atris, der große Feldherr der Waldemi, hatte immer von der Auferstehung der großen Drachenzeit geträumt. Aber schon zwei Generationen vor König Waldo und Atris wurden keine Drachen mehr im Krieg eingesetzt. Kampfdrachen waren einfach zu gefährlich für die eigene Armee, für das eigene Land und die Menschen im Allgemeinen. Die Feuerdrachen wurden verboten und die Feuer speienden Flugdrachen wurden von ihren Meistern zurückgebracht in die Täler der Ewigkeit. Aber nicht alle Flugdrachen kamen dort an oder blieben dort und so hausten lange Zeit vereinsamte Flugdrachen in den Bergen der Reiche, sie versteckten sich in den Schluchten, Spalten und Höhlen bis sie starben.

Fynn blickte zu Kyna und Prinz Baldo. Hatte sie ihn in ihre Pläne eingeweiht? Die beiden waren die perfekte Kombination, der Prinz aus Waldemi mit der großen Armee und die Drachenzüchtertochter mit dem Flugdrachen. Kyna stand auf und ging alleine hinaus in den Hof. Fynn erhob sich auch, während die anderen noch aßen und trat ans Fenster. Kyna verharrte regungslos in der Mitte des Hofes und blickte um sich, sah jedes der Häuser lange an, die Mauer am Wassergraben, die Zugbrücke und den Drachenwald. Sie

verabschiedet sich, dachte Fynn, sie geht und keiner hat etwas bemerkt. Fynn lief hinaus in den Hof.
„Kyna!“
„Ja?“
„Nimmst du mich mit oder nicht?“
Kyna antwortete nicht, sie sah Fynn nur an, als würde sie sich auch von ihm verabschieden.
„Bitte, Kyna. Kyna, du hast allein keine Chance.“
Kyna antwortete noch immer nicht.
„Kyna, wenn du mich mitnimmst, sage ich dir woher der Silberkopf kommt und wieso er hier ist.“
„Ich weiß, wieso er hier ist!“
„Ach ja?“
„Ja. Er ist meinetwegen hier.“ Sie lächelte.
„Sei nicht dumm, du kannst nicht alleine über den Steinernen Wall klettern und durch Bideli wandern mit einem Drachen im Schlepptau. Du hast doch noch nie eine Nacht im Freien verbracht!“
Kyna wirkte leicht verunsichert.
„Bitte, Kyna, lass uns gemeinsam gehen.“
„Du kannst nicht gehen. Du bist als Austausch für Myron hier.“
„Spielt keine Rolle. Du willst doch nach Kulmeli, oder?“
„Ja.“
„Das ist mein Zuhause. Ich bring dich hin.“
„Du bist dir ja sehr sicher, Fynn!“
„Du etwa nicht?“
Kyna sah ihn traurig an. „Doch…ich.. ich muss gehen.“
Fynn grinste. „ Na, wenn du musst, dann tu es auch.“

Er zwinkerte ihr aufmunternd zu. Kyna wirkte noch immer traurig, aber auch wild entschlossen. Interessante Mischung, dachte Fynn. Aber sie würde gehen und sie nahm den Drachen mit – und ihn. Das war das Wichtigste. Sonst wäre alles umsonst gewesen, der ganze Blödsinn mit dem Austausch und der Drachenlehrlingsschule. Obwohl das mit dem Austausch kein Blödsinn war, irgendwie musste man ja herausfinden, wie gut Myron war. Kyna war besser, da war sich Fynn sicher. Sie hatte zwar null Struktur bei dem was sie tat, da die Mädchen nicht in der Praxis ausgebildet wurden, aber Kyna konnte es trotzdem.

Es war noch dämmrig und alles schlief, als Fynn sich aus dem Lehrlingshaus schlich und in der kalten Morgenluft über den Drachenhof ging. Er hatte wenig geschlafen und seine müden Augen tränten als er sich der Zugbrücke näherte. Sein Beutel wog schwer auf seinen Schultern und auch sein warmer schwarzer Umhang zog ihn ein wenig nach unten. Er hatte ihn schon lange nicht mehr getragen und erst recht kein schweres Gepäck auf dem Rücken gehabt. So schnell verweichlicht man, dachte er, so schnell ist man zu nichts mehr zu gebrauchen. Das Leben am Drachenhof, das er als langweilig empfunden hatte, war doch voller Annehmlichkeiten gewesen. Unbeschwert, mit gutem Essen und geheizten Gebäuden, ein Prinzenleben eben, dachte Fynn, und eines für verwöhnte Kinder.

Kyna stand vor der Zugbrücke und wartete auf ihn. Auch sie trug einen schweren dunkelgrünen Umhang. Aber sie hatte keinen Beutel.

„Wo ist dein Zeug?“

„Guten Morgen.“

„Wie kommen wir jetzt über den Wassergraben?“

Fynn war verärgert. Hätte doch er sich um den Wassergraben kümmern sollen. Er hätte bloß einem vom Gesinde Geld oder Pulver geben müssen und dann hätte es geklappt. Jetzt standen sie da und kamen nicht drüber. Von wegen weg gehen aus dem Hohen Tal zu Myron, das Fräulein schaffte es ja nicht einmal zum Wäldchen rüber ohne seine Hilfe. Kyna aber lächelte nur und nahm ihn an der Hand. Langsam ging sie mit ihm auf das Herrenhaus der Familie zu. Fynn verlangsamte seinen Schritt. Was sollte das? Hatte sie ihn reingelegt? Gingen sie jetzt rein zu ihren Eltern?

„Kyna, was soll das?“

„Komm einfach mit.“

„Äh.. du gehst in die falsche Richtung. Wir müssen über den Wassergraben.“

„Genau.“

Kyna öffnete die schwere Holztür. Es war dunkel in der Halle und roch nach frischem Essen und kaltem Rauch. Im Kamin brannte Feuer, denn es wurde bereits überall geheizt. Kyna zog Fynn am Feuer vorbei bis zum Ende der Halle und weiter die Kellertreppe hinunter. Als sie endlich unten am Ende der schmalen Steintreppe angekommen waren, öffnete Kyna eine knarzende alte Tür und führte Fynn hinein in das riesige Kellergewölbe. Es roch nach Äpfeln, Wein und feuchter Erde. Minutenlang gingen sie dahin im Halbdunkel, vorbei an Vorräten und Gerümpel. Es schimmerte bereits ein wenig Tageslicht durch die schmalen Fenster ganz oben und tauchte das Gewölbe in ein dunkelgraues gespenstisches Licht. Plötzlich blieb Kyna vor einer schmalen schmiedeeisernen Tür stehen. Vor der Tür lag ihr Beutel. Sie hob ihn auf und schulterte ihn.

„Bereit?“, fragte sie.

„Bereit, wenn du es bist.“

Fynn dämmerte was los war. Sie würden unter dem Wassergraben durchgehen. Wieso war er nicht gleich darauf gekommen? Kyna zog einen Schlüssel aus ihrem Umhang und sperrte auf. Fynn folgte ihr in den schmalen, niederen Gang hinein und roch modrige abgestandene Luft. Kyna schloss die Tür leise hinter ihnen und sperrte sie wieder ab. Nun war es stockdunkel.

„Hast du Licht?“, fragte Fynn.

„Nein, wir tasten uns an der Wand entlang raus. Nach einer Weile wird es heller von der anderen Seite.“

Kyna ging los und Fynn folgte ihr. Schwere Wassertropfen trafen Fynns Kopf und seinen Nacken, was er besonders hasste. Er zog sich die Kapuze über. Er hörte Kyna vor sich atmen, sie schien sehr ruhig zu sein. Das wunderte ihn, denn es war beklemmend nichts zu sehen und im Stockdunklen unter einem Wassergraben durchzugehen. Teilweise trat er in Pfützen, und wenn sie auch nicht tief waren, so hoffte Fynn, dass nicht irgendwo mehr Wasser auf sie warten würde. Durchnässt müssten sie ihr Vorhaben abbrechen, es wäre zu riskant zu dieser Jahreszeit nass in die Berge zu gehen, sie würden krank werden. Kyna ging ruhig vor ihm weiter. Und wie sie gesagt hatte, wurde es plötzlich ein wenig heller. Kyna hatte recht gehabt. Da wurde Fynn klar, dass Kyna hier nicht zum ersten Mal durchging. Es ging aufwärts und sie erreichten erneut eine Tür, sehr nieder, diesmal aus Holz mit einem breiten Spalt, durch den Licht fiel. Kyna sperrte auf und sie krochen in eine Scheune die voller Futter für die Drachen war. Kyna sperrte wieder ab.

„Wir müssen Heuballen vor die Tür schieben", sagte sie.

Fynn schob einen großen vor die Tür und hievte noch einen drauf.

Dann traten sie aus der Scheune und standen im Wäldchen neben den Gehegen.

Kyna lächelte Fynn an.

„So, da wären wir", sagte sie zufrieden.

„Und der…" Drache, wollte Fynn sagen, aber da sah er den Silberkopf zwischen den Bäumen stehen. Na gut, Fräulein Kyna, dachte Fynn, dann wollen wir mal los.

Das Bergmassiv türmte sich vor Fynn und Kyna auf. Die Sonne war aufgegangen und es wurde richtig warm. Fynn zog seinen Umhang aus und schnürte ihn gekonnt zu einem Bündel, das er auf seinen Beutel band. Er prüfte kritisch die weiße Felswand und sah Kyna an. Der Silberkopf saß nun abgeleint neben Kyna auf den Steinen und schnaubte vor sich hin. Er war doch noch jung, so weit war er noch nie gegangen.

„Wo steigen wir in die Wand ein?"

„Dort", sagte Kyna, und zeigte mit ihrem Arm nach rechts. „Da ist eine Rinne, da sieht uns keiner von den Wachposten aus oder…"

„…aus dem Tal?"

„Aus dem Tal genau."

„Gut, dann marschieren wir da rüber."

Nun ging Fynn vor, Kyna und der Drache folgten ihm. Als sie den Fuß der Rinne erreichten, waren sie wieder im Schatten und es wurde kühl. Fynn sah Kyna an, sie fröstelte.

„Wenn wir klettern, wird dir wieder warm. Weiß du, wie lange wir brauchen, bis wir da oben sind?"

„Später Nachmittag."

„Woher weißt du das?"

„Von meinem Großvater."

„War er ein geübter Kletterer?"

„Ja."

„Na, dann hoffen wir das Beste für uns." Er stellte seinen Beutel ab. „Gib mir das Seil!"

„Wieso?"

„Ich sichere dich."

„Bitte? Nein, jeder klettert für sich allein."

„Das ist doch Blödsinn. Wieso hast du es denn dann mitgenommen."

„Um mich an den Drachen zu binden?"

„Der ist noch zu schwach, um dich zu halten. Wenn du stürzt,

seid ihre beide weg."
Widerwillig ließ Kyna sich das Seil umschnüren.
„Schnür deinen Beutel enger, so behindert er dich beim Klettern." Kyna sah Fynn genervt an. Als sie nicht reagierte, griff Fynn nach den Gurten und stellte sie neu ein. „Was schleppst du denn da alles mit?", schimpfte er. „Ich hoffe, das ist vor allem Brot."
„Bist du fertig?"
„So, gehen wir bevor wir hier erfrieren. Wo ist der Drache?"
„Na, da drüben." Der Silberkopf saß mittlerweile auf einem höheren Felsen und beobachtete die beiden.
„Ruf ihn."
„Er wird uns schon folgen."
„Nein, er soll vorgehen."
„Vorgehen?"
„Ja, der weiß zehnmal besser als wir wo wir hintreten sollten."
„Woher?"
„Instinkt. Er kommt ja aus den Bergen."
„Ich doch auch."
„Du, Fräulein Kyna, kommst vom Drachenhof. Nie im Leben weißt du, wie wir da hochkommen. Großvater hin oder her."
„Ach, aber du weißt das?"
„Ich weiß zumindest wie man klettert."
Kyna machte eine Handbewegung und der Drache kam. Als er bei Fynn und Kyna angekommen war, richtete er sich auf und schaute beide interessiert an. Aufgerichtet war er mittlerweile so groß wie Fynn und er sah ihnen abwechselnd direkt in die Augen. Kyna beugte sich zu ihm vor und sagte: „Wir gehen da rauf, Silberkopf. Du gehst vor." Der Drache blickte zum Bergmassiv, legte seinen Kopf in den Nacken und sah empor bis zum obersten weißen Felsenrand. Er schien etwas zu überlegen. Dann blickte er wieder nach unten, drehte sich zu Kyna und musterte sie. Er machte ein leise pfeifendes Geräusch und fixierte Fynn. Seine Augen wurden schmal und er hob

eine Lefze, um seine messerscharfen Zähne kurz aufblitzen zu lassen. Und dann, so schnell konnten die beiden gar nicht schauen, zischte er und zerriss das Seil, das Fynn und Kyna verband.
„Was zur…"
„Ach Fynn, ist doch egal. Komm gehen wir."
„Sicher nicht!" Fynn hob zuerst Kynas und dann sein Seilende auf und verband sie wieder. Der Drache sah Fynn lauernd an, doch er ließ ihn gewähren.
„Fynn?"
„Komm, los jetzt."
„Fynn, ist dir eigentlich klar, dass alle denken werden, …also, weil du ja mit mir mitkommst, dass alle denken werden, es wäre deine Idee gewesen? Oder du hättest mich entführt?"
Fynn sah Kyna amüsiert an und grinste. „Das stimmt ja auch."
„Bitte? Nein? Wieso? Das stimmt nicht. Du wolltest mich begleiten."
„Wieso ist das jetzt wichtig?"
„Nur so…falls du doch nicht..."
„Du machst dir jetzt Sorgen was deine Leute über mich denken?"
„Äh.. ja auch..."
„Es ist besser für dich, Kyna, wenn sie denken, ich hätte dich mitgenommen. Besser als die Annahme, du hättest den kostbaren Drachen gestohlen. Glaube mir."
„Ich laufe nicht weg! Ich komme wieder! Mit Myron! Ich gehe zu ihm und dann gehen wir beide nach Hause!"
„Was steht in dem Brief den Myron dir geschickt hat?"
„Nichts."
„Na, dann ist es ja gut. Komm, lass und jetzt wegen nichts unser Leben riskieren und da rauf klettern."

Fynn ging los und Kyna musste ihm wohl oder übel folgen, angebunden wie sie war. Der Drache folgte dicht hinter Kyna, sie konnten seinen Atem im Nacken spüren. Fynn war verärgert, dass er nicht vorging, aber was sollte sie machen.

Kyna kletterte hinter Fynn über das Geröll, wobei das Seil eher hinderlich war, aber nach einer halben Stunde wurde es steil und sie stiegen in die Wand ein. Hilfe, ist das anstrengend, dachte Kyna. Der Beutel schien sie nach unten zu ziehen und der Rock ihres Kleides war ihr im Weg. Fynn kletterte zügig und Kyna hatte Mühe ihm zu folgen, das Seil zwischen ihnen spannte mehr und mehr. Fynn drehte sich um.

„Bin ich zu schnell?“

„Nein, geht schon!“, schnaufte Kyna mit hochrotem Kopf.

„Wir müssen schauen, dass wir weiterkommen. Wenn die Sonne auf die Wand brennt, wird es sehr heiß.“

„Ja“, stöhnte Kyna und dachte: Ich kann nicht mehr.

Nach zwei oder drei Stunden, oder waren es fünf, wurde es schwierig. Wo auch immer Fynn hintrat, brachen Steine weg und Kyna musste aufpassen, dass sie nicht getroffen wurde. Plötzlich blieb Fynn stehen und drehte sich um.

„Der Drache muss jetzt vorgehen, sonst schaffen wir es nicht.“

„In Ordnung.“ Kyna zitterte. Wenn sie sich nach dem Drachen umdrehen würde, dann würde sie nach unten sehen. Und das wollte sie auf keinen Fall. Sie holte tief Luft.

„Kyna!“

Kyna drehte sich um. Der Drache war nur zwei Meter von ihr entfernt. Er war ganz ruhig und sah Kyna fragend an.

„Silberkopf“, sagte sie und deutete mit zitterndem Arm auf Fynn, „geh zu Fynn.“ Kyna zitterte vor Anstrengung, ihre Arme brannten, ihre Hände pulsierten und ihre Handflächen schmerzten und waren aufgeschürft. Hoffentlich kommt der Drache an mir vorbei, dachte sie und drückte sich an die Felswand. Der Silberkopf kletterte auf sie zu und dann - Kyna schloss die Augen um nicht mit ansehen zu müssen, wie er in die Tiefe stürzte, sprang er an ihr vorbei, kletterte zu Fynn, sprang an ihm vorbei und drehte sich um.

„Wieso nicht gleich“, sagte Fynn. „Komm Kyna, weiter geht's.“

Kyna öffnete die Augen und sah nach unten. Sie blickte in den Abgrund und erschauderte. Es war als würde sich eine heiße, zittrige Welle in ihrem Körper ausbreiten und als die Hitze verflogen war, fühlte sich plötzlich alles ganz weich an, auch der Boden unter ihr. Von weiter Ferne, wie durch einen Tunnel, hörte sie Fynn rufen.

„Kyna! Kyna!"

Kyna starrte auf ihre verstaubten pulsierenden Handflächen. Sie sah rote Tupfen. War das Blut?

„Kyna! Schau! Mich! An!"

Fynn war ganz weit weg. Ja, und der Drachenhof, der war auch weit weg, sie konnte ihn da unten sehen, dicht am Waldrand, sie sah die Gehege, das Wäldchen und sogar die drei Häuser umringt vom glitzernden Wassergraben. Es mussten schon alle gemerkt haben, dass sie weg waren. Wie es wohl Adara ging? Und Nikli? Und Prinz Baldo? Was sie wohl dachten?

„KYNA!"

Kyna konnte sich nicht bewegen. Sie zitterte am ganzen Körper.

„Kyna, komm – geh – weiter! Schau – nicht – nach – unten!"

Kyna reagierte noch immer nicht, es schien als wäre sie erstarrt.„Siehst du dort oben die Felskante, Kyna? Bald sind wir da! Kyna!"

Fynn begann in ihre Richtung zu klettern. Kyna starrte noch immer hinunter, die weiße Felswand entlang, tief hinunter in den Abgrund. Fynn erreichte sie endlich und stellte sich dicht vor sie hin. Er nahm ihr Kinn und drehte ihren Kopf langsam zur Seite, dann nach oben. Da sah sie den Gipfel, die höchste Kante des weißen Massivs, getaucht in das gleißende Licht der Sonne. Er thronte majestätisch auf dem Berg und strahlte hell auf sie hinab, hinter ihm spannte sich der wolkenlose Herbsthimmel. Sie schluckte und griff nach Fynns Hand. Sie spürte wie seine feste große Hand ihre kleine weiche umschloss und sie sicher festhielt. Fynn zog sie an der Hand einen kleinen Schritt weiter und langsam begann Kyna sich wieder zu bewegen, es gelang ihr mit zittrigen Knien weiter zu steigen.

Als Fynn ihre Hand wieder losließ, weil er sich an den Felsen festhalten musste, schaffte sie es, ihm zu folgen. Ihr Herz pochte und ihr war kalt geworden, im Schweiß ihrer Angst. Ja wirklich, das Massiv türmte sich nur noch hundert Meter vor ihnen auf, bald würden sie die höchste Kante erreichen. Einfach nur weiterklettern, dachte Kyna. Immer Fynn nachklettern, nur ihn anschauen und sonst nichts.

Auf den letzten Metern unterhalb der Kante graute Kyna bereits vor dem Abstieg. Wie würde es auf der anderen Seite wohl aussehen, auch eine weiße, steinerne Felspiste und dann ein tiefgrüner Abgrund? Wenn ich beim Abstieg nach unten schauen muss, schaffe ich das nicht, dachte sie. Am liebsten wollte sie am Gipfel bleiben, sich keinen Meter mehr bewegen und hoffen, dass sie jemand holt.

Der Silberkopf erreichte als erster den Gipfel vom Steinernen Wall. Fynn erklomm mühelos die letzten Meter und stellte sich neben den Drachen. Dann kniete er sich hin und zog Kyna mit dem Seil nach oben, packte sie am Arm und half ihr auf die Beine. Kyna blickte um sich.

Noch nie hatte sie so etwas Schönes gesehen. Es erfasste sie ein Gefühl von unbändiger Freude. So groß und weit war die Welt? Sie sah die Gipfel der anderen Berge die weiß und rosarot in der Sonne leuchteten. Sie sah die Grauen Türme, den Langen Karren, die Zwei Schwestern und dahinter, ja dahinter die Unendlichkeit. Noch nie hatte sie sich so frei gefühlt und so lebendig. Und die Luft erst! Auch die war anders. Sie roch und schmeckte nach dem, was Kyna spürte: Freiheit.

Fynn grinste sie an: „Na, gefällt es dir?"

„Ja!" Ihre Stimme kippte fasst, sie wurde plötzlich ganz übermütig.

„Wie schön das ist, Fynn. Ich könnte weinen."
„Bitte nicht."
„Hast du jemals etwas Schöneres gesehen als die Berge vom Hohen Tal?"
Fynn sah stirnrunzelnd in die Sonne. „Die gute Nachricht ist, dass wir es hier herauf geschafft haben. Die schlechte ist, dass wir es heute nicht mehr runter schaffen."
„Aber.... die Sonne steht doch noch hoch am Himmel?"
„Das geht schnell zu dieser Jahreszeit. Komm wir müssen weiter."

Kyna hatte plötzlich keine Angst mehr vor dem Abstieg. Sie sah den Drachen an. Er schien wie sie das Panorama aufzusaugen, hockte wie gebannt da und starrte auf die Berge. Es schien so, als wolle er seine Flügel ausbreiten und davonfliegen, er stand aufrecht, hatte seine Vorderläufe angezogen und seine Flügel ein wenig ausgestreckt. Sie flatterten im Wind.
„Es gefällt ihm hier", sagte Kyna und folgte seinem Blick. Tief unten lag klein und silbern Atris Stadt, die Straßen und Wege zu den umliegenden Dörfern und Drachenhöfen sahen wie kleine Rinnsale aus. Dazwischen lagen blaue und grüne Flecken, die Wiesen und Seen. Man konnte keine Menschen sehen, aber graue Punkte, die sich bewegten. Das waren die Drachen.
„Kyna, wir schaffen es heute nicht mehr runter, aber wir müssen mindestens bis zur Baumgrenze kommen. Es wird schnell kalt am Berg, komm jetzt."
„Fynn?" Kyna war noch immer gebannt vom Panorama.
„Ja?"
„Danke."
„Bedank dich nicht zu früh bei mir."
Er wendete sich dem Drachen zu und sagte: „Der Drache sollte wieder vorgehen, befiehl es ihm."

Fynn betrachte Kyna und den Drachen wie sie nebeneinander

da standen und mit glänzenden Augen in die Ferne blickten. Ja, es war beeindruckend zum ersten Mal am Gipfel eines hohen Berges zu stehen, das wusste Fynn.
„Fynn?"
„Ja, Kyna?" Er wurde immer ungeduldiger.
„Wovon träumst du?"
„Bitte?"
„Was wünschst du dir?"
Kyna sah ihn an. Er grinste.
„Ich wäre gerne ein König. Und du – lass mich raten, eine Prinzessin." Seine Augen blitzten in der Sonne.
Kyna lachte.
„Ja, klar! Ach, du kannst mich einfach nie ernst nehmen. Na, dann!" Sie wandte sich dem Silberkopf zu und sagte: „Geh vor", und machte eine Handbewegung in Richtung Abgrund. Der Drache bewegte sich nicht. „Sollen wir vorgehen?", fragte sie Fynn. Sie waren noch immer durch das Seil verbunden.
„Du gehst vor, oder?"
„Nein, der Drache!"
„Er will aber nicht." Kyna ging ein paar Schritte nach vorne und beugte sich über die Felskante. Es ging sehr steil nach unten, sie würden wohl zwei Stunden klettern müssen, aber dann fiel der Berg angenehm hügelig bis zur Baumgrenze ab, weit weniger steil als in Atrisland. Kyna legte ihre Hand auf den Hals des Silberkopfes und streichelte ihn. „Komm wir gehen", flüsterte sie ihm ins Ohr und tatsächlich: Er folgte ihr bis zum Abgrund und sah hinunter. Der Drache schnaubte, aber stieg nicht in die Wand ein.
„Er will nicht", sagte Kyna. „ Er ist heute schon so viel geklettert, Fynn, wahrscheinlich ist es ihm einfach zu viel. Was machen wir jetzt?"
„Dann soll er runterfliegen."
„Fliegen? So weit? Ach, das kann er doch noch nicht."
„Dann lernt er es jetzt", sagte Fynn und er trat an den Drachen

heran. Fynn sah Kyna kurz an und gab dem Drachen einen heftigen Stoß. Kyna schrie auf, als der Drache kreischend über die Kante stürzte. Sie wurde kreidebleich und ihr schossen die Tränen in die Augen.
„Fynn!“, schrie sie und hechtete in Richtung Felskante, sie sah den Drachen schon tot unten liegen, an den Felsen zerschellt. Doch Fynn packte sie fest an den Armen und hielt sie fest.
„Ganz ruhig“, sagte er. Kyna wollte ihn anschreien, wollte schreien: Du hast ihn umgebracht!, aber sie brachte keine Silbe hervor. Plötzlich hörte sie einen markerschütternden Schrei, wie von einem riesigen Raubvogel und dann noch einen.
Das war der Drache! Wo war er? Kyna atmete kurz auf, da schoss der Drache vor ihnen aus dem Abgrund herauf, stieg mit zwei Flügelschlägen weit über ihre Köpfe hinauf und verharrte dann in der Luft, zitternd segelnd über dem Gipfel. Er fixierte Fynn und sah ihn so an, als wollte er ihn fressen. Fynn ließ Kyna los und sagte: „Befiehl ihm unten auf uns zu warten.“
„Ss..S..Silberkopf“, stotterte Kyna und sah zu ihm hoch, „bitte warte unten auf uns, ww…wir kommen nach.“ Dabei machte sie eine weit ausholende Handbewegung nach unten.

Der Drache aber blieb segelnd in der Luft stehen. Erst als Kyna und Fynn in die Wand einstiegen, sank er und verharrte in der Luft, segelnd mit vibrierenden Flügeln, stets auf ihrer Höhe. Er flog nicht nach unten, sondern begleitete sie beim Klettern, hing wie ein großer Schatten über ihnen, bis sie aus der Wand ausstiegen.

Als Kyna sich endlich nicht mehr an den Felsen festhalten musste und mit zitternden Knien und schweren Beinen hinter Fynn den Berg hinunterstolperte, begann es dämmrig zu werden.
„Fynn? Wie lange gehen wir noch? Ich kann nicht mehr.“
„Bis zur Baumgrenze.“

Kyna kam Fynn nicht mehr nach, obwohl er ständig Halt

machte und auf sie wartete. Sie sah einen kleinen Felsbrocken, der beinahe wie eine Bank aussah und setzte sich hin.
„Nicht hinsetzen!", herrschte Fynn sie an und versuchte sie hochzureißen.
„Doch, ich raste kurz und du bindest das Seil los."
„Nein, das machen wir unten." Er hielt sie noch immer unsanft am Arm fest, doch sie blieb wie ein schwerer Sack sitzen. Kyna ließ ihren Blick über den felsigen Abhang schweifen.

Die Felsbrocken warfen schon lange Schatten und die Gräser und Bergröschen glänzten nur noch matt in der untergehenden Sonne. Kyna atmete tief ein, denn es roch so gut und frisch nach Moos, Erde und feuchte Steine. Da entdeckte Kyna auf einem Felsen ein kleines Holzhäuschen, Es sah wie eines für Vögel aus.
„Was ist das?"
Fynn folgte ihrem Blick. „Das ist ein Häuschen für die Geister?"
„Bitte?"
„Die Geister der Verstorbenen? Sie irren auf den Bergen umher, bevor sie aufsteigen in die Ewigkeit?"
„Das hab ich ja noch nie gehört."
„Was? Ist deine Mutter nicht aus Bideli? Hat sie das nie erwähnt?"
„Nein. Sie sagt manchmal 'Gute Geister', wenn sie erschrickt."
„Na, siehst du. Sie ruft die Geister an. Typisch für Bideli."
„Wozu die Häuschen?"
Fynn verdrehte die Augen. „Muss ich dir wirklich alles auf der Welt erklären?", schimpfte er. „Was hast du eigentlich all die Jahre gelernt?"
„Wie man Drachen züchtet und mit ihnen reich wird."
„Also", schnaubte er, „die Menschen legen Essen in die Häuschen, damit ihre Angehörigen nicht verhungern bis sie erlöst sind und aufsteigen. Man sagt, manche steigen niemals auf." Fynn schien dieser Gedanke sehr zu betrüben und er

starrte feindselig auf das Holzhäuschen.
„Das ist ja komisch, wozu sollten Geister essen?“ Kyna schüttelte den Kopf. Aber irgendwie gefiel ihr der Gedanke trotzdem.
„Du wirst noch ganz viele sehen.“ Kyna merkte plötzlich, dass sie unfassbar hungrig war. Sie sah Fynn an.
„Vergiss es, das Essen aus diesen Häuschen können wir nicht essen, da waren schon zu viele Tiere dran.“
„Und unser Proviant?“
„Später, wenn wir die Baumgrenze erreicht haben.“ Er zog sie hoch. Kynas Beine fühlten sich so schwer an, sie konnte sie kaum noch heben. Fynn lächelte hämisch.
„Warte ab, wie du dich morgen fühlst.“

Kyna blickte zum Drachen, der sich in einiger Entfernung hingesetzt hatte. Auch er schien das Holzhäuschen zu betrachten. Kyna ging näher hin und konnte eine Inschrift lesen:

Die Dunkelheit lebt in uns,
ein Teil von dir und mir.
Das Gute und das Böse,
ein Kampf wie Tier und Tier.

Es ging noch weiter, aber Fynn zog ungeduldig am Seil: „Komm endlich, Kyna!“, und sie musste ihm nachgehen. Der Drache folgte ihnen mit langen lautlosen Sprüngen.

Als Fynn endlich das Lager aufgeschlagen hatte, geschützt hinter einem Felsen und unter großen Tannen, fiel Kyna in einen tiefen, schweren Schlaf. Fynn hatte Mühe sie am Morgen zu wecken und am liebsten wäre sie liegengeblieben und nie wieder aufgestanden. Alles schmerzte, sie war müde und hungrig und allein die fröstelnde Kälte brachte sie dazu, sich zu bewegen. Sie aß ein Stück Brot, rollte mühevoll ihre Decke zusammen und sah Fynn an:
„Fynn, könnten wir heute eine Pause machen?"
„Nein."
„Wieso denn nicht, ich muss mich ausruhen, ich kann meine Beine fast nicht mehr bewegen."
„Wir müssen weiter."
Kyna stiegen die Tränen in die Augen. Ihre Handflächen pochten.
„Fang jetzt nicht an zu heulen. Wir müssen weiter, wir sind nur knapp hinter Grenze. Meinst du, man sucht uns nicht? Die haben doch schon längst einen Boten über den Pass geschickt und die Grenzwachen sind auf der Suche nach uns." Er sah Kyna streng an. „Von den wilden Tieren, die uns hier auffressen können, will ich gar nicht anfangen." Er schulterte seinen Beutel.
„Aber der Drache wird uns doch beschützen?"
„Dein lieber Drache ist auf der Jagd und nachdem er entdeckt hat wie gut er fliegen kann, wird er das wohl noch eine Weile dauern. Wir können froh sein, wenn er sich in ein paar Tagen wieder zu uns gesellt." Fynn machte ein finsteres Gesicht. „Wenn überhaupt."

Kyna packte ihren Trinkbecher, den sie mitgenommen hatte und ihren kleinen Stoffdrachen, den sie als Kopfkissen benutzt hatte, wieder in den Beutel. Ihr Blick fiel auf das Buch, das Myron ihr geschenkt hatte. Das hatte sie bisher gar nicht weitergebracht. Sie nahm das Buch heraus und steckte es in ihre Umhangtasche. Vielleicht würde sie ein wenig darin lesen, wenn sie wieder Halt machten.

Aber sie machten nicht Halt. Fynn ging unermüdlich voraus, sie aßen Brot im Gehen und zum Trinken am Bach war nicht einmal Zeit, um den Becher herauszuholen. Kyna musste mit der Hand Wasser schöpfen und spritze sich überall nass. Das schlimmste aber war, dass Fynn sie nur kritisierte. Sie solle schneller gehen, sich nicht nass machen, denn das würde nicht trocknen, und endlich den ganzen Blödsinn, den sie mitschleppte, aus ihrem Beutel auspacken, dann wäre sie auch nicht so langsam. Kyna schwitzte in der Sonne auf den Lichtungen und fror im schattigen Wald.

Sie hatte ein wenig gehofft, dass Fynn und sie sich viel unterhalten würden. Sie hatte sich schon vorgestellt, wie sie nebeneinander hergehen würden und über alles reden würden auf ihrer langen Reise, der Drache immer an ihrer Seite. Aber der Drache war irgendwo und Fynn wurde jeden Tag mürrischer und abwesender. Am meisten irritierte Kyna aber, wie Fynn sich äußerlich veränderte. Es wuchs ihm ein Bart, den er nicht rasierte und da er meistens kurzärmlig war, sah Kyna wie muskulös und sehnig seine Arme waren. Er wirke gar nicht mehr jugendlich und schlaksig, sondern wie ein starker junger Mann mit sehr schlechter Laune.

Kyna wollte ihn fragen, wie alt er war, aber sie traute sich nicht. Und so versank sie in ihrer Gedankenwelt, stolperte hinter ihm her und sagte auch gar nichts mehr, außer sie wurde gefragt.

„Kyna?“

„Ja?“

„Hast du noch Brot?“

„Nein.“

„Dann müssen wir ab jetzt Beeren und Pilze essen.“

„Oh nein.“ Kyna stiegen wieder Tränen in die Augen. Wie lange würden sie noch durch diesen elendigen Wald wandern? Wenn sie doch nur Pferde hätten! Auch wenn sie nicht so gerne ritt, alles wäre besser als dieser Gewaltmarsch. Kyna wischte ein paar Tränen weg und hörte wie das Rauschen eines Flusses immer lauter wurde.

„Fynn, ist da ein Fluss?“

„Ja, die Hohe Au.“

„Kann ich darin baden?“

„Nein.“

„Ist der zu gefährlich?“

„Du kannst da jetzt nicht baden! Was ist, wenn dich jemand nackt baden sieht?“

„Was?“

„Ach, Kyna, echt, nerv mich nicht. Wir erreichen bald besiedeltes Gebiet, da können wir vielleicht einkehren. Wir müssen uns aber eine Geschichte überlegen, denn ich schätze, alle Welt sucht schon nach dir.“ Kyna überlegte, ob es sie wirklich stören würde, gefunden und nach Haus gebracht zu werden. Eher nicht, momentan, so wie die Dinge hier liefen.

Sie erreichten eine Lichtung. Am Rand der Lichtung ging der Wald aber nicht weiter, dahinter schien ein Abgrund zu sein. Kyna lief los, durch das nasse hohe Gras, bis sie am Rand der Lichtung stand. Sie blickte nach unten und sah den breiten Fluss und daneben einen Hof.

„Fynn! Da ist ein Hof! Fynn!“ Vom Hof führte eine holprige Straße weg. Fynn kam näher und sah kritisch nach unten.

„Sieht verlottert aus.“

„Komm, wir fragen, ob wir etwas zu essen bekommen. Wir haben ja Gold und Bidelitaler dabei, wenn sie Bezahlung wollen.“

„Schrei das doch nicht so herum.“

„Bist ja nur du da!“

„Das weißt du doch nicht! Mach das generell nicht!“

Kyna wurde langsam sauer. „Also was ist jetzt?“

„Ich geh runter, schau mir das an. Du wartest hier.“

„Was? Wieso? Wieso gehen wir nicht gemeinsam.“

„Ich schau mir an, was das für ein Hof ist. Ich hol dich, wenn es sicher ist."
„Wie lange soll ich warten?"
„Bis ich dich hole!"
„Kyna?" Fynn sah ihr streng direkt in die Augen. „Versprich mir, dass du hier wartest."
Kyna nickte. Fynn klettere den Abhang hinunter und ging auf den Hof zu. Kyna sah wie er am Tor klopfte und wartete. Es geschah lange nichts, dann kam ein dicklicher Mann aus dem Haupthaus und ging auf das Tor zu. Sie sah wie Fynn und der Mann sich unterhielten, Fynn gestikulierte beim Reden und ging mit dem Mann über den schlammigen Innenhof in das Haus.

Kyna wartete. Sie las lange in dem Buch über die Drachen, aber als die Sonne hinter dem Berghang verschwand, reichte es ihr. Erstens hatte sie alles durchgelesen und wusste jetzt wirklich sehr viel über die Haltung von Feuerdrachen, aber nichts was nicht jeder Züchter ohnehin wissen muss. Das ärgerte sie. Und zweitens war sie sehr hungrig. Warum kam Fynn denn nicht? Das ärgerte sie noch mehr.

Sie beschloss nun auch runter zum Hof zu gehen, was sollte sie hier auch noch länger allein warten. Es wurde dunkel und sie hatte keine Lust hungrig zu frieren, während Fynn sich lachend den Bauch vollschlug. Sie kletterte umständlich den Abhang hinunter, Erde brach unter ihren Schuhen weg und sie musste sich ständig an moosigen Steinen festhalten. Hoffentlich kann ich mir die Hände waschen, dachte sie als sie vor der Mauer des Hofes stand. Dann klopfte sie an das Tor.

Fynn saß am Tisch in der Stube und aß. Er war so hungrig, dass ihn weder der verdreckte Holztisch störte noch die vielen Fliegen, die sich ständig auf ihn und die Speisen setzten. Der Bauer hatte ihm Brot, Käse und Wein aufgetischt. Das Brot war trocken und alt und der Käse stank so furchtbar wie der Bauer selbst. In einer Ecke saß grinsend der jüngere Bruder des Bauern und spielte mit seinem Messer.

Fynn ging davon aus, dass sie Brüder waren oder zumindest verwandt, denn der jüngere wirkte wie die etwas kleinere, fettere und dümmere Version des älteren. Er hatte ihnen erzählt, dass er ein Fallensteller des Fürsten war und sich etwas verstiegen hatte auf der Bärenjagd. Der Bauer hatte ihn hereingelassen und aufgetischt, wohl nur um etwas Neues zu hören und Gesellschaft zu haben.

Fynn schätze, dass er seit ein paar Jahren der erste Mensch war, den die kauzigen Kerle zu Gesicht bekamen. Der Bauer schrie und spuckte ihn beim Reden an, denn er war es offensichtlich gewohnt sich so mit seinem minderbemittelten Bruder zu unterhalten. „Hol Wein!“, hatte er ihn angeschrien, als er mit Fynn in die Stube trat und dann: „Hol Käse und Brot.“

Der jüngere hatte die Jause gebracht und sich dann grinsend in die Ecke gesetzt, wo er mit seinem Messer zu spielen begann, während sich der ältere zu Fynn an den Tisch setzte.

„Trink was!“, schrie er Fynn an und hob seinen Becher um mit Fynn anzustoßen. Fynn stieß mit ihm an und setzte den Becher an seine Lippen. Natürlich trank er nichts, aber der Vollidiot bemerkte es nicht. Fynn schluckte Spucke und stellte den Becher anerkennend ab.

„Stark“, sagte er.

„Ja“, brüllte der Bauer: „Selbstgemacht!“

Fynn aß betont langsam und ruhig, um nicht zu hungrig zu wirken, und ließ sich dabei anschreien über das Wetter und die Wölfe, die die Schafe gerissen hatten, und die Raubvögel, die die Lämmer holten. Nach einer Weile beschloss er den Besuch abzuschließen und hoffte, dass die beiden ihm etwas Proviant geben würden, damit er Essen für Kyna hatte. Er hob sein Glas, um ein letztes Mal mit dem Bauern anzustoßen. Der hatte bereits so viel getrunken, dass er gar nicht einmal merkte, dass Fynns Becher noch immer voll war.

„Männer, danke, ich muss weiter."

„Bleib noch!", grölte der Bauer besoffen: „Es wird ja dunkel!"

„Danke, ich schlafe im Wald", sagte Fynn, „aber, ich wäre euch dankbar, wenn ihr…" Gerade in dem Moment, als er fragen wollte, ob er etwas Brot und Käse mitnehmen dürfte, klopfte es draußen am Tor. Der Bauer und sein Bruder horchten auf. Bitte nicht, dachte Fynn.

„Was ist heute los", schrie der Bauer begeistert und stand auf. Er ging polternd hinaus, die Tür fiel ins Schloss. Fynn blieb sitzen und sah hinüber zum Bruder des Bauern. Der grinste nur blöd sein Messer an. Fynn senkte seine Augen wieder auf den Tisch und betrachtete das Käsemesser und den Weinkrug. Erst als er Schritte hörte und die Tür aufflog, blickte er auf.

Da stand Kyna, hinter ihr türmte sich fett und breit der Bauer auf.

„Schau einmal, wen wir da haben", schrie er seinen Bruder an. Kyna lächelte mit ihrem schönsten Lächeln in die Runde. Sie legte dabei den Kopf etwas schief und sah mit ihren großen Augen jeden direkt an, so wie Adara es immer machte, wenn sie Leute begrüßte. Der jüngere Bruder stierte Kyna an.

Fynn betrachte Kyna gelangweilt und seufzte, während sie es schaffte ihn trotz ihres zauberhaften Lächelns vorwurfsvoll anzusehen.

„Jetzt versteh ich, wieso du im Wald schlafen willst!", schrie der Bauer und schubste Kyna in die Stube. „Setz dich hin Mädchen, iss was!"

Fynn erhob sich langsam und sagte ruhig: „Nein, wir gehen jetzt.", und er dachte: wie ich es hasse. Wieso kann Kyna nicht

einmal zuhören und machen, was man ihr sagt.
„Setzt dich wieder hin!“, brüllte der Bauer Fynn an und drückte ihn an der Schulter runter. Fynn setzte sich.
„Bist du hungrig, Mädchen?“, fragte der Bauer und versuchte dabei seine Stimme zu drosseln. Er lächelte Kyna an. Dabei legte er ihr die eine Hand auf die Schulter und stützte sich mit der anderen am Tisch ab, um sich hinunter zu bücken und ihr direkt in die Augen zu schauen.
„Ja, sehr“, sagte Kyna. Er nahm sie an der Hand.
„Dann komm doch mit mir in die Küche und wir holen noch mehr Essen.“ Er wandte sich seinem Bruder zu. „Und du kommst auch mit.“ Der Bruder erhob sich grinsend.
So blöd war er dann doch nicht, dachte Fynn. Kyna sah plötzlich verunsichert aus und blickte Fynn fragend an. Fynn saß noch immer ganz ruhig da. Er streckte sich durch und lehnte sich bequem an die Wand hinter ihm.
„Ihr geht nirgendwohin Essen holen, ich hab euch schon zu lange aufgehalten. Wir gehen jetzt.“ Er sagte das nicht besonders laut, aber so drohend, dass Kyna blass wurde. Der Bauer wandte seinen Blick von Kynas Gesicht weg und sah Fynn mit bösen Augen an. „Wir gehen jetzt und du bleibst hier!“, herrschte er Fynn an.

Fynn seufzte wieder und verdrehte die Augen. Der Bauer packte Kyna am Arm und wollte sich aufrichten, doch dazu kam er nicht, denn Fynn erhob sich blitzschnell und rammte ihm mit voller Wucht das Käsemesser durch die Hand in den Tisch. Der Bauer schrie auf und stieß Kyna von sich. Sie stürzte krachend mit dem Stuhl auf den Boden.

Der Bruder wuchtete herbei, Fynn nahm den Weinkrug und schleuderte ihn ihm ins Gesicht. Der Bruder schrie auf und wandte sich blind und brüllend mit blutverschmiertem Gesicht Fynn zu. Fynn entriss ihm das Messer und schnitt ihm die Kehle durch. Der Bauer brüllte noch lauter, riss das Käsemesser aus seiner Hand und wollte damit auf Fynn

einstechen, doch der rammte ihm das scharfe Messer des Bruders ins Herz. Der Bauer ging langsam in die Knie, Blut röchelnd und spuckend, bis er schließlich umkippte.
Fynn sah auf den Boden zu Kyna. Sie lag voller Blut und Wein mit weit aufgerissenen Augen reglos da.
„Komm, steh auf", sagte Fynn. Er bückte sich und zog sie hoch. Sie stand mit bleichem Gesicht vor ihm. Fynn sah sie abwartend an:
„Hab ich nicht gesagt, dass du warten sollst?"
Doch Kyna starrte nur auf die Toten am Boden und ihr blutbespritztes Kleid. Fynn nahm das restliche Brot und den Käse vom Tisch und packte alles in seinen Beutel.
„Komm, Kyna, schauen wir, ob sie in der Küche noch Essen haben. Vielleicht stimmt es ja." Er grinste.
„Du hast die beiden umgebracht."
„Ja, leider."

Fynn ging in die Küche und fand noch mehr Brot, Käse und Speck. Er packte alles ein, schulterte seinen Beutel und kam zurück in die Stube. Kyna hatte Tränen in den Augen.
„Du brauchst jetzt wirklich nicht heulen, komm." Er umfasste ihr Handgelenk, bückte sich, hob ihren Beutel vom Boden auf und zog sie aus der Stube hinaus in die Dunkelheit. Kyna schluchzte vor sich hin. Fynn führte sie hinunter zum Fluss. Dort schaukelte ein Ruderboot am Ufer in den dunklen Wellen.
„Das nehmen wir flussabwärts." Er warf seinen und ihren Beutel hinein und stieg in das Boot. Kyna folgte ihm ins Wasser und als er ihre Hand nahm, um ihr ins Boot zu helfen, merkte er wie sehr sie zitterte. Fynn band das Boot los und ruderte in die Flussmitte, dann ließ er das Boot treiben und hielt es mit den Rudern nur noch stabil im Wasser. Kyna starrte auf das dunkle Wasser, das im Mondschein glänzte und sagte kein Wort.
„Leg dich in die Mitte und versuch zu schlafen."

„Der Boden ist nass“, sagte sie mit zitternder Stimme.
Fynn band seinen Beutel auf, nahm seinen Umhang heraus und legte ihn auf den Boden. Dann nahm er einen kleinen ledernen Trinkbeutel heraus, stöpselte ihn auf und reichte ihn Kyna.
„Trink einen Schluck.“ Kyna nahm den Beutel und trank einen großen Schluck. Sie hustete und reichte Fynn den Trinkbeutel zurück. Dann packte sie ihren Umhang aus, legte sich hin und schlief ein.

Die Sonne ging auf und Fynn betrachtete das vorbeigleitende Ufer. Kyna schlief noch – tief und traumlos, wie er vermutete. Er wollte eine Stelle finden, an der sie anlegen konnten, damit er schlafen konnte und Kyna baden. Sie sah furchtbar aus. Er sah auf sie hinunter und merkte wie sie sich langsam bewegte.
„Guten Morgen", sagte Fynn.
„Guten Morgen." Sie richtete sich auf.
„Was hast du mir da zu trinken gegeben?"
„Spezialmischung", antwortet Fynn und grinste.
„Das heißt?"
„Das war Schnaps mit Pulver."
„Mrillerpulver?"
„Keine Angst, da ist nur ganz wenig drin."
„Wieso hast du das?"
„Hab ich immer dabei", sagte er und klopfte auf einen kleinen prall gefüllten Beutel an seinem Gürtel. „Man weiß nie wozu man es brauchen kann."
Kyna war entsetzt, doch Fynn ignorierte es einfach. „Ich suche eine Stelle zum Anlegen. Dann kannst du baden und ich werde schlafen."
Kyna sah an sich herunter, ihr Kleid war voller Blut- und Weinflecken.
„Hast du ein zweites Kleid dabei? Ich schätze ja, so schwer wie dein Beutel ist." Kyna nickte und blickte noch immer ganz verdrossen auf ihr Kleid.
„Das bekomme ich nie wieder sauber", sagte sie vorwurfsvoll.
Fynn zuckte mit den Achseln: „Besser deren Blut als deines."
Er steuerte das Boot an eine sandige Stelle am Ufer. Ein großer Felsen ragte aus dem Wasser vor dem Ufer. Auf ihm wuchs ein einzelner Baum und schirmte das kleine Sandufer zum Fluss hin ab.
„Perfekt, da sind wir geschützt. Die Strömung wird nicht so stark sein, aber pass trotzdem auf." Er sprang aus dem Boot

und zog es die letzten Meter ans Ufer. Fynn reichte Kyna die Hand und half ihr heraus, dann nahm er die beiden Beutel und die Umhänge heraus. Er richtete sich sein Bündel als Kopfkissen und breitete seinen Umhang neben sich auf den Boden um ihn zu trocknen. Er sah Kyna kritisch an.

„Bleib am Ufer, das Wasser sollte dir maximal bis zur Hüfte gehen."

„Ja."

„Geh danach direkt in die Sonne, sonst wirst du krank."

„Ja."

„Also, ich mach jetzt meine Augen zu und dreh mich weg. Wasch dich in Ruhe, aber sauf nicht ab. Schaffst du das?"

„Ja."

Fynn schloss die Augen.

„Fynn?"

„Ja?"

„Magst du dich auf meinen Umhang legen?"

Fynn öffnete überrascht die Augen, mit dem Angebot hatte er wohl nicht gerechnet.

„Nein, Kyna, danke. Der wird nur voller Sand." Er schloss die Augen wieder und drehte sich zur Seite. Er hörte wie sie sich auszog und langsam ins Wasser ging. Sie hatte zuvor noch Seife aus ihrem Beutel geholt. Der Duft von frischen Blumen breitet sich bis zu ihm aus. Dann schlief er ein.

Als Fynn aufwachte, kniete Kyna frisch angezogen am Ufer und versuchte ihr Kleid zu waschen. Sie mühte sich vergeblich damit ab, die Flecken aus dem Stoff zu bekommen. Fynn setzte sich auf und sagte:

„Müh dich nicht ab, Blut geht nicht raus. Ist nur schade um die Seife."

Kyna drehte sich um.

„Ich hab aber nur zwei Kleider dabei und ich brauche ein frisches, wenn wir in Kulman Stadt sind."

„Wieso?"

„Wieso? Weil ich nicht schmutzig am Hof des Königs ankommen möchte. Was werden denn alle denken?
„Dass du zu Fuß von Atrisland nach Kulman Stadt gegangen bist."
„So will ich aber nicht aussehen!"
Fynn lachte und stand auf. Kyna erhob sich ebenfalls, wütend, und in dem Moment erfasste die Strömung das Kleid und es trieb schnell davon, wie ein gefleckter Teppich, der schnell auf der Wasseroberfläche wegtrieb.
„Nein!", schrie Kyna und wollte ins Wasser doch Fynn packte sie am Arm.
„Lass das, das Kleid ist weg." Fynn sah wie Kyna Tränen in die Augen stiegen. Er ließ sie los.
„Komm, wir müssen weiter", sagte er und begann seine und ihre Sachen aufzusammeln. Kyna stand am Ufer, sah dem Kleid nach und weinte.
„Wo ist denn dein Drache?", fragte Fynn. Kyna zuckte schluchzend mit den Achseln.
„Kannst du ihn nicht rufen?", fragte er weiter, doch Kyna schüttelte schluchzend den Kopf. Oh Mann, Mädchen, dachte Fynn. Es war ihm klar gewesen, dass es nicht einfach werden würde mit einem Mädchen in der Wildnis unterwegs zu sein. Kyna hielt sich sogar relativ tapfer. Bis auf die Dummheit vom Vorabend war es ganz gut gelaufen bisher. Sie würden es nach Kulman Stadt schaffen, da war sich Fynn sicher und dann... ja, dann. Sein Blick verfinsterte sich.
„Kyna", rief er, „komm ins Boot." Kyna kam und er half ihr beim Einsteigen. Er stemmte sich gegen das Boot und schob es in die Strömung, dann sprang er mit einem Satz hinein. Kyna weinte noch immer. Fynn versuchte es zu ignorieren und sagte: „Lange können wir nicht mehr Boot fahren, denn bald kommt ein Wasserfall. Dann müssen wir wieder zu Fuß weiter." Kyna nickte schluchzend und starrte ins Wasser.
Sie glitten schnell durch das Wasser, der Wald, große Felsen,

Sandstrände und kleinen Inseln flogen an ihnen vorbei.
„Bald müssen wir raus“, sagte Fynn.
„Gehen wir dann durch das Dickicht? Oder ist da irgendwo ein Weg?“
„Wir gehen am Wasser entlang durch das Dickicht, nach einem Tag gelangen wir an eine Brücke und einen Weg, den werden wir nehmen.“

Plötzlich hellte sich Kynas Gesicht auf, sie begann zu strahlen und ihre Augen leuchteten. „Fynn, da!“, rief sie und zeigte mit ihrem rechten Arm ans Ufer. Fynn schaute hin und sah wie auf einem hohen Felsen majestätisch der Silberkopf saß und auf den Fluss herabblickte. „Er ist uns gefolgt“, rief sie überglücklich und in Richtung Silberkopf: „Silberkopf!“ – und siehe da, der Silberkopf stieg mit einem großen Flügelschlag in die Luft auf und flog über das Boot, sodass es ganz schattig wurde.
„Er ist gewachsen, er muss ordentlich gefressen haben“, sagte Kyna begeistert. Plötzlich war ein Rauschen zu hören. Fynn zog sie Augenbrauen hoch und begann schnell in Richtung Ufer zu rudern. Der Silberkopf flog rüber zum Ufer, um auf die beiden zu warten. Fynn kämpfe gegen die Strömung und ruderte mit schnellen Schlägen. Das Rauschen wurden immer lauter. Kyna wurde unruhig. „Fynn?“, aber Fynn ruderte weiter, die Schweißperlen standen auf seiner Stirn.

Als er vermutete, dass er stehen konnte, sprang er ins Wasser und zog das Boot in Richtung Ufer, indem er sich zurücklehnte und gegen die Strömung stemmte. Kyna hielt sich verängstigt fest, er konnte sehen, wie ihre Handknöchel weiß hervortraten. Die letzten Meter zog er das Boot halb kriechend durch das Wasser, bis es endlich am Ufer zu stehen kam.
„Puh das war knapp“, stöhnte er und als Kyna vorwurfsvoll schaute, sagte er: „Ich wollte nicht, dass du einen Meter zu viel gehen musst“ und grinste.
Kyna stieg aus und lief zum Silberkopf. Der gurrte Kyna an

und sie streichelte ihn. Der Drache war mittlerweile einen Kopf größer als Kyna. Fynn reichte Kyna ihren Beutel und den Umhang und sagte:
„Weiter geht's!"

Kyna und der Drache folgten ihm. Es war ein mühevoller Abstieg durch den Wald entlang des Wasserfalls, aber Kyna beschwerte sich nicht und der Drache huschte lautlos neben ihnen her. Gefährliche Echse, dache Fynn, ein gefährlicher Jäger. Auf halber Höhe wartete Fynn auf Kyna.
„Schau", sagte er, etwas lauter, um das Rauschen des Wasserfalls zu übertönen, „siehst du da hinten?" Er deutete auf den Wald, der unter ihnen lag, „ganz hinten vor dem Horizont wo der Fluss schmäler wird, da ist die Brücke." Kyna folgte seinem Blick und nickte. Sie verharrten für einen kurzen Moment gemeinsam schweigend und sahen zufrieden zur Brücke, ein kleiner grauer Fleck über einem glitzernden Rinnsal, kurz bevor der Wald mit dem Himmel verschmolz. Neben ihnen donnerte der Wasserfall. Dann gingen sie weiter.

Kyna konnte es kaum glauben, als sie die Brücke erreichten. Ihr war kalt von der feuchten Nacht im Dickicht, so kalt, dass sich ihre Knochen gefroren anfühlten und sie war müde, obwohl sie einige Stunden geschlafen hatte. Der Drache folgte ihr wieder, darüber war sie zwar froh, allerdings wusste sie nicht, ob das auf dem Weg, den sie jetzt nehmen würden, zu einem Problem werden würde. Die Straße, die von der Brücke wegführte, war recht breit. So breit, dass ein Wagen ihn passieren konnte, aber er wirkte nicht stark befahren.

„Wo sind wir hier?", fragte sie.

„Im Fürstentum Karrenberg?", antwortete Fynn.

„Das weiß ich doch", antwortete Kyna. „Ich meine, wo genau? Wohin führt dieser Weg?"

„Der Weg führt durch einige Dörfer nach Karrenstadt. Dahinter liegt dann das Schloss des Fürsten."

„Wann werden wir dort sein?"

„Wenn wir uns Pferde besorgen in zwei Tagen."

„Du meinst wir kaufen uns Pferde? Im nächsten Dorf?"

„Nein, ich meine wir besorgen uns Pferde. So schnell wie möglich."

Kyna schüttelte den Kopf. Was meinte Fynn? Sie schob den Gedanken erst einmal beiseite und konzentrierte sich auf den Weg, der zwar nicht ganz eben war und Fuhrrinnen hatte, aber ihr im Gegensatz zum Wald vorkam wie der Boden der Kaminstube. Das Gehen fiel ihr plötzlich wieder ganz leicht und sie wurde fröhlich, wenn sie an die Dörfer und das Schloss des Fürsten dachte. Nur, würden sie einkehren? Was hatte Fynn vor? Natürlich, sie wurden gesucht, aber sie konnten ja alles erklären, da machte sich Kyna keine Sorgen mehr.

Oder sie würden sich eine Geschichte ausdenken. Beschwingt ging sie neben Fynn her und sagte:

„Da können wir einmal eine tolle Geschichte erzählen!"

„Was meinst du?"

„Na, die Geschichte von unserer Reise hier, von Atrisland nach Kulman Stadt."
„Du meinst die Geschichte wie du dich durch den Wald nach Kulman Stadt geheult hast? Das will sicher jeder hören."
„Du bist so gemein."
Fynn grinste nur. Als es dunkel wurde, verließen sie den Weg, um im Wald ihre Bleibe aufzuschlagen. Sie gingen ein Stück in den Wald hinein und konnten sogar den Fluss wieder hören. Plötzlich blieb Fynn stehen.
„Schau, da vorn!", flüsterte er.
„Was ist da?", flüsterte Kyna.
„Siehst du das Licht nicht?"
„Ein Haus?"
„Nein, ein Lagerfeuer natürlich. Komm." Fynn pirschte weiter nach vorne in Richtung Ufer und Kyna versuchte ihm möglichst lautlos zu folgen. Ihr war noch nie aufgefallen, wie laut man beim Gehen war. Alles knackte und knirschte. Fynn blieb wieder stehen.
„Die haben zwei Pferde", flüsterte er. Kyna folgte seinem Blick und sah zwei junge Männer am Lagerfeuer sitzen.
Sie aßen und tranken und sie waren definitiv bewaffnet, denn es lugten Schwertgürtel unter ihren Umhängen hervor. Einen Steinwurf hinter sich hatten sie zwei Pferde an die Äste eines umgestürzten Baumes gebunden.
„Wir machen folgendes", flüsterte Fynn. „wir gehen hin und unterhalten uns mit ihnen. Dann sage ich, ich muss kurz wohin und du lenkst sie ab."
„..ich lenke sie ab?", zischte Kyna.
„..du lenkst sie ab. Ich komme dann auf einem der Pferde und nehme dich mit."
„Was?"
„Bereite dich darauf vor auf ein Pferd zu springen. Das zweite binde ich los, es wird uns nachlaufen."
„Was?"

Fynn ignorierte ihren verdutzen Blick und trat aus dem Wald heraus an das Ufer.

Die beiden jungen Männer griffen nach ihren Schwertern und sprangen auf. Ein riesiger Hund, so groß wie ein Kalb, sprang ebenso auf und knurrte.

„Meine Herren“, sagte Fynn, „guten Abend.“ Er verbeugte sich. Die beiden Männer sahen ihn grimmig an. Kyna trat langsam aus dem Schatten des Waldes ans Ufer. Sie konnte die flackernde Wärme des Lagerfeuers in ihrem Gesicht spüren. Es roch sogar ein wenig wie in der Kaminstube zu Hause. Nur, dass der Duft vermischt war mit kalter Waldluft und dem feuchten Duft des Wassers. Kyna sah die beiden jungen Kerle und dann Fynn an. Sie hatte das Gefühl, dass die beiden etwas freundlicher blickten, als sie sie sahen, aber es war schwer zu sagen in der Dunkelheit.

„Meine Herren, meine Schwester und ich befinden uns auf dem Weg nach Karrenstadt. Leider hat unser Gesinde die Pferde und das meiste vom Proviant gestohlen. Ihr habt nicht zufällig eine Magd und einen Knecht in Atristracht vorbeireiten sehen?“ Die beiden Männer schüttelten den Kopf.

„Die Magd hat lange schwarze Haare“, Fynn tippte mit der rechten Hand an seine Taille, „und ist klein und der Knecht ist blond und sehr groß.“ Er schwang seine linke Hand etwa einen halben Meter über seinem Kopf. Wieder schüttelten die beiden den Kopf.

„Dürfen wir uns kurz zu euch ans Feuer setzen?“ Der kleinere der beiden, der ganz schlank und wendig aussah, nickte vorsichtig. Der größere, der etwas stämmiger war, knurrte wie sein Hund etwas Unverständliches. Zumindest schien ihm der Hund zu gehören, denn er hielt ihn am Halsband fest.

Fynn setzte sich auf einen Stein am Lagerfeuer, sah die beiden an und sagte:

„Nun, ihr kommt auch aus dem Hohen Tal. Wohin seid ihr denn unterwegs?“

„Wir sind Boten", sagte der kleinere. „Wir sind unterwegs nach Karrenstadt."
„Boten des Fürsten?", fragte Fynn.
„Ja", antwortete der Stämmige. Kyna wurde blass. Sie hoffte, dass es niemand in der Dunkelheit sehen konnte.
„Wie hat es euch im Hohen Tal gefallen?", fragte Fynn und machte eine Handbewegung die Kyna deutete sich neben ihn hinzusetzen.
„Gut", sagte der stämmige und sah dabei Kyna an. „Ist eine reiche, schöne Gegend. Mit tollen Mädchen."
„Ja", Fynn nickte, „das stimmt."
„Und du und deine Schwester?", fragte der kleine, wendige.
„Oh, ich bin auch ein Bote", sagte Fynn, „und meine Schwester begleitet mich nach Kulman Stadt." Fynn sah ins Feuer als würde er dort etwas eingehend betrachten. „Wir haben eine Nachricht für König Kul."

Der Stämmige sah Kyna an und sagte: „Die Mädchen in Atrisstadt singen so schöne Lieder. Kannst du uns auch ein Lied vorsingen?" Fynn blickte Kyna freundlich und erwartungsvoll an. Die beiden Boten in ihren braunen Umhängen und blauen Botenhüten mit der langen Feder strahlten Kyna mit glänzenden Augen an. Kyna räusperte sich und stand auf.
„Also…", sie räusperte sich erneut, „singen kann ich leider nicht." Die beiden Boten machten enttäuschte Gesichter. „Aber", sagte sie und lächelte in die Runde, „ich kann einen besonderen Tanz."
„Einen Tanz", rief der kleine Bote und die Gesichter leuchteten wieder auf, „welchen Tanz?"

Kyna sah hinunter zu Fynn der ganz entspannt auf dem Stein saß. „Den Drachentanz", sagte Kyna. Nun sah auch Fynn sie an. „Aber dazu müsst ihr beide singen und klatschen. Könnt ihr das?"
„Ja", riefen die Boten begeistert im Chor und stimmten sofort ein Lied an.

„Es war einmal vor langer Zeit,
ein Mägdelein im roten Kleid,
sie ging hinunter zum großen Fluss,
weil ja einer waschen muss....", sangen sie begeistert und klatschten in die Hände. Fynn sah abwartend aus. Kyna begann im Takt hin und her zu wippen, streckte die Arme von sich und begann sie wie Flügel auf und ab zu bewegen, dann führte sie die Hände über ihren Kopf, klatschte und drehte sich. Wie aus dem Nichts schoss der Silberkopf aus dem Wald und richtete sich vor Kyna auf. Die Boten verstummten erschrocken aber Kyna rief lächelnd: „Immer nur weiter, die Herren, bitte."

Die beiden sangen anfangs irritiert, aber dann immer begeisterter weiter. Kyna und der Drache drehten sich synchron, sie wirbelte um ihn herum und er schlängelte sich und wippte im Takt, passend zu Kynas Bewegungen.

„Ist das toll", schrie der Stämmige, „ich wusste gar nicht, dass die da oben so tanzen....
Das Mägdelein am Abend schön,
möchte gerne tanzen gehen,
möchte singen und auch lachen,
nicht immer nur die Wäsche machen...."

Kyna wirbelte mit dem Drachen um das Feuer. Sie sah nur kurz zu dem Stein auf dem Fynn gesessen hatte und wie erwartet war er leer. Der riesige Hund hatte sich zum Glück verkrochen, er hatte wohl Angst vor dem Drachen. Plötzlich schoss Fynn auf einem Pferd aus der Dunkelheit, ritt auf Kyna zu, bremste das Pferd nur kurz ab und riss sie nach oben. Dann gab er dem Pferd die Sporen und sie flogen in die Nacht hinein. Kyna hörte die Boten noch brüllen, aber ihr Geschrei wurde immer leiser und als Fynn das Pferd endlich langsamer gehen ließ, spürte sie wie wild ihr Herz klopfte. Sie stiegen ab und der Drache, der ihnen nachgeflogen war, landete neben ihnen. Fynn lachte sie an:

„Ich wusste gar nicht, dass du so etwas drauf hast." Er lachte wirklich ausgelassen. „Wahnsinn, das war ja ein Tanz." Er lachte noch immer und schüttelte den Kopf. Er half ihr auf das zweite Pferd, das ihnen nachgaloppiert war, wie Fynn gesagt hatte.

„Weiter geht's!", rief er. „Ich reite vor!"

Kyna ritt los und drehte sich nach dem Drachen um, der ihr in großen Sätzen folgte.

Ihr Herz pochte noch immer und sie war gar nicht mehr müde. Sie ritt Fynn nach, sah ihn vor sich, eine schlanke große Gestalt die lässig durch die Nacht ritt, den Zügel nur in einer Hand. Vielleicht war es doch ganz toll mit Fynn nach Kulman Stadt zu reiten. Sie war froh, dass sie ihn mitgenommen hatte. Als sie im Morgengrauen anhielten um zu rasten, schlief Kyna sofort ein. Die Pferde und der Drache rasteten neben ihnen und so fühlte sich Kyna gar nicht mehr alleine. Sie wollte noch weiterschlafen, als Fynn sie unsanft weckte indem er ihr Wasser aus seinem Trinkbeutel ins Gesicht spritzte. Sie war doch erschöpfter, als sie sich noch in der Nacht gefühlt hatte.

„Aufstehen!", rief Fynn.

„Fynn, ich muss schlafen, sonst falle ich vom Pferd."

„Wir müssen weiter, sonst holen sie uns ein."

„Die sind doch zu Fuß!"

„Bis der nächste Wagen sie mitnimmt."

Kyna stöhnte und stand auf. Fynn hielt ihr Brot hin, aber sie konnte noch nichts essen. Sie steckte das Brot ein, nahm ihren Beutel und ging zu ihrem Pferd.

„Wo ist der Sattel?", fragte sie.

„Weg, der ist zu auffällig. Die Farben und das Zeichen des Fürsten sind drauf."

„Ich kann nicht ohne Sattel reiten, Fynn!"

„Dann lernst du es jetzt."

Kyna atmete tief aus. Sie ritt ohnehin nicht gern auf Pferden, sie waren wackelig und zappelig und man musste ihnen mit

den Beinen Befehle geben. Drachen waren groß und stabil, die Sattel fein gepolstert und sie hörten auf Befehle.
Fynn hob sie auf das Pferd. Den Beutel musste sie schultern, weil sie ihn nicht mehr am Sattel festbinden konnte. Aber sie war froh, dass sie ihn noch hatte. Fynn hatte es tatsächlich geschafft, ihn vom Boden hochzureißen als er sie mit dem Pferd holte. Nun sprang er mit einem Satz auf sein Pferd und wendete es. Er war ein unglaublicher Reiter, dachte Kyna.

Wie er sie gestern fast aus dem Galopp hochgerissen hatte und hinter sich gesetzt hatte, war wirklich Wahnsinn gewesen. Sie folgte ihm im Trab und sah sich nach dem Drachen um. Er folgte ihnen in einigem Abstand. Wie befürchtet war das Reiten ohne Sattel noch unangenehmer und härter und Kyna betete, dass der Tag schnell verging.
Nach einigen Stunden lichtete sich der Wald etwas und sie ritten hinaus in das helle Tageslicht. Vor ihnen erstreckten sich bestellte Felder.
„Wir kommen jetzt zu den Dörfern“, sagte Fynn, „aber wir werden nicht haltmachen.“

Kyna wollte protestieren, aber sie wusste es war zwecklos. Als sie das erste Dorf erreichten, sah Kyna Kinder und Hunde auf der Straße spielen. Frauen, die zum Fluss hinunter gingen, um zu waschen und Männer, die schwere Säcke schleppten oder Vieh durch die Gassen trieben. Die Leute waren fast alle barfuß, obwohl es schon Herbst war und trugen dreckige oder verbrauchte Kleidung. Noch nie hatte Kyna so verbrauchte Kleidung gesehen oder Erwachsene ohne Schuhe.

Manche grüßten, manche blickten argwöhnisch zu den beiden Reitern empor. Als sie beim Dorfbrunnen vorbeiritten, kamen Hunde und bellten die Pferde an. Wo war der Drache, schoss es Kyna durch den Kopf. Sie drehte sich um, aber sie sah ihn nicht. Sie kamen noch durch einige Dörfer und als es dämmrig wurde und sie ein etwas größeres Dorf passierten, wurde die Straße plötzlich flach und weit.

„In zwei Stunden erreichen wir Karrenstadt", sagte Fynn.
„Werden wir dort haltmachen?"
„Nicht in der Stadt, wir werden außerhalb der Mauer unser Lager aufschlagen."
„Ach bitte Fynn, lass uns einkehren, essen und in einem Bett schlafen."
„Und der Drache?"
„Der folgt uns drüben in den Wäldern. Er wird auf uns warten. Bitte, Fynn, bitte!"
„Am Tor wird man uns aufhalten."
„Und?"
„Ich rede und du bist still. Ausgemacht?"
„Hmmm."
„Kyna?! Ausgemacht?"
„Ja!"
Es war schon fast ganz dunkel als sich die Stadtmauer vor ihnen auftürmte. Es leuchtete das flackernde Licht der Fackeln auf sie herab und aus der Stadt drang der angenehme Lärm wie Kyna ihn aus Atris Stadt kannte. Sie hielten am Tor und klopften. Eine kleine Tür im Tor öffnete sich knarzend und ein kleiner, dicker Wächter kam heraus.
„Wer seid ihr?"
„Ich bin ein Bote aus Kulman Stadt und das ist meine Schwester. Fynn ist mein Name."
„Woher kommt ihr?"
„Wir kommen aus Atris Stadt und bringen Kunde für König Kul."

Der Wächter hob seine Fackel und leuchtete zuerst Fynn und dann Kyna damit ins Gesicht. Ansonsten sagte und machte er nichts. Minuten verstrichen und Kyna konnte den Wind, der immer kühler wurde, im Rücken spüren. Endlich kramte Fynn in seinem Umhang, beugte sich zum Wächter hinunter und gab ihm etwas. „Macht das Tor auf!", rief der dann durch die Tür hinein ins Innere und tatsächlich, das Tor öffnete sich. So ritten sie hinein in die dunkeln Gassen, hinein bis zum Marktplatz. Dort gab es mehrere Schenken. Fynn ritt gezielt auf eine zu. Als sie davor stoppten, konnte Kyna auf einem Holzschild über der Tür einen aufgemalten Drachen sehen. Sie lächelte. Sie hoffte, dass der Silberkopf brav in den Wäldern auf sie wartete.

Aber noch mehr hoffte sie, dass es warmes Essen und ein Bett für sie geben würde. Sie traten in die Gaststube ein, in der es sehr laut war. Fynn ging auf eine dickliche Frau mit rotem Kopf zu.

„Guten Abend", sagte er und verneigte sich.

„Guten Abend!", rief sie fröhlich, „was darf es für euch sein?"

„Für meine liebe Schwester und mich eine Schlafstube bitte und auch etwas zu essen. Für unsere Pferde draußen Wasser und Heu."

„Gerne, mein Herr."

„Wir essen in der Schlafstube, wir sind sehr müde."

„Gerne, mein Herr."

„Ich bezahle gleich, denn wir müssen sehr früh weiter."

„Gerne, mein Herr, das hab ich am liebsten."

Sie sah Kyna interessiert an und nahm einen Schlüssel von der Wand. Fynn und Kyna folgten ihr hinauf in das erste Stockwerk und sie öffnete die Tür zu einer kleinen Stube mit brennendem Kaminfeuer und einem Bett. Sie sagte: „Ich bringe frisches Wasser und Essen."

Kyna warf sich sofort auf das Bett und schloss die Augen. Sie hörte wie die Wirtin wieder kam und Fynn mit Talern klapperte und sich bedankte. Das Essen duftete herrlich, obwohl es nur Suppe und Brot war.

„Kyna, steh auf, du musst noch etwas essen."

Kyna zog ihren Umhang aus, setzte sich auf einen der wackeligen Stühle und begann Brot und Suppe zu essen. Fynn setzte sich auch und aß schweigend. Kyna war so müde, dass sie fast vom Stuhl fiel.

„Jetzt wasch dich und leg dich hin. Ich wecke dich morgen“, sagte er.
„Ich glaube, das Wasser reicht nicht für uns beide.“
„Schon in Ordnung, ich bin kein Mädchen“, Fynn grinste.

Kyna wusch sich und betrachtete ihr Kleid. Es war unter dem Umhang zum Glück relativ heil geblieben. Sie ärgerte sich, dass sie es trug. Sie hatte es für Kulman Stadt mitgenommen und wollte es eigentlich erst am Hof anziehen, wenn sie Myron traf. Wie würde sie jetzt nur aussehen wenn sie ankam?
Das Kleid war hell und empfindlich und hatte überall goldene Drachenstickereien, für eine Reise war es ungeeignet. Noch dazu war es dünner als das andere. Ihr Gürtel wirkte etwas zu derb dazu und natürlich auch die Stiefel. Sie ärgerte sich noch immer, dass ihr das andere Kleid davongeschwommen war. Sie musste sich bemühen so wenig Flecken wie möglich zu machen. Kyna betrachtete das Bett. Es war ziemlich klein. Für Fynn sogar, wenn er allein darin liegen sollte. Fynn folgte ihrem Blick und sagte:
„Leg dich hin, ich schlaf auf den zwei Stühlen.“
„Sicher?“
„Sicher, ja. Geh jetzt schlafen, sonst heulst du mir morgen wieder die Ohren voll.“
Kyna legte sich und schloss die Augen. Sie hörte wie Fynn die Stühle verrückte. Sie konnte nicht einschlafen. Sie hörte Fynn ruhig atmen und das Knistern des Feuers.
„Fynn?“
„Ja!“, brummte er.
„Darf ich dich was fragen?“
„Unbedingt.“ Er seufzte.
„Wieso wolltest du mit? Ich meine, wieso wirklich.“
„Ich wollte, dass du heil ankommst.“
„Nein, die Wahrhcit!“
„Das ist die Wahrheit.“
Kyna schwieg und dachte nach.

„Was wird mit uns passieren, wenn wir angekommen sind?"
Fynn schwieg.
„Werden wir bestraft werden?", fragte Kyna.
„Du sicher nicht. Schlaf jetzt."
„Gute Nacht."
„Gute Nacht."

Kyna fiel in einen unruhigen Schlaf. Sie träumte von Myrons Brief und von Adara. Sie vermisste Adara genauso wie Myron. Würden sie jemals wieder vereint sein? Lachend zu Hause am Tisch sitzen und gemeinsam in die Stadt reiten? Kyna stiegen Tränen in die Augen, wenn sie daran dachte. Denn tief in ihrem Inneren kannte sie die Antwort.

Fynn weckte sie im Morgengrauen. Kyna stand schnell auf, sie fühlte sich so ausgeschlafen und stark wie schon lange nicht mehr. Sie aß schnell noch etwas Brot, schnappte sich ihren Beutel und hastete hinter Fynn die Treppe hinunter. Die Kälte vor der Tür schlug ihr regelrecht ins Gesicht. Haben wir wirklich immer im Freien geschlafen? Wahnsinn! Fynn schien das Gleiche zu denken und murmelte:
„Es hat jetzt wirklich abgekühlt."

Er holte die Pferde und half Kyna beim Aufsteigen. Sie ritten los, durch halbdunkle Gassen, leere Plätze und stinkende Straßen. Nach der langen Zeit in den Bergen und Wäldern war Kyna den Geruch der Stadt nicht mehr gewohnt. Wobei, in Atris Stadt stank es nicht so. Als sie über den leeren Marktplatz ritten, erinnerte sie sich daran, wie sie das letzte Mal mit Mutter, Adara und Nikli am Markt war und eingekauft hatte. Es war lustig gewesen und sie hatten Obst und Käse gekostet und Adara hatte überall nur die besten und schönsten Stücke ausgewählt. Noch lustiger war es früher mit Girte gewesen, denn sie hatte immer mit den Händlern gestritten und gefeilscht. Wie es Girte wohl ging, wo sie wohl war?

Sie erreichten die Stadtmauer. Zwei Wachen blickten auf sie hinunter und öffneten das Tor. Fynn ritt vorneweg wie immer und Kyna folgte ihm hinaus vor die Stadt. Es breitete sich eine hügelige Landschaft vor ihnen aus, Felder und Wälder und immer wieder kleine Seen. Ein niederer, flacher Berg erhob sich in der Ferne, es war der Karrenberg und davor lag auf einer Anhöhe eine stattliche Festung. Das war das Schloss des Fürsten. Sie ritten auf dem Landweg direkt auf die Karrenfeste zu und als die Sonne hinter dem Karrenberg aufging, erleuchteten die weißen Mauern rosa wie die Berggipfel vom Hohen Tal.

„Eine wunderschöne, große Festung für so ein kleines Fürstentum", rief Kyna Fynn nach vorne zu.

„Klein aber wichtig!", rief Fynn. „Karrenberg liegt genau zwischen dem Hohen Tal und Kulmeli."

Kyna verstand das zwar nicht ganz, aber es lag wohl daran, dass alle Händler hier durchmussten, um in die Fürstentümer Bidelis oder nach Kulmeli zu gelangen. Oder auch nach Waldemi, denn der Weg dorthin führte an den Bergen vom Hohen Tal vorbei.

Als die Sonne hoch am Himmel stand, kamen ihnen immer öfter Bauern, Händler und Reiter entgegen. Kurz vor einem der vielen kleinen Seen lenkte Fynn sein Pferd feldeinwärts.

„Was machst du?", rief Kyna genervt nach vorne.

„Wir reiten querfeldein, sonst kommen wir direkt an der Festung vorbei."

„Oh nein!", stöhnte Kyna.

„Nicht, dass jemand die zwei Pferde erkennt!", rief Fynn.

Kyna wollte nicht schon wieder durch die Wildnis und das Dickicht. Wobei, wenn sie wieder durch Wald und Wiese ritten, würde der Silberkopf bestimmt wieder auftauchen, das wäre gut. Sie folgte Fynn und tatsächlich, als sie über den ersten bewaldeten Hügel ritten, war der Drache plötzlich wieder wie ein lautloser Schatten hinter ihnen. Sie ritten, ohne Rast zu machen. Nicht einmal als die Pferde in einem Bach tranken, stiegen sie ab. Als es dämmrig wurde, blieb Fynn endlich

stehen. Kyna fiel fast vom Pferd und setzte sich seufzend auf einen Stein. Sie stand aber gleich wieder auf, weil er so kalt war und sah Fynn besorgt an.
„Nicht jammern, letzte Nacht konntest du angenehm ruhen", sagte Fynn und band die Pferde an.
„Hätten wir nicht in einem der Dörfer übernachten können?"
„Nein."
„Das wird sehr kalt heute Nacht, können wir kein Feuer machen?"
„Nein."
„Aber alle anderen machen immer Feuer, auch die zwei Boten…"
„Kyna!"
Kyna sah Fynn an. Sie konnte seine Mimik gar nicht mehr deuten, seitdem er nicht mehr rasiert war. Nur der spöttische Blick, der brach noch immer einwandfrei durch den Bartwuchs durch. Aber sogar den hatte er nur noch selten.

Fynn legte eine der Pferdedecken, die er zum Glück mitgenommen hatte, auf den Boden. Dann sah er Kyna an:
„Ruf den Drachen."
„Wieso …"
„Tu es einfach."
„Silberkopf", rief Kyna in den Wald hinein. Und tatsächlich, der Drache huschte aus dem Dickicht heraus und pirschte lautlos auf Kyna zu. Direkt vor ihr richtete er sich auf.
„Er soll sich hinlegen, wir legen uns neben ihn."
Kyna machte eine sanfte Handbewegung mit der flachen Hand nach unten und der Drache legte sich hin. Fynn sah zufrieden aus und sagte:
„Du legst dich neben den Drachen und ich leg mich neben dich."
Kyna nahm ihren Stoffdrachen aus dem Beutel, den sie immer als Kopfkissen verwendete. Ihr Blick fiel auf das Buch. Bald bin ich bei dir Myron, dachte sie, und legte sich hin, ganz nahe

an den Drachen. Sie zog ihren Umhang fest zu. Es roch nach nassem Waldboden. Fynn legte sich neben sie und sah sie an.
„Geht es so?“, fragte er.
„Nein, mir ist kalt“, sagte Kyna.
„Dann rutsch näher an den Drachen.“
Kyna kuschelte sich an den Silberkopf, der ganz ruhig dalag und gurrende Geräusche machte. Es schien ihm zu gefallen. Fynn rückte nach und schob die beiden Beutel als Begrenzung für ihre Köpfe nach.
Kyna drehte sich zu Fynn. So nahe Gesicht an Gesicht waren sie noch nie gewesen.
„Deine Augen sind ja grün“, sagte sie. Ihr war immer vorgekommen, dass sie braun waren.
„Ist das wichtig?“, knurrte Fynn.
„Na ja, sie sind grün-braun.“
Fynn schloss die Augen und drehte sich weg. Dabei fielen seine Haare auf die Seite und sie sah, dass er eine lange Narbe am Kopf hatte.
„Woher kommt die Narbe auf deinem Kopf?“
„Welche Narbe?“
„Ja, die auf deinem Kopf, die total lange.“
„Weiß ich nicht.“
„Wie, das weißt du nicht?“
„Hab ich sicher aus meiner Kindheit. Schlaf jetzt.“
„Es wäre wirklich netter, wenn man sich einmal normal mit dir unterhalten könnte, Fynn.“
„Der Drache folgt dir wirklich gut, hoffentlich frisst er uns nicht. Oder die Pferde.“
„Haha, Fynn, wirklich lustig.“
„Gute Nacht.“
„Gute Nacht.“

Kyna schlief ein, doch nach ein paar Stunden wurde sie wieder wach. Der Mond stand hell am Himmel, im Wald um sie herum knackte es unheimlich. Ihr war so kalt, dass sie

zitterte. Fynn riss sofort die Augen auf als er ihre Bewegungen spürte und fragte:
„Was ist los?"
„Mir ist kalt", sagte Kyna mit zitternder Stimme.
Fynn machte seinen Umhang auf, rutschte zu Kyna und zog sie an sich. Dann breitete er seinen Umhang über sie beide aus.
„Danke, Fynn", flüsterte Kyna. Fynn sagte nichts, aber sie konnte sein Herz klopfen spüren, so ruhig und stark, dass sie sich ganz warm und geborgen fühlte. Fynn roch auch gut, das war ihr gar nie aufgefallen. Und so schlief sie wieder ein.

Kyna erwachte, weil sie Stimmen hörte. Sie erstarrte. Stimmen? Was bedeutete das? Ihr Herz machte einen Satz. Unterhielt sich Fynn etwa? Nein, seine Stimme hörte sie nicht, nur zwei fremde Männerstimmen:
„...was machen wir jetzt, nehmen wir sie mit?"
„Ja, wir bringen sie auf die Festung."
„Nie war das Mädel allein unterwegs."
„Egal, wir nehmen sie jetzt mit. Soll der Aufseher entscheiden."
Sie hörte wie sich schwere Stiefeltritte näherten. Sie kniff ihre Augen zusammen und hoffte einfach, dass sie alles träumte.
„He, Mädchen, wach auf", rief die Männerstimme. Sie spürte, wie sie am Oberschenkel angestupst wurde. „Steh auf."

Kyna drehte sich auf den Rücken und öffnete die Augen. Sie blickte zuerst auf drei Paar dreckige Stiefel, dann in die Augen von drei Männern. Sie waren ganz in Grün gekleidet und trugen runde Hüte, an denen ein Fuchsschwanz mit einem goldenen Emblem angebracht war. Die Männer hatten Köcher und Bogen geschultert und an ihren Gürteln steckte ein langes Messer.

Das sind die Jäger des Fürsten, dachte Kyna. Sie setzte sich auf und sagte nichts. Sie sah sich um. Die Pferde waren weg, der Drache war weg und Fynn war natürlich auch weg. Nur die Decke, auf der sie gelegen hatte, war noch da und ihr Beutel. Der älteste der Jäger, der schon weiße Haare hatte, bückte sich, nahm sie fest an beiden Oberarmen und zog sie hoch. Er musterte Kyna, dann sah er auf die Decke auf der Kynas Stoffdrache lag.
„Wen haben wir denn da?", fragte er. Kyna schwieg.
„Bist du allein?", fragte er weiter. Kyna schüttelte den Kopf und stammelte: "Ich weiß nicht..."

Der Jäger betrachtete Kynas Gürtel der durch den Umhang hervorlugte. Er schob den Umhang noch ein wenig mehr zur Seite und betrachtete das Kleid mit den Drachenstickereien.
„Also wir sind hier auf der Jagd nach einem Drachen, der in

den Wäldern des Fürsten seit einigen Tagen Wild reißt", sagte er, „dir ist neben deinem Gesinde nicht zufällig auch noch ein Drache abhandengekommen?" Kyna schwieg.
„Gut, das kannst du ja dem Aufseher erklären." Der jüngste der Jäger, der sicher jünger als Kyna war, hob ihren Beutel, den Stoffdrachen und die Decke auf. Er reichte ihr den Beutel. Die Decke und den Stoffdrachen gab er dem mittelalten Jäger. Kyna schulterte mit zitternder Hand ihren Beutel. Der mittelalte Jäger faltete die Decke und packte sie mit dem Stoffdrachen bei sich ein.
„Geh mir nach", sagte der alte Jäger und Kyna nickte.

Die beiden jüngeren Jäger gingen hinter ihr und der mittelalte fing sie immer wieder auf, wenn sie stolperte. Nachdem sie sich mühsam durch das Dickicht geschlagen hatten, wobei sie ständig Bäche querten, in denen Kyna immer ausrutschte und vom Jäger hinter ihr aufgefangen werden musste, erreichten sie endlich eine Lichtung. Kyna trat hinaus in die warme Sonne und da sah sie die Festung des Fürsten, die sich majestätisch hinter den Feldern auftürmte. Sie strahlte weiß in der Sonne vor dem dunklen Karrenberg, vier Wege aus allen Himmelsrichtungen führten zur ihr hin.

Nach einer Weile erreichten sie ein Dorf. Die schweigsamen Jäger gingen in eine Scheune und kamen mit Pferden wieder heraus. Der alte Jäger setzte Kyna auf eines der Pferde, schwang sich selbst auf eines hinauf und ritt los. Die beiden anderen folgten. Je näher sie der Festung kamen, desto größer und weitläufiger wirkte sie. Die Jäger ritten auf das Haupttor zu und plötzlich ertönte ein lautes Horn. Kyna drehte sich auf die Seite. Es war der alte Jäger, der in das Horn blies. Sie ritten im Galopp über die Zugbrücke und über den Wassergraben, der wohl fünfmal so breit war wie der am Drachenhof. Dann trabten sie durch das sich öffnende Tor.

Im Inneren der Festung erstreckten sich Wiesen, Koppeln und Gärten bis hinauf zum Schloss des Fürsten. Sie ritten ein wenig am Wall entlang, vorbei an grasenden Pferden und Apfelbäumen und bogen dann links in ein kleines Dorf ein. Dort waren viele dreistöckige Häuser, alle gleich gebaut und sauber herausgeputzt. Der Jäger hielt vor einem der Häuser an. Er stieg ab und hob Kyna vom Pferd. Dann klopfte er an die Tür und zog Kyna am Arm hinein, die beiden anderen Jäger folgten.

Sie gingen in eine Stube, in der ein kleiner dicklicher Mann mit langen grauen Haaren an einem Tisch saß und in eine Schriftrolle vertieft war. Er war, wie die Jäger, grün angezogen, sein Hut mit dem schillernden Wappen und dem Fuchsschwanz lag vor ihm auf dem Tisch. Es glänzte noch ein zweiter Anstecker am Hut neben dem Wappen, ein goldenes Geweih: das Zeichen des Jagdaufsehers.

„Seid gegrüßt, Jagdbrüder", sagte der kleine Herr, lehnte sich zurück und betrachtete Kyna interessiert.

„Sei gegrüßt, Jagdbruder", sagten die drei Jäger im Chor.

„Wen haben wir denn da?", fragte er, stand flink auf und machte drei tänzelnde Schritte auf Kyna zu. Er war kleiner als Kyna, reichte ihr nur bis zur Brust und er roch nach Kräutern und Suppe. Er schaute sie neugierig von unten herauf mit seinen kleinen hellblauen Augen an. Kyna schwieg.

Der alte Jäger sagte: „Den Drachen konnten wir nicht finden, Meister Aufseher. Aber das junge Fräulein hier trägt einen Drachenzüchtergürtel und wir haben sie ganz in der Nähe vom letzten gerissenen Hirschen aufgegriffen."

„Soso", sagte der Aufseher und betrachtete Kynas Gürtel. Er sah sie streng an und fragte: „Was für ein Drache ist dir denn da abhandengekommen?" Als Kyna nicht antwortete, fragte er: „Wieso bist du ganz allein? Wo sind denn deine Leute?"

Tja, dachte Kyna, das wüsste ich auch gern. Verdammt Fynn, wo bist du hin? Als Kyna noch immer nicht antwortete und ihn nur anstarrte, änderte der Aufseher seinen Tonfall und fragte mild und großväterlich: „Schau Mädchen, wir helfen

dir gern, aber du musst uns auch helfen."
Kyna überlegte. Was würde Fynn jetzt machen? Was würde er sagen? Ach, wenn er das wüsste, wäre er nicht abgehauen! Nein, die Frage war doch: Was würde Adara machen? Kyna richtete sich auf. Sie trat einen Schritt zurück und die Jäger, die sie in ihre Mitte genommen hatten, drehten sich um. Der Aufseher sah Kyna erwartungsvoll an. Kyna blickte so majestätisch wie möglich in die Runde und räusperte sich. Dann sagte sie:
„Ich möchte mit dem Fürsten sprechen."
Die drei Jäger sahen sie überrascht an und der Aufseher, der wohl nicht mit dieser Ansage gerechnet hatte, schüttelte den Kopf, hüstelte und sagte:
„Liebes Fräulein, der Fürst hat für so etwas keine Zeit."
„Nun, ich spreche aber nur mit dem Fürsten", sagte Kyna laut und herausfordernd. Die drei Jäger blickten den Aufseher ratlos an. Der Aufseher schüttelte den Kopf und sagte:
„Mein junges Fräulein, du verstehst wohl nicht, in welcher Lage du dich befindest. Offensichtlich warst du in Begleitung eines räuberischen Drachen, der das Wild des Fürsten gerissen hat…"
„…wer sagt das?", herrschte Kyna ihn von oben herab an.
„Das ist offensichtlich…"
„Ach ja? Könnte nicht irgendein entlaufener Drache Wild gerissen haben? Offensichtlich bin ich in eurem schönen Fürstentum überfallen worden und ihr wollt mir nicht helfen. Nun", Kyna blickte in die Runde, „darüber werden ich wohl Bericht erstatten müssen, an oberster Stelle." Kyna verschränkte die Arme vor der Brust.
Der Aufseher sah Kyna ungehalten an.
„Mädchen, wie heißt du denn?"
„Ich bin Kyna Kunder aus dem Hohen Tal."
Die Jäger sahen sich kurz an, dann prusteten sie los.
„Kunder? Natürlich", der Aufseher prustete vor Lachen. „Na,

Jagdbrüder, da habt ihr aber einen feinen Fang gemacht." Dann sah er Kyna ernst an und sagte:
„So, genug mit den Faxen." Er sah den alten Jäger an, „Erkbert, los bring sie rauf in die Stube." Dann sah er den jungen an und sagte: „Peterle, bring ihr Brot und Suppe hinauf und du", er sah den mittelalten Jäger an, „verständige den Schutzmeister." Er ging zurück zum Tisch und sagte: „Wir schicken mehr Jäger los, wir müssen den Drachen finden. Vielleicht denkt das Fräulein ein wenig in der Stube nach und verrät uns, was da im Wald unterwegs ist. Und", er musterte sie erneut, „wo die anderen hin sind, die sie begleitet haben."

Der alte Jäger führte Kyna in den ersten Stock in eine kleine, dunkle Stube. Er brummte: „Peterle bringt dir was zu essen."
„Was passiert jetzt mit mir?"
„Das entscheidet der Schutzmeister."

Der Jäger ging hinaus und sperrte die Tür zu. Kyna setzte sich auf einen Stuhl, ihr wurde ganz schlecht. Was würde jetzt geschehen? Sie stand auf, ging zum Fenster, und sah den Aufseher und die beiden älteren Jäger fortgehen. Sie blickte hinauf zu den Gärten und zum Schloss. Schritte näherten sich, Peterle sperrte auf und kam herein. Er stellte das Essen auf den Tisch und deckte für Kyna Teller, Becher und sogar ein Messer auf. Kyna lächelte. Die Tür sperrte er nicht zu.
Wie leicht hätte Kyna hinauslaufen können oder sich das Messer schnappen. Aber sie tat es nicht.
„Peterle", fragte sie, „sind die beiden anderen Jäger dein Papa und dein Opa?"
Peterle nickte. Als er den Tisch fertig hergerichtet hatte, fragte er: „Bist du wirklich Kyna Kunder?"
Kyna nickte.
„Die Kunderdrachen sind die besten", sagte er.
Kyna nickte wieder. Peterle sah Kyna neugierig an:
„Aber ein Kunderdrache würde doch nie Schaden anrichten. Das machen gute, teure Drachen nicht."

Kyna lächelte ihn an:
„Deswegen ist es ja auch kein Kunderdrache, der das Wild gerissen hat."
„Dann müssen sie dich aber freilassen!", rief Peterle.
„Das werden sie schon", sagte Kyna und versuchte selbst daran zu glauben.
Peterle ging zur Tür und sagte kleinlaut:
„Ich muss zusperren."
Kyna nickte und lächelte.

Als Peterle fort war, aß sie. Dann holte sie das Buch aus ihrem Beutel und blätterte darin. Nichts über Flugdrachen, auf keiner einzigen Seite. Peterle kam noch einmal mit dem Abendessen und heizte den Kamin ein. Als er fortging, bemerkte Kyna, dass sie ganz allein in dem Haus war, es war wohl das Verwaltungsgebäude der Jäger. Sie setzte sich auf das Bett und sah in das Feuer. Noch nie hatte sie sich so einsam und verlassen gefühlt. Es war zwar besser hier drin eingesperrt zu sein als draußen in der Kälte ohne Fynn zu erfrieren. Aber sie wusste einfach nicht mehr weiter. Sie spürte wie Tränen aufstiegen und weinte ein wenig. Sie dachte an Myron. Nein, sie musste durchhalten. Sie würde sich jetzt hinlegen, an nichts denken und einschlafen. Und das tat sie dann auch.

Die Fürstin stand am Fenster des getäfelten Ratsaales und sah aus dem Fenster. Sie blickte hinaus in die herrlichen Gärten und sah wie das Laub schon von den Bäumen fiel. Seit dem Tod ihres Mannes war nun bereits ein Jahr vergangen und noch immer wohnte sie den Sitzungen des Rates bei, um ihren Sohn zu unterstützen.

Beat war klug und gerecht, aber viel zu unerfahren, um viele Entscheidungen zu treffen. Ständig versuchten die Räte, vor allem Balzermann, Einfluss auf ihn zu nehmen, doch die Fürstin wusste das zu verhindern. Beat würde ein guter Fürst werden, da war sie sicher, doch jetzt brauchte er noch ihre Hilfe. Die Fürstin sah wie ihre beiden Töchter im Rosengarten herumliefen und kreischten, beide ohne Umhang. Sie waren etwas außer Kontrolle geraten, seitdem sie sich verstärkt um die Staatsgeschäfte kümmerte, sie musste mit den Ammen sprechen, so ging das nicht weiter.

Die vier Räte und der Schutzmeister saßen schon am Tisch, nur Beat fehlte noch. Die Räte räusperten sich abwechselnd, bis ihnen die Fürstin einen strafenden Blick zuwarf. Ab da starrten sie auf die Tischplatte.

Endlich hörte sie die schnellen, starken Schritte in der Halle. Sie liebte diesen Gang, es war der gleiche Klang wie einst bei ihrem verstorbenen Mann. Die Tür flog auf und Beat kam herein. Er trug noch seine grüne Jagdkleidung und hatte rote Wangen. Zu allem Überfluss hatte er seinen Hund dabei, einen riesigen wuscheligen Welpen, den er im Wald gefunden hatte und der überhaupt nicht folgte. Die Räte und der Schutzmeister standen auf und versuchten den Hund zu ignorieren, der laut hechelnd im Saal herumrannte und die Räte beschnüffelte. Die Fürstin drehte sich vom Fenster weg und lächelte Beat an.

„Mutter – Werte Räte“, sagte Beat mit charmanten Lächeln und verneigte sich in Richtung Mutter, dann zog er polternd einen Stuhl vom Tisch und setzte sich, „fangen wir an.“

Die Fürstin saß nicht am Tisch des Rates, sondern auf einem kunstvoll geschnitzten Stuhl neben dem Fenster. Ihr Mann hatte ihn einst für sie anfertigen lassen, er zeigte Motive ihrer Heimatstadt Bidelberg. Der älteste Rat, der Schatzrat, stand auf und sagte:
„Lieber Fürst, die Ernte fällt gut aus dieses Jahr. Wir haben wie befohlen Felddrachen in die Gebiete mit weniger Dorfbewohnern bringen lassen, um sie bei der Einfuhr der Ernte zu unterstützen. Insgesamt achtundzwanzig Drachen mit sieben Wärtern, wie ihr es gewünscht habt. In drei Wochen wird die Einfuhr enden, zu dieser Zeit wird auch der erste Schnee erwartet."

Der Rat blickte auf seine Schriftrolle. „Wie werden pünktlich unsere Steuern an die Königliche Schatzkammer zahlen, die Nachzahlung aus dem letzten Sommer inbegriffen..:", er räusperte sich, „ ..wir waren in Verzug geraten aufgrund der Probleme mit den Fischern – der Fürst erinnert sich bestimmt." Er drehte seine Schriftrolle um. „Die gnädige Erlaubnis des Fürsten, dass jeder Bewohner von Karrenberg Holz im Wald sammeln darf, hat laut Aussage der Dorfräte tatsächlich zu wenig Krankheitsfällen geführt." Er legte die Schriftrolle beiseite und nahm die nächste: „Die Überdachung der Brunnen…"

Die Fürstin sah Beat an. Er saß mit freundlichem Gesicht aufrecht da und sah auf die Wand am Ende des Saales. Dort war das Wappen von Karrenberg eingeschnitzt, eine Burg vor einem flachen Berg, dahinter die aufgehende Sonne. Er hört schon wieder nicht zu, dachte sie. Sie betrachtete die kunstvollen Schnitzereien der Stuhllehne und seufzte. Sie hatte sich nie vorstellen können, hier so oft Platz nehmen zu müssen und den vier Räten zuzuhören.

Alfram, der Schatzrat, war der wichtigste, er hatte im Prinzip schon unter ihrem Mann das Fürstentum verwaltet. Ebert, der Waldrat, Melcher, der Burgrat und Balzermann, der Briefrat, waren schon ins Amt gekommen bevor Beat auf der Welt war. Nur der Schutzmeister, der alle Wachen der Burg und in den Städten von Karrenberg befehligte, war jung und neu bei den Ratssitzungen. Er war ein sehr guter Hauptmann in der Armee des Fürsten gewesen und nach einer Verletzung, die ihn kampfunfähig machte, war er als Nachfolger für seinen bereits viel zu alten Vorgänger bestimmt worden.

Für die Truppen des Fürsten gab es keinen Rat, denn sie waren die Angelegenheit des Fürsten selbst.

Die Fürstin warf Beat einen strengen Blick zu und er wandte sich dem Schatzrat wieder zu, der gerade am Ende seines Berichts war: „..bald überall abgeschlossen, hoffentlich zur Zufriedenheit des Fürsten und ganz so wie er es bei seinem Besuch in der königlichen Hauptstadt gesehen hat."

„Danke Schatzrat", sagte Beat. „Haben die drei anderen Räte noch etwas vorzubringen?" Die drei Räte schüttelten den Kopf.

„Und du, Schutzmeister?", fragte Beat. Der Schutzmeister stand auf und sagte:

„Mein Fürst, ja, in der Tat kann ich etwas berichten." Er zog sein blaues Wams zurecht. „Es gab schon wieder Überfälle auf die Dörfer an der Grenze zu Kulmeli bei den Seen." Er strich sich nervös durch sein früh ergrautes Haar. „Die Einwohner berichten, dass es Soldaten waren, aber sie trugen nicht das Zeichen der Armee von Kulmeli oder das Banner eines Fürsten." Der Schutzmeister sah sehr besorgt in die Runde und sagte: „Ich habe bereits Stadtwachen aus Karrenstadt abgezogen und in die Dörfer geschickt, aber ich fürchte das wird nicht ausreichen."

„Nein?", fragte der Fürst.

„Nein, ich fürchte Ihr müsst Soldaten an die Grenze schicken und die Grenzübergänge bewachen lassen."

„Das wäre aber eine Provokation für König Kul." Beat sah zu seiner Mutter hinüber. „Haben wir denn Beweise, dass es Soldaten aus der Armee von Kulmeli sind und keine

Räuberbanden?“
„Nein, mein Fürst, wir haben keine Beweise. Aber die Einwohner mehrerer Dörfer berichten einstimmig, dass es Soldaten waren. Berittene Soldaten.“
Beat stand auf und machte drei Stirnrunzeln: „Wir machen folgendes“, er wandte sich an den Briefrat: „Balzermann, schick einen Brief an das Lager in Seewiese, an den Hauptmann. Er soll fünfzig Soldaten aussuchen und sie in die Dörfer schicken. Sie sollen sich aber wie Bauern kleiden und auf die Höfe verteilen.“

Er wandte sich an Ebert, den Waldrat: „Sind Felddrachen an der Grenze?“ Der Waldrat nickte. „Gut, dann lasst sie dort.“ Er sah den Schutzmeister wieder an: „Fürs Erste können wir nicht mehr tun. Aber, Balzermann, ich werde das dem König schreiben, wir schicken einen Boten.“ Beat sah wieder zu seiner Mutter hinüber, sie nickte zustimmend.
Der Schutzmeister sah den Fürsten zweifelnd an: „Mein Fürst! Sollten sich die Dorfeinwohner nicht besser in den Burgen bei den Rittern in Sicherheit bringen?“
„Nein!“, rief Alfram, der Schatzrat, „Nein, die müssen die Ernte einfahren.“
Beat sah fragend zu seiner Mutter hinüber. Sie nickte.
„Ist das alles, Schutzmeister?“, fragte Beat.
„Nun, da wäre noch eine kleine Sache“, sagte der Schutzmeister etwas enttäuscht. „Ihr erinnert euch an den Bericht des Waldrates, dass ein räuberischer Drache in den fürstlichen Wäldern sein Unwesen treibt?“ Beat nickte. „Nun, drei Jäger haben ein Mädchen im Waldgebiet hinter Karrenstadt aufgegriffen, das offensichtlich über den Drachen Bescheid weiß, aber nicht sagen möchte, um was für ein Tier es sich handelt.“
„Offensichtlich?“, fragte der Fürst.
„Ja“, antwortete der Schutzmeister, „ihre Kleidung und die Utensilien, die sie bei sich hat, deuten darauf hin.“

„Ein Mädchen?", fragte der Fürst noch einmal ungläubig, „war sie denn allein?"
„Ja, als die Jäger sie aufgegriffen haben, war sie allein. Aber, den Spuren im Wald nach, war sie wohl in Begleitung." Der Schutzmeister ärgerte sich ein wenig, dass er bei den Jägern nicht noch genauer nachgefragt hatte. „Wie gesagt, sie spricht aber nicht."
„Wir hoffen trotz allem den Drachen bald zu finden, damit er nicht mehr allzu viele Hirsche reißt", sagte der Waldrat.
„Und das Mädchen habt ihr eingesperrt?" Der Fürst sah zu seiner Mutter hinüber.
„Ja", der Schutzmeister nickte, „die Jäger haben sie in einer Stube unter Arrest gestellt. Sie macht aber meines Wissens keine Probleme, außer dass sie nicht spricht."
„Hat sie denn irgendetwas gesagt?", fragte der Fürst. „Vielleicht warum sie mit einem räuberischen Drachen in mein Fürstentum gekommen ist und mein Wild in Angst und Schrecken versetzt?" Er grinste den Schutzmeister an.
„Nun ja, meines Wissens…meines Wissens behauptet sie, sie sei Kyna Ku.."
„Kunder?!", rief die Fürstin und sprang auf. Die Räte, der Schutzmeister und Beat sahen überrascht zur Fürstin hinüber.
„Kyna Kunder? Ihr habt Kyna Kunder eingesperrt? Hier im Jagdhaus, hier in der Karrenfeste?" Die Fürstin war entsetzt.
Der Schutzmeister versuchte sie zu beschwichtigen und sagte: „Meine Fürstin, also das Mädchen behauptet Kyna Kunder zu sein."
„Habt ihr das überprüft?", die Fürstin trat an den Tisch heran: „Ebert, haben das deine Jäger überprüft?"
Der Waldrat schüttelte bedauernd den Kopf.
Der Schutzmeister sah Beat und die Fürstin an und sagte: „Mein Fürst! Nun, also da gibt es noch etwas, aber das habe nicht berichten wollen, ich weiß es noch nicht genau, aber.."
„Aber was?", fragte die Fürstin scharf.

„Nun, es kam eine Nachricht aus Atrisland, dass Kyna Kunder entführt worden ist. Und nahe der Grenze, im Waldgebiet unter dem Steinernen Wall sind zwei Bauern ermordet worden. Und nahe der Ersten Brücke, im Gebiet der Hohen Au wurden zwei Boten überfallen, ihnen wurden zwei Pferde gestohlen."
„Wo sind diese Boten jetzt?", fragte Beat.
Der Schutzmeister sah Balzermann an und der sagte: „Schon wieder im Einsatz, unterwegs an den Königshof."
„Haben sie gesagt, von wem sie überfallen wurden?", fragte Beat und Balzermann nickte wieder und sagte: „Von einem Räuberpaar."
„Ich will diese Boten sprechen, sobald sie zurück sind. Ihr hättet sie dem Mädchen gegenüberstellen sollen."
Der Schutzmeister errötete. „Nun ich denke, das Mädchen ist nicht weiter gefährlich, eher ihre Begleiter, die sich davon gemacht haben, und…" er räusperte sich und sah die Fürstin an: „….Kyna Kunder ist wahrscheinlich tot."
„Bitte?", die Fürstin war entsetzt.
„Es wurde ein blutgetränktes Kleid von Wäscherinnen aus der Hohen Au gefischt, es war das Zeichen der Familie Kunder darauf."
„Holt das Mädchen!", sagte die Fürstin, „Sofort! Ich will sie sehen."

Der Schutzmeister sah Ebert an. Der stand auf und lief hinaus. Die Fürstin sah erbost in die Runde: „Ich hoffe wirklich für die Herren, dass das Mädchen nicht Kyna Kunder ist und wir", sie holte tief Luft, „sie nicht zwei Wochen eingesperrt haben wegen..", sie sah Beat scharf an, „..ein paar Hirschen."
Beat sah seine Mutter etwas kleinlaut an und fragte: „Woher willst du denn wissen, dass sie es ist?"
Die Fürstin lächelte: „Wenn sie wirklich Kyna Kunder ist, kann sie mir ein paar Fragen beantworten. Und abgesehen davon ist sie die Tochter meiner lieben Cousine Mira. Ich war auf der

Hochzeit ihrer Eltern. Und wir alle tanzen sehr bald auf der Hochzeit ihrer Schwester Adara – bei unserem Nachbarn, dem Fürsten von Dalberg." Sie strich ihr Kleid glatt. „Ich werde das ganz sicher herausfinden." Dann sah sie Beat eindringlich an und flüsterte, sodass nur er es hören konnte: „Ich möchte, dass du dich sehr höflich ihr gegenüber verhältst."
Beat war etwas irritiert und stammelte: „Äh ja, natürlich Mutter, äh …falls sie es ist."

Nach einer gefühlten Ewigkeit schweigenden und vor allem betretenen Wartens auf die Rückkehr des Waldrates hallten schnelle Schritte durch die Burg und es klopfte an der Tür.
„Herein", sagte Beat ruhig und laut und drehte sich zur Tür.
Die Tür schwang auf und es kamen herein: der Waldmeister Ebert, der alte Jäger, eine Burgwache und hinter ihnen ein hübsches Mädchen, vielleicht vierzehn oder fünfzehn Jahre alt.

Die Fürstin erstarrte. Das war Kyna Kunder. Sie war ihrer Mutter wie aus dem Gesicht geschnitten, nur ihre Haare waren dunkler und sie wirkte weitaus größer. Sie trug ein bezauberndes besticktes Kleid, einen landestypischen Gürtel und hatte einen Beutel geschultert. Das Mädchen sah die Fürstin und Beat freundlich an, legte den Kopf ein wenig schief und lächelte.

Beat sah seine Mutter an und ihm wurde sofort klar, dass das Mädchen tatsächlich die zweitgeborene Tochter aus der berühmten Züchterfamilie war.
„Liebes Fräulein", sagte Beat, stand auf und verneigte sich zum Entsetzen des Schutzmeisters, dem immer klarer wurde, dass ihm wohl ein Fehler unterlaufen war, „mir wurde berichtet, dass Sie Kyna Kunder sind. Stimmt das?" Kyna nickte noch immer lächelnd. „Nun mir wurde aber auch berichtet, dass Sie vielleicht eine Mörderin und Diebin sind?"
Kyna wurde blass und die Fürstin rief scharf: „Beat!"
„Also stimmt das nicht?", fragte Beat und sah seine Mutter

ebenfalls ermahnend an. „Aber dennoch sind in meinen Wäldern Dinge vorgefallen, die mir nicht gefallen. Wo sind denn Ihre Begleiter?"

Kyna sah zu Boden und schwieg. Der alte Jäger und der Schutzmeister sahen einander vielsagend an. Dann blickte Kyna auf und sagte leise:

„Ich hatte nur einen Begleiter."

Beat sah sie erstaunt an: „Also sind Sie entführt worden?"

„Nein. Ich hatte nur einen Begleiter. Wir waren unterwegs nach Kulmeli zu Myron, meinem Bruder."

Die Fürstin trat nach vorne, stellte sich neben Kyna und sagte: „Meine Herren, ich denke der Fürst und ich kümmern uns um das Mädchen."

Die noch sitzenden Räte und der Schutzmeister erhoben sich sofort und verließen leise murmelnd mit dem Waldmeister und dem alten Jäger den Saal. Als die Tür hinter ihnen zufiel, sah die Fürstin Kyna an und fragte: „Bist du denn weggelaufen, Kind?"

Kyna stammelte: „Nein..nein.. ich muss zu meinem Bruder, er hat mir einen Brief geschrieben."

Beat fragte: „Wer ist der Begleiter?"

Kyna sah wieder zu Boden und sagte: „Fynn, ein Drachenlehrling."

Die Fürstin schien irritiert zu sein. „Fynn? Wer soll das denn sein? Von welchem Hof oder wessen Sohn ist er?"

„Er ist aus Kulmeli, vom Hof des König Kul."

Die Fürstin schüttelte den Kopf: „Er müsste ja ein Prinz sein, um bei euch zu lernen. Versteh ich nicht."

Beat schaute Kyna fasziniert an und fragte: „Ihr wart nur zu zweit und habt es bis hierher geschafft? Wie seid ihr denn über die Grenze gekommen? Atrisland ist ja strenger bewacht als meine Festung."

„Über den Steinernen Wall."

Beat sah Kyna ungläubig an und fragte; „Nicht im Ernst? Ihr

seid über den Steinernen Wall …geklettert?“
Die Fürstin unterbrach ihn und fragte erneut: „Kyna, wieso bist du denn weggelaufen?“
„Ich muss zu Myron, meine Eltern hätten mich nicht gehen lassen.“
„Wieso sollte Ihr Bruder denn wollen, dass Sie sich in Gefahr begeben?“, fragte Beat.
„Es ist eben wichtig, mein Fürst“, sagte Kyna und sah zu Boden.
„So genug geredet“, sagte die Fürstin und legte ihre Hand auf Kynas Arm: „Wir suchen dir jetzt eine schöne Kammer du ruhst dich aus. Später dann kannst du draußen in den Gärten spazieren, bis wir essen. Nun bist du jedenfalls in Sicherheit.“ Sie hakte Kyna unter und ging mir ihr aus dem Saal. Beat ging ihnen nach und sagte:
„Also, ich hätte da schon noch eine Frage wegen dem Dra..“
„Beat!“, die Fürstin sah ihn streng an. „Also bitte! Genug gefragt! Kyna muss sich ausruhen.“ Die Fürstin sah Beat vorwurfsvoll an und führte Kyna zur Treppe, um mit ihr hinauf zu den Gemächern der Fürstenfamilie zu gehen.

Beat sah ihnen nach, blieb noch ein wenig nachdenklich stehen und ging dann in die Schreibstube von Balzermann. Er musste König Barin schreiben.

Teil III

Prinz Baldo stand an der Mauer und sah über den Wassergraben hinüber zum Drachenwäldchen. Genau hier hatte Kyna immer gestanden, genau hier hatte sie sich immer mit Fynn unterhalten. Er seufzte tief. Die Stimmung am Drachenhof war katastrophal seitdem die Nachricht von Kynas Tod Atris Stadt erreicht hatte.

Die Boten kamen an einem regnerischen Tag durchnässt aus Karrenberg zum Kunderhaus geritten. Grenzwächter hatten Kynas Kleid, das am Ufer der Hohen Au angespült worden war, herschicken lassen. Sie wussten, dass nach Kyna Kunder gesucht wurde und dass Herr Kunder demjenigen tausend Bidelitaler versprochen hatte, der ihm sagen würde, wo seine Tochter war. Aufgreifen und heimbringen wollte er sie nämlich selbst. Vater Kunder und Mattyas waren kreideblich, als sie an diesem Abend zurück in den Drachenhof kamen.

Es hatte furchtbare Szenen gegeben zwischen Adara, Vater Kunder und Mattyas. Adara hatte stundenlang geschrien: „Ich habe euch gesagt, dass ihr ihn wegschicken sollt." Es musste noch in der Nacht einer vom Gesinde in die Stadt zum Kräutermeister reiten und ihn holen. Er kam und verabreichte Adara und Mutter Kunder tagelang Mrillerpulver, damit sie schliefen und sich beruhigten. Alle Hoffnungen schienen zerschlagen, dass man Kyna irgendwo wohlbehalten finden konnte.

Prinz Baldo glaubte nicht daran, dass Kyna tot war. Es war wohl etwas Schreckliches passiert in den Bergen, aber so wie er Fynn einschätzte, hatte er Kyna sicher nicht sterben lassen. Denn ganz offensichtlich war Fynn von Anfang an nur wegen dem Drachen hier gewesen. Und für den Drachen brauchte er wahrscheinlich Kyna, denn sie kommandierte ihn. Aber er konnte ihn doch auch selbst kommandieren? Es ergab keinen Sinn. Prinz Baldo hatte nie verstanden, warum sich die Kunders darauf eingelassen hatten, den Silberkopf am Drachenhof schlüpfen zu lassen. Anfangs dachte er noch, es ginge darum den Drachen hochzubringen und Fynn auszubilden, um ihn zu kommandieren. Ein Verstoß gegen jede Regel, gegen jeden Vertrag zwischen den Königreichen, aber König Kul war es zuzutrauen. Und den Kunders offensichtlich auch.

Prinz Baldo hatte immer damit gerechnet, dass Fynn eines Tages mit dem Drachen fortreiten würde, so still und unauffällig, wie er damals mit dem Ei gekommen war. Aber das nun? Bei Nacht und Nebel mit Kyna und dem Drachen davonschleichen? Es war doch ein offizieller Auftrag gewesen, Fynn war mit Gesandten des Königshauses gekommen und Myron war mit den Drachen zum Königshof nach Kulmeli aufgebrochen. Er verstand es einfach nicht. Prinz Baldo beschloss, heute nicht zum Unterricht zu gehen und ging zum Gesindehaus.

„He du!", rief er einem vom Gesinde zu, „sattle mein Pferd."

Er ging zurück ins Lehrlingshaus. Sein kleiner Bruder Prinz Fidibel saß noch beim Frühstück und trank Milch.

„Lieber Bruder", sagte Prinz Baldo, „ich werde heute nach Atris Stadt reiten. Ich bitte dich, entschuldige mich beim Lehrmeister."

„Ich möchte mitkommen, bitte bitte!", rief Prinz Fidibel.

„Nein lieber Bruder, das geht leider nicht. Es geht um Fräulein Kyna." Prinz Fidibel wurde blass und sagte ganz leise: „Ja, gut, Baldo, ich sag es ihm."

Prinz Baldo ging wieder hinaus in den Hof. Der Knecht stand mit einem gesattelten Schimmel im Hof. „Wünscht Ihr Gefolge, Prinz Baldo?", fragte er.

„Nein, ich reite allein", antwortete er, saß auf und schnalzte. Das Pferd, ein wirklich herrliches Tier, trabte los. Prinz Baldo ritt durch das Drachenwäldchen, vorbei an den Stallungen und Gehegen, hinaus auf den breiten Weg hinunter in Richtung Atris Stadt. Er dachte nach. Es war sehr unwahrscheinlich, dass Fynn in Kyna verliebt war und sie deswegen mitgenommen hatte. Kyna und auch Adara waren nicht die Sorte Mädchen, die Fynn gefiel. Wann immer die Lehrlinge nach Atris Stadt ritten, weil sie Ausgang hatten, Einkäufe tätigten oder den Geschäften im Kunderhaus beiwohnten, stahl Fynn sich davon, um mit einem Mädchen oder einer jungen Frau zu verschwinden. Und die sahen stets ganz anders aus als die Kunderschwestern. Während Kyna und Adara hübsche, fast kindliche Mädchengesichter hatten und große, runde blaue Augen, suchte Fynn immer nach Frauen, die lange schwarze Haare hatten, am besten gelockt und schrägstehende Augen. Sie hatten stets etwas katzenhaftes, fand Prinz Baldo.

Sie waren oder wirkten auch immer wesentlich reifer als Kyna und Adara und es war unglaublich, wie Fynn sich jedes Mal genau so eine aus den Bauertöchtern und Marktmädchen herausfischte. Baldo war sich sicher, dass er die jungen Frauen beschenkte, den es gab nie Beschwerden oder Geschrei, es tauchten nie erboste Bauern, Händler oder Handwerker im Stadthaus auf oder gar oben am Drachenhof. Dass Fynn also Gefallen an Kyna gefunden hatte, schloss Prinz Baldo aus. Natürlich hatten die beiden viel Zeit miteinander verbracht, aber das war eher von Kyna und ihrer ewigen Neugierde ausgegangen und nicht von Fynn. Nun, das war wahrscheinlich auch der entscheidende Punkt, dachte Baldo. Kyna war in Fynn verliebt und einfach mit ihm gegangen.

Prinz Baldo erinnerte sich daran wie die Frauen in der Stadt Fynn immer angesehen hatten, wenn er einritt. Lässig auf seinem Pferd, den Zügel nur in einer Hand, gelangweilt in alle Richtungen blickend, so als würde er das Pferd ganz nebenbei nur mit seinen Gedanken steuern. Dabei sah Fynn nicht überragend gut aus, er war zwar groß aber auch nicht auffallend und er war auch nie besonders gut gekleidet.

Prinz Baldo hatte lange nach dem passenden Wort gesucht, um Fynn und sein Auftreten zu beschreiben. Verwegen wäre vielleicht das passende Attribut, dachte er. Seine Verwegenheit musste es sein, die ihn so unwiderstehlich machte. Und die

Art wie er Frauen ansah. Prinz Baldo fand, Fynn hatte immer alles was er wollte so angesehen wie ein Raubtier seine Beute. Vielleicht sollte er das Wort verwegen gegen gefährlich eintauschen. Das schien ihm auch angesichts der aktuellen Geschehnisse besser zu passen.

Prinz Baldo machte sich Sorgen um Kyna. Nicht nur im physischen Sinne. Er war sich zwar sicher, dass etwas passiert war, aber Fynn hatte bestimmt auf Kyna aufgepasst, denn er benötigte sie ja für irgendetwas. Nein, viel schlimmer war, dass Kyna sich nie davon erholen würde, dass sie Fynn begegnet war. Denn sie war nicht in sein Aussehen verliebt und würde ihn nicht einfach ersetzen können, mit jemandem, der so ähnlich aussah, aber wirklich zu ihr passte.

Nein, leider, Kyna war in Fynns Art verliebt, in die Art wie er sprach und dachte. Es war die Art und Weise, wie sich ihr Gesichtsausdruck veränderte, wenn seine tiefe Stimme erklang und er etwas sagte. Diese Verliebtheit in sein Wesen, die würde nie vergehen, die würde nie verblassen, denn sie bezog sich nicht auf etwas Äußeres. Und Kyna, da war sich Prinz Baldo sehr sicher, würde nie mehr jemanden finden, der so war wie Fynn.

Prinz Baldo ritt am Stadtbrunnen vorbei und erinnerte sich an ein Gespräch, das er dort mit Fynn einst führte, als sie dort auf die anderen warteten. Sein Bruder Prinz Fidibel, und Rikster, der lustige stämmige Sohn von einem der wahrscheinlich reichsten Händler der Welt, waren auch dabei.

Es war sehr heiß gewesen, aber Prinz Baldo hatte trotzdem versucht mit etwas Konversation die Zeit zu vertreiben.

„Ach, ich freue mich schon auf die bevorstehende Auktion, liebe Freunde. Das wird herrlich, so viele Leute werden nach Atris Stadt kommen und das Fest wird sicher wunderbar“, sagte Prinz Baldo und Rikster nickte zustimmend. Fynn sah nur gelangweilt in eine Gasse hinein, so als würde er gar nicht zuhören. „Die Kunderschwestern werden sicher wieder die

beiden schönsten sein“, fuhr Prinz Baldo fort, „Kyna hat mir erzählt sie werden neue Kleider tragen und …“
„Was hast du nur immer mit den beiden Kunderschwestern“, fiel Fynn ihm ins Wort. „Wirklich Baldo, als würde es keine anderen Mädchen geben.“
„Nun ja, lieber Fynn, wir verbringen doch viel Zeit mit ihnen und du wirst doch nicht abstreiten können, dass die beiden…“
„Baldo, lösch die beiden aus deinem Kopf, Mann!“, rief Fynn und schüttelte den Kopf. „Ich weiß schon, Adara ist für dich die große Zauberfee aus euren faden Waldemigesängen, aber im Ernst – was willst du mit so einer?“
„Bitte?“, fragte Prinz Baldo verdattert.
„Erstens ist sie älter als du. Zweitens ist sie sehr schön, auch wenn sie sonst nichts ist. Die kannst du nur einsperren und hoffen, dass alle Kinder von dir sind.“
„Bitte?“, rief Prinz Baldo entsetzt. Rikster sah Fynn auch leicht irritiert an und Prinz Fidibel schien darüber nachzudenken, wovon Fynn überhaupt sprach.
„Such dir eine brave Prinzessin, die gerne Gedichte liest und stickt. Und bis dahin schau dich hier in der Stadt um oder oben beim Gesinde.“
„Beim Gesinde!?“
„Ja, beim Gesinde“, sagte Fynn. Als Prinz Baldo Fynn leicht empört ansah, fragte Fynn: „Wie alt warst du denn, als du von eurem Hof weg bist?“
„Sieben“, sagte Fynn.
„Ach so, alles klar!“, sagte Fynn grinsend.
Prinz Baldo wurde rot und sagte: „Also natürlich weiß ich, dass es an den Höfen Frauen gibt, die für die Bedürfnisse“, er wurde immer röter, „der Prinzen da sind“, er schluckte kurz, „aber man nimmt doch nicht irgendeine vom Gesinde.“
„Ach so, nicht?“, fragte Fynn noch breiter grinsend, „na, das sind ja gute Neuigkeiten für alle Mägde am Königshof in Waldemi. Wundert mich, dass sich das noch nicht bis Kulmeli

herumgesprochen hat."
Zum Glück kamen in dem Moment die anderen und auch der Lehrmeister und sie stiegen auf ihre Pferde und ritten los. Aber Prinz Baldo hatte lange über das Gespräch nachgedacht und er hatte Fynn danach einige Tage gemieden.
Nun ritt er in den Innenhof des prächtigen Kunderhauses, stieg ab und drückte dem herbeieilenden Knecht die Zügel in die Hand. Das Fenster einer der unteren Schreibstuben ging auf und einer der Verwalter sah heraus und rief: „Prinz Baldo, wie darf ich helfen?"
„Ich muss zu Mattyas, melde mich an", rief er zurück. Er schritt eilig hinein in die kühle getäfelte Eingangshalle und lief schnurstracks hinauf über die breite Treppe in die Schreibstube von Mattyas. Die Tür stand bereits offen und der Verwalter stand darin. Mattyas stand auf als er Prinz Baldo sah und der Verwalter verneigte sich kurz in beide Richtungen und sagte:
„Mein Herr, Prinz Baldo wünscht Sie zu sprechen", und entfernte sich untertänig.
Mattyas schien um Jahre gealtert. Er musste nicht nur die Entführung seiner kleinen Schwester verkraften, nein, er musste nun auch alle Geschäfte allein führen, da Vater Kunder sich gleich wie die Mutter zu Hause eingeschlossen hatte, nachdem er das Kleid gesehen hatte. Armer Mattyas, dachte Prinz Baldo.
„Bitte setzen Sie sich, lieber Prinz", sagte Mattyas und setzte sich wieder hin. Prinz Baldo setzte sich und sagte:
„Lieber Mattyas, ich möchte mich für den unangekündigten Besuch entschuldigen. Ich hoffe, ich störe Sie nicht allzu sehr."
„Nein, Prinz Baldo, natürlich nicht."
„Ich bin hierhergekommen mit einer großen Bitte und ich hoffe, Sie werden mir meinen Wunsch nicht abschlagen."
„Nun, lassen Sie hören, lieber Prinz."
„Ich möchte Kynas Kleid sehen. Ich weiß, dass es hier ist."

Mattyas wurde blass, sah kurz auf die Tischplatte, dann wieder auf und sagte:
„Also ich weiß nicht…“
„Ich bitte wirklich darum.“
„Wieso wollen Sie es sehen?“
„Weil ich nicht glaube, dass Kyna tot ist.“
„Ach, Baldo, lieber Prinz“, seufzte Mattyas, „das möchte ich auch glauben, aber es ist unwahrscheinlich.“ Er stand auf und begann durch das Zimmer zu wandern. „Selbst wenn Kyna, was auch ich vermute, noch leben sollte oder noch eine Weile gelebt hat, können wir ihr nicht mehr helfen.

Die Grenzer haben sie nicht gefunden. Sie befindet sich irgendwo in der Wildnis.“ Er schüttelte traurig den Kopf. „Im Wald des Hohen Tales fallen auch Jäger und Grenzer dem Wetter und den wilden Tieren zum Opfer.“ Mattyas blieb bekümmert vor Prinz Baldo stehen. „Und jetzt kommt der Winter.“
„Nun ja, sie ist ja nicht allein.“

Mattyas zog eine Augenbraue hoch und fragte als würde er das Wort ausspucken: „Fynn?“ Dann nickte Mattyas, als würde er sich selbst die Antwort geben, und sagte bitter: „Was hat sie sich nur dabei gedacht? Ich hätte es wissen müssen. Wie sie ihn immer in Schutz genommen hat! So ein kluges liebes Mädchen findet Gefallen an so einem…“ Mattyas schien das Wort nicht aussprechen zu wollen.
„Ja, ich denke, Fynn bringt sie nach Kulmeli.“
„Nach Kulmeli? Hat er oder hat Kyna, haben die beiden jemals davon gesprochen, dorthin fortzugehen?“
„Nein.“
„Sie haben ja viel Zeit mit ihr verbracht, bevor sie verschwunden ist.“
„Ja, wir haben den Silberkopf abgerichtet.“
Mattyas seufzte tief: „Ach ja, der Drache! Der ist ja auch verschwunden.“ Er schüttelte den Kopf: „Das wird noch

ein Desaster. Hoffentlich überlebt der nicht. Der ist sicher weggelaufen, weil Kyna nicht mehr da ist."
Prinz Baldo sah Mattyas an und sagte vorsichtig: „Ich denke eher, dass Fynn beide mitgenommen hat."
„Wieso?", Mattyas horchte auf.
„Nun, wieso war der Drache überhaupt hier? Das habe ich nie verstanden."
„Was denn?"
„Nun, dass ihr dieses Risiko auf euch genommen habt, einen Flugdrachen schlüpfen zu lassen und aufzuziehen. Noch dazu in Begleitung von diesem Fynn."
„Tja, Prinz Baldo, Sie sind ein Prinz, wir sind Züchter und Händler. Sie können sich gewisse Dinge nicht aussuchen und wir auch nicht. Wir mussten diesen Handel eingehen mit König Kul."
Prinz Baldo schwieg und dachte nach, dann fragte er: „Mattyas?"
„Ja?"
„Ist Ihnen wirklich nicht klar, dass Fynn den Drachen mitgenommen hat?"
„Wozu sollte er ihn denn mitnehmen? Der ist doch noch zu nichts zu gebrauchen!"
„Das hat irgendetwas mit Kyna zu tun. Vielleicht hätte er sie sonst nicht gemeinsam nach Kulmeli bekommen."
Mattyas schien nachzudenken, aber zu keiner Lösung zu kommen. Dann sagte er: „Kommen Sie, ich zeige Ihnen jetzt das Kleid."

Sie gingen wieder hinunter durch getäfelte Dielen, Treppen und Hallen. Mattyas führte Prinz Baldo zu einem kleinen Raum. Er öffnete leise die Tür und dort auf dem Tisch lag das Kleid. Der Raum war recht dunkel und an der Wand brannten Fackeln. Wie in einer Grabkammer, dachte Prinz Baldo. Er sah auf das Kleid. Ja, es war Kynas Kleid. Ihr grünes Kleid mit den silbernen Stickereien auf dem Rock. Wie oft hatte er sie darin gesehen in der Lehrstube, an der Mauer und bei den gemeinsamen Mahlzeiten. Das Grün war nun verblasst und der Stoff war übersät mit Blutflecken und Spritzern. Teilweise sah man nur noch die Ränder, da es so lange in der Hohen Au getrieben hatte. Aber es wies keine Risse oder gar Bissspuren auf.

Prinz Baldo drehte sich zu Mattyas um und sagte: „Ich werde sie suchen, bitte teilen Sie das heute Abend Vater Kunder mit."

„Baldo, das können wir nicht erlauben, wir sind für Sie verantwortlich." Mattyas vergaß ihn in seiner Aufregung ihn Prinz zu nennen.

„Ich schreibe einen Brief an meinen Bruder und werde es ihm erklären."

„Prinz Baldo, bitte, das geht nicht."

„Ich möchte, dass mich zwei eurer Knechte begleiten. Ausreichend Proviant werde ich auch mitnehmen." Mattyas schüttelte energisch den Kopf, aber Prinz Baldo sagte: „Mattyas, ich werde gehen. Meine Zeit bei euch ist ohnehin fast vorbei."

„Prinz Baldo, ich weiß wirklich nicht.."

„Bitte, Mattyas, ich muss gehen."

„Wieso denn? Hat sie doch etwas gesagt? Oder Fynn?"

„Nein, aber.."

„Aber?"

„Ich denke, ich weiß wer Fynn ist. Ich wusste es immer. Ich hätte es Kyna sagen müssen."

Mattyas sah Prinz Baldo lange an, so als wüsste auch er über Fynn Bescheid oder ahnte zumindest etwas, dann sagte er: „Gut. Reiten Sie zum Drachenhof. Wenn Sie wiederkommen, können Sie die Knechte und den Proviant abholen."

Prinz Baldo nickte. Er sah noch einmal zu dem Kleid auf dem Tisch und ging hinaus. Er galoppierte zurück zum Drachenhof. Ein Knecht kam herbeigelaufen und Prinz Baldo rief: „Hol meine Pferde – alle." Er lief in das Lehrlingshaus,

in seine Kammer hinauf und packte seinen Beutel. Er zog seinen Umhang an, setzte seinen samtenen Prinzenhut mit der goldenen Kordel auf und lief wieder hinunter. Er klopfte an die Lehrstube und trat ein:
„Werter Lehrmeister, Fräulein Adara, lieber Bruder, liebe Freunde. Ich breche nun auf, um Fräulein Kyna zu suchen. Es muss jetzt gleich sein, sonst komme ich nicht mehr über den Pass." Er sah Prinz Fidibel an: „Kommst du mit hinaus, lieber Bruder?"
Der Lehrmeister war gar nicht so überrascht, wie Prinz Baldo erwartet hatte. Er nickte sogar und sagte: „Viel Glück, lieber Prinz."

Die anderen traten an ihn heran, klopften ihm auf die Schulter und begleiteten ihn hinaus in den Hof. Nur Rikster fehlte.
Prinz Fidibel weinte und fragte: „Wann kommst du wieder?"
„Bald", sagte Prinz Baldo, „versprochen. Sobald der Pass wieder schneefrei sein wird."
Adara weinte. Prinz Baldo sagte: „Fräulein Adara, bitte weinen Sie nicht. Ich werde Fräulein Kyna finden und wir werden alle im Frühjahr auf Ihrer Hochzeit tanzen."
„Versprechen Sie mir das?", fragte Adara.
„Ja, ich verspreche es", sagte Prinz Baldo.

Plötzlich stand Rikster im Hof und brüllte den Knecht an: „Hol meine Pferde." Er hatte seine Ausgangskleidung angezogen und trug einen breiten Gürtel, wie er in Atrisland üblich war. Da er nicht adelig war und kein Wappen hatte, hatte er einfach ein Gesicht von sich und seinem Vater einprägen lassen und warum auch immer, eine Rose. Er war stämmig und nicht besonders groß und hatte immer leicht gerötete Wangen. Er wandte sich an Prinz Baldo und schrie aufgeregt: „Ich komme mit."
„Das geht nicht, du hast Mattyas nicht um Erlaubnis gefragt", sagte Prinz Baldo.

„Kennst du meinen Papa?", fragte Rikster.
„Natürlich, Rikster, jeder kennt deinen Vater. Er ist der größte Händler zwischen den Königreichen."
„Genau, er ist der größte, weil er sich alles getraut hat und alles gemacht hat. Und kennst du meinen Großvater?"
„Nein."
„Eben. Niemand kennt ihn, weil er ein niemand war, der nie irgendetwas gemacht hat."
„Also..", Prinz Baldo wusste wirklich nicht was er sagen sollte.
„Abgesehen davon gibt es in jeder Stadt jemanden, der meinem Vater was schuldet. Ich werde sehr nützlich sein."

Prinz Baldo nickte, das stimmte vielleicht. Er war zwar ein Königssohn aus Waldemi, aber sie ritten nach Bideli, vielleicht nach Kulmeli. Wer wusste schon, wie die Dinge dort standen. Er umarmte seinen Bruder ganz fest, verbeugte sich vor Adara und sah hinüber zu den drei Häusern. Immer mehr Gesinde hatte sich im Hof versammelt, um ihn und Rikster davonreiten zu sehen. Prinz Baldo sah hinauf zum ersten Stock des Familienhauses und da erblickte er Vater und Mutter Kunder am Fenster. Sie standen da, reglos, und schauten hinunter zu den Lehrlingen. Niemand hatte die beiden mehr gesehen, seit die Nachricht und das Kleid von Kyna eingetroffen waren.

Sie schienen beide um Jahre gealtert zu sein. Kynas Mutter war leichenblass und Kynas Vater war weiß geworden. Prinz Baldo verbeugte sich in Richtung der Kunder Eltern und saß mit einem eleganten Schwung auf. Rikster bestieg ebenfalls, weit weniger geschmeidig, sein Pferd und winkte den Eltern zu.

Prinz Baldo sah seinen Bruder und Adara ein letztes Mal tief in die Augen, dann schnalzte er und ritt gefolgt von Rikster los, ohne sich ein einziges Mal umzudrehen. Als sie aus Atris Stadt herausritten, mit zwei Knechten, die Pferde links und rechts beladen mit Proviant und Decken, verlangsamte Baldo seinen Schimmel und drehte sich um:

„Rikster“, rief er, „komm, reite neben mir. Rikster schloss auf und Prinz Baldo sagte:
„Also, Rikster, wir reiten nun zum Dorf vor dem Wall. Das ist das letzte Dorf vor dem Pass, wie du sicher weißt. Dort werden wir heute nächtigen.“
„Wieso nicht gleich auf den Pass rauf?“
„Das schaffen wir nicht vor der Dunkelheit.“
„Und wenn es denn Pass zuschneit?“
„Das wird hoffentlich nicht passieren, morgen erreichen wir den Pass, nächtigen dort, übermorgen sind wir dann in Bideli.“
Rikster machte drei Stirnrunzeln: „Dann sind wir aber nicht gerade schnell, Baldo.“
„Nein“, Prinz Baldo räusperte sich, „aber wir stürzen dafür auch nicht ab mit unseren Pferden.“

Rikster zuckte mit den Schultern und nickte: „Wie du meinst.“

Prinz Baldo überlegte, ob er froh darüber war, dass Rikster ihn begleitete. Einerseits war es schön, nicht allein zu sein und es stimmte auch, dass Rikster in den Städten nützlich sein könnte. Andererseits mochte er ihn nicht sonderlich und hatte ihn immer bestmöglich gemieden. Nicht nur, weil Rikster als einziger von Fynn angetan war und ihn bewundert hatte. Rikster hatte auch leider keine Manieren, denn er war nie gründlich erzogen worden.

Er war jahrelang mit seinem Vater durch die Königreiche gereist, bis der ihn am Drachenhof zur Erziehung abgegeben hatte. Rikster kannte zwar alle Umgangsformen und wandte sie auch hie und da an, aber es wirkte immer als wäre er ein schlechter Schausteller in der Rolle des edlen Burschen. Sein stämmiges Aussehen, die stets geröteten Wangen und die schwarzen strubbeligen Haare taten ihr Übriges.

An seinen Aufzug wolle Prinz Baldo erst gar nicht denken. Seine Kleidung war aus feinster Samt und Seide, doch er schaffte es Hemden, Wams und Hosen stets so zusammenzustellen,

dass es nicht passte. Der seltsame Gürtel ließ Rikster dann fast wie verkleidet aussehen.
Riksters Vater war zweifelsohne reich und mächtig, er handelte auch mit dem Königshaus in Waldemi, er hatte ihn dort schon als Kind gesehen. Rikster war wohl an den Drachenhof gebracht worden, weil sein Vater in das Drachengeschäft einsteigen wollte oder sonst wie in Atrisland Fuß fassen wollte. Dennoch gelang es weder Rikster noch seinem Vater sich der Gesellschaft, in der sie sich befanden, entsprechend zu benehmen oder zu kleiden. Prinz Baldo wunderte sich, dass die beiden das einfach nicht schaffen.
„Wir sind da!", rief Prinz Baldo, als sich das Dorf auf der nächsten Anhöhe langsam abzeichnete. Sie ritten etwas schneller und hielten vor der für ein Dorf unüblich großen Schenke. Prinz Baldo stieg ab und ging hinein, Rikster folgte ihm.

Sie gingen durch eine Diele, in der ein einladendes Kaminfeuer brannte, hinein in die Stube. An einem der Tische saßen zwei Boten aus Bideli, sie hatten ihre spitzen Hüte mit den langen Federn auf die Bank gelegt und aßen. An einem Tisch in der Ecke saßen zwei Händler, sie trugen ihre blauen Hüte mit den bunten Federn noch und unterhielten sich leise murmelnd. Am Tisch neben ihnen saßen zwei Knechte und schlürften Suppe.

Der Wirt war nirgends zu sehen, aber ein kleines Mädchen lief die Treppe herunter. Sie sah Prinz Baldo und rief:
„Oh, ein Prinz!", und lächelte Prinz Baldo lieb an. Dann rief sie in Richtung Treppe hinauf:
„Papa, da ist ein Prinz gekommen und", sie sah Rikster kritisch an, „und noch ein anderer." Polternde Schritte waren zu hören und der Wirt, ein freundlicher junger Mann, kam herunter.
„Meine Herren", sagte er und verbeugte sich leicht, „was kann ich für euch tun?"
„Wir wünschen zu essen und hätten gerne Quartier für die

Nacht." Prinz Baldo deutete in Richtung Fenster: „Unser Gesinde muss bitte versorgt werden, zwei Knechte insgesamt und zehn Pferde."
„Zehn Pferde!", der Wirt riss die Augenbrauen hoch, „ihr beide kommt sicher vom Drachenhof der Kunders." Er sah die zwei jungen Burschen prüfend an: „Reitet ihr nach Hause? Ist eure Ausbildung beendet? Ich habe gar nicht gehört, dass es ein Fest gegeben hat?" In dem Moment als er es gesagt hatte, schlug er sich die Hand vor den Mund: „Entschuldigt, bitte, natürlich gab es kein Fest, bei der Sache mit der Tochter!" Er schüttelte den Kopf und sah besorgt hinunter zu seiner eigenen kleinen Tochter. Rikster wollte etwas sagen, doch Prinz Baldo hob ermahnend die Hand und fragte:
„Wo dürfen wir uns setzen?"

Der Wirt deutete auf einen großen Tisch und brachte das Essen. Prinz Baldo versuchte das Schmatzen von Rikster bestmöglich zu ignorieren. Ihm kam vor, dass Rikster sich noch weniger zusammenriss als am Drachenhof.

Als Prinz Baldo in seiner Schlafstube war, sah er prüfend aus dem Fenster in Richtung Pass. Er konnte sehen, wie die Sterne leuchteten und die Gipfel im Mondlicht schimmerten. Es würde wohl nicht schneien, dachte er erleichtert. Es klopfte an der Tür.
Prinz Baldo seufzte und sagte: „Herein!"
Natürlich war es Rikster. Er trat ein, ließ sich auf einen Stuhl plumpsen und fragte:
„Du, Baldo, wieso machst du das überhaupt?"
„Ich denke, dass Kyna meine Hilfe braucht."
„Denkst du, Adara wird dich heiraten, wenn du Kyna nach Hause bringst?"
„Bitte? Nein! Wieso denn? Adara heiratet im Frühjahr den zukünftigen Fürsten von Dalberg, das weißt du doch?" Er schüttelte verärgert den Kopf.
„Willst du die Kyna heiraten? Ich denke, die steht nämlich

nicht auf dich." Prinz Baldo schüttelte wieder den Kopf und sah Rikster ungeduldig an.

„Nein, Rikster, ich möchte Kyna retten. Wo immer sie ist."

„Was?" Rikster prustete los, „du willst die Kyna retten?" Er lachte laut, wobei er ein grunzendes Geräusch machte und hielt sich den Bauch: „Du, ich glaube da musst du eher den Fynn retten."

„Bitte wie?", fragte Prinz Baldo erbost.

„Die Kyna hat sicher das Sauvieh auf den Fynn gehetzt und das ist sein Blut auf dem Kleid!" Rikster konnte sich gar nicht mehr einkriegen vor Lachen, aber als er sah, dass Prinz Baldo nicht mitlachte, räusperte er sich und setzte sich ganz aufrecht hin: „Baldo, du musst doch zugeben, dass die Kyna eine ganz wilde ist." Riksters Augen glänzten: „Zuerst hat sie den Feuerdrachen freigelassen – Mann, wäre ich da gerne dabei gewesen, als der die alte Miri kalt gemacht hat", seine Augen glänzten noch mehr, „und dann hat sie begonnen dieses Sauvieh abzurichten, das den anderen kleinen Drachen immer das Futter weggefressen hat – nur um die zu ärgern, weil wir ja alle wissen, das Silberköpfe Jäger sind."

Er grinste begeistert: „Die fressen die Beute gerne, wenn sie noch warm ist."

Prinz Baldo wusste gar nicht was er sagen sollte.

„Äh.. also Rikster, die Sache mit dem Feuerdrachen war anders, so wie mir Kyna das erzählt hat, der war schon frei und ist…"

„Klar!", sagte Rikster und sprang auf: „Die ist eine ganz liebe, die Kyna, ich weiß." Er ging zur Tür, lachte schelmisch und sagte: „Wir retten sie, das machen wir."

Prinz Baldo ging ihm nach und legte ihm die Hand auf die Schulter.

„Also, Rikster, wenn du nicht glaubst, dass Kyna Hilfe benötigt, warum kommst du denn dann mit?" Rikster tätschelte Prinz Baldos Schulter und sagte:

„Du, wenn du die Kyna nicht willst, ich heirate sie schon", und als Prinz Baldo nichts entgegnete, sagte er noch: „Und weil es nur noch fad war am Drachenhof." Dann strahlte er Prinz Baldo an und sagte: „Gute Nacht."

Prinz Baldo atmete tief durch als Rikster weg war und setzte sich hin. Er vermisste seinen Denkstuhl, den er am Drachenhof mitten in seiner Kammer aufgestellt hatte, dort konnte er einfach am besten nachdenken. Ich bin ein Prinz von Waldemi, dachte er, ich reg mich über den Kerl jetzt nicht auf. Als ob der jemals Kyna heiraten dürfte. Geld war nicht alles und Kyna hatte jemand anderen, besseren verdient.

Er erinnerte sich an jenen Abend, als Adaras Verlobung mit einem großen Festmahl im Haus der Familie gefeiert wurde. Alle waren gut gelaunt, nur Kyna wirkte ein wenig traurig und Prinz Baldo trank zum ersten Mal Wein. Es brachte ihn zum Verzweifeln, dass er zu jung war für Adara und noch mehr, dass sie ihn eigentlich nie beachtete. Kyna saß neben Fynn und Fynn versuchte Kyna immer wieder mit seinen spöttischen Bemerkungen aufzumuntern, aber Kyna lächelte nur höflich und war mit ihren Gedanken ganz woanders.

Es wurde sogar getanzt und Kyna tanzte einmal mit Fynn und einmal mit Prinz Baldo, dann setzte sie sich zu Fynn in eine Ecke und beobachtete, so wie er, einfach nur das Geschehen. Als Vater Kunder hinaus in die Diele ging, um dem Gesinde etwas zu befehlen, ging Prinz Baldo ihm leicht angetrunken nach.

„Baldo, lieber Prinz!", rief Vater Kunder, „wie geht es Ihnen heute an diesem Freudentag?"

Mir geht es gar nicht gut, dachte Prinz Baldo und sagte: „Sehr gut, Herr Kunder", er säuselte leicht, „es gibt da etwas, das ich sehr gerne fragen würde."

„Ja, bitte, lieber Prinz!", rief Vater Kunder sichtlich amüsiert ob des angetrunkenen Zustands seines Lehrlings.

„Nun, da Fräulein Adara heiraten wird, wie sieht es da mit

dem Fräulein Kyna aus?", er versuchte möglichst ruhig und erwachsen zu klingen: „Haben Sie denn schon nach einem passenden Kandidaten gesucht?"

„Lieber Prinz Baldo, ja, ich habe mir bereits einige Gedanken gemacht. Aber keine Sorge, sie wird uns noch etwas erhalten bleiben am Drachenhof."

„Nun, wenn es Ihnen nichts ausmachen würde, wäre ich sehr gerne auf Ihrer Liste potenzieller Ehemänner." Vater Kunder schaute erstaunt, doch Prinz Baldo fuhr unbeirrt fort: „Ich denke nämlich, nein ich weiß sogar, dass Fräulein Kyna gerne hier bleiben möchte. Und auch ich werde meinen Bruder, den König von Waldemi bitten, mich als Ständigen Gesandten des Königshauses nach Atrisland zu entsenden."

Vater Kunder sah Prinz Baldo amüsiert an und schien einen kurzen Moment zu überlegen was er antworten sollte. Dann sagte er: „Lieber Prinz Baldo, was Sie gesagt haben, ehrt meine Familie und mich sehr." Er sah ihn väterlich und liebevoll an. „Sie werden eines Tages ein ganz wundervolles Mädchen finden, eine Prinzessin, die so schön ist wie die Adara und so lieb und gescheit wie die Kyna." Er legte Prinz Baldo die Hand auf die Schulter: „Die Kyna und auch die Adara können keinen Prinzen heiraten, so wie Sie einer sind, und Sie können keine Züchtertochter heiraten, auch wenn wir sehr reich sind und die beiden Mädchen wirklich sehr schön." Er lächelte und fuhr fort: „Sollten Sie wirklich eines Tages der Ständige Gesandte aus Waldemi werden, so wird es eine große Ehre für diese Familie sein, dass Sie hier am Drachenhof Ihre Kindheit und Jugend verbracht haben und so glücklich gewesen sind, dass Sie zurück gekommen sind, um hier zu leben."

Als Prinz Baldo nicht antwortete und nur traurig zu Boden schaute, hakte Vater Kunder Prinz Baldo unter und sagte: „Kommen Sie, gehen wir wieder hinein. Ich glaube jetzt gibt es Kuchen."

Prinz Baldo hatte lange über das Gespräch nachgedacht. Er

liebte Adara und würde sie immer lieben, aber wenn sie schon jemand anderen heiraten musste, dann wollte er wenigstens jemanden haben wie Kyna. Er dachte an seinen Vater, den alten König, der oft über seine erste Frau, die Mutter seines Bruders Walmann, sprach. Dieser sagte immer: „Als sie gestorben ist, habe ich meinen einzigen Freund verloren."

Das hatte ihn stets sehr beeindruckt. Über Prinz Baldos Mutter, die mit dem alten König in einem schönen Schloss außerhalb der Hauptstadt wohnte, sagte er nie etwas besonders. Prinz Baldo wusste, dass seine Mutter deswegen manchmal traurig war, aber sie ließ es sich nicht anmerken.

War Kyna wirklich in Fynn verliebt? Hoffentlich nicht. Vielleicht hatte Kyna ja wirklich den Silberkopf auf ihn gehetzt, dachte Prinz Baldo und musste nun selbst bei dem Gedanken schmunzeln. Auch wenn Rikster nicht viel Ahnung von Kyna hatte, in einer Sache hatte er sicherlich Recht: Unterschätzen durfte man sie nicht.

Der Ständige Gesandte sah verdrossen auf das leere Pergament vor ihm. Er musste seinem König schreiben. Er musste nun persönlich König Walmann von Waldemi darüber in Kenntnis setzen, was sich in seinem wunderschönen Protektorat Atrisland zugetragen hatte. Als wäre es der unerfreulichen Ereignisse nicht genug, dass eine der höchsten Töchter im Land entführt worden war, nein – nun war auch noch sein kleiner Bruder Prinz Baldo aufgebrochen, um sie zu suchen. Cruso Manon musste in der Ratssitzung von Mattyas Kunder vernehmen, dass der Prinz sich nicht hatte aufhalten lassen und sogar von einem zweiten, ihm allerdings unbekannten Drachenlehrling namens Rikster, begleitet worden war.

Die guten Nachrichten auf die der Ständige Gesandte gehofft hatte, nämlich dass Kyna Kunder wohlbehalten in Bideli aufgefunden worden wäre, waren bisher ausgeblieben und nun hatte auch noch Prinz Baldo Atrisland verlassen. Bei Feymeris, es durfte nicht wahr sein. Mattyas Kunder, der nach dem Verschwinden seiner Schwester den Platz seines Vaters im Rat eingenommen hatte, schien zwar auch wenig begeistert, aber zum großen Ärger des Ständigen Gesandten, hatte er den Prinzen nicht aufgehalten.

Cruso Manon war äußerst betrübt darüber, dass seine Amtszeit, die eine Aneinanderreihung schöner Feste, würdevoller Empfänge und gemütlicher Ratssitzungen gewesen war, nun so zu Ende gehen musste. Wer hätte damit gerechnet, dass in dieser wunderschönen reichen Enklave, in der es alles zu kaufen gab, was die Länder der Welt zu bieten hatten, in die jeder kam, der arbeiten und reich werden wollte und die der einzige Ort auf der Welt war, in der die Drachenzucht erfolgreich betrieben wurde, so zu Ende gehen würde.

Das Schlimmste an der Sache war, und das sorgte den Ständigen Gesandten mehr als das Wohlergehen von Kyna

Kunder und Prinz Baldo, dass dies alles auf ihn zurückfallen würde. Er würde wohl nicht angesehen und wohlhabend, wie die Ständigen Gesandten vor ihm, im schönen Waldemi in einem feinen Schlösschen wohnen und bis ans Ende seiner Tage Ente mit Rotweinsauce essen und am See spazieren, respektvoll gegrüßt von jedermann.

Nein, denn es würde auf ihn zurückfallen und König Walmann, der ansonsten ein milder und nachsichtiger König war, würde ihn bestrafen müssen. Denn er hatte diesen verdammten Fynn als Drachenlehrling bewilligt, so wie er alle Lehrlinge der edlen Herren bewilligen musste und im Namen des Rates für Schutz und Sicherheit garantierte. Dieser Fynn war im letzten Sommer aus dem Nichts aufgetaucht, es gab im Vorfeld weder den üblichen Schriftverkehr mit dem Königshaus, noch war ein Gesandter des Königshauses von Kulmeli einige Monate vorher gekommen, um mit ihm und der Familie Kunder die finanziellen Bedingungen und den Ablauf der Ausbildung zu besprechen.

Fynns Papiere waren unvollständig gewesen, es fehlten die Urkunde seines Namens, der Stammbaum, die Empfehlung des Burgmeisters und die Aufstellung der Habseligkeiten und Tiere, die er mit sich führte. Dem Ständigen Gesandten wurde nur ein Schreiben mit königlichem Siegel vorgelegt, indem König Kul um die Ausbildung als Drachenlehrling eines gewissen Fynn von den Seestaden bat, einem hochgeschätzten Höfling und, das hatte den Ständigen Gesandten schließlich überzeugt, Mitglied der königlichen Familie.

Der Ständige Gesandte hatte vermutet, dass es sich bei Fynn um einen Cousin, vielleicht sogar Neffen des Königs handeln musste, denn „von den Seestaden“ war die Familienbezeichnung der Königsmutter. Abgesehen davon war König Kul dafür bekannt, sehr schlampig bei der Durchführung aller Art von Angelegenheiten zu sein, dazu uneinsichtig und leicht reizbar. Und so hatte der Ständige Gesandte sich dazu entschieden, es einfach dabei zu belassen. Abgesehen davon waren die Beziehungen zwischen Kulmeli und Waldemi angespannt, da König Kul seine Truppen ständig verstärkte und Cruso Manon wollte nicht wegen eines Drachenlehrlings Öl ins Feuer gießen. König Walmann beobachtete König Kul und seine Aufrüstung schon länger mit Sorge, auch wenn er noch nicht beunruhigt sein musste. Die Armee von Waldemi war allen anderen weit überlegen.

Der Ständige Gesandte wusste aus diplomatischen Kreisen, dass Walmann auch gar nicht so sehr wegen der Aufrüstung besorgt war, sondern wegen des unausgeglichenen Temperaments des jungen Königs. Sollte Kul aus einer Laune heraus in Bideli einmarschieren, würde Walmann entscheiden müssen, ob er entweder eingreift und sich auf die Seite von Bideli stellt oder Kul gewähren lässt – beides keine beruhigenden Aussichten, fand der Ständige Gesandte.

Walmann war halb so alt wie Kul gewesen, als er König wurde. Er war erst siebzehn als seine Mutter starb und der alte König über Nacht beschloss, auf den Thron zu verzichten und sich zurückzuziehen. Das war vorher noch nie dagewesen, denn König blieb man bis zum Tod – selbst wenn Prinzen oft schon vorher wichtige Aufgaben übernehmen mussten. Walmann erwies sich glücklicherweise als besonnener junger Mann, umsichtig und großzügig, mit mehr Ehrfurcht vor der Aufgabe als Gefallen an der Macht. Er war ganz der Sohn seiner klugen Mutter und er beging in seiner bisherigen Regentschaft bisher keinen einzigen Fehler, weder einen strategischen noch einen persönlichen. Er ging nun auf die vierzig zu und Waldemi war stärker und reicher als je zuvor.

König Kul hingegen, Cruso Manon war ihm bei der Hochzeit des alten Königs von Bideli begegnet, war das Gegenteil von ihm. Sympathisch und charismatisch, ja wirklich königlich und staatsmännisch auf den ersten Blick, war er doch bei genauem Hinsehen unausgeglichen und unberechenbar, schrie das Gesinde an und auch die Räte, die ihn begleiteten. Er war erst mit dreißig König geworden, aber er griff nach der Macht wie ein kleines Kind nach einem lange versprochenen Spielzeug. Er entließ alle, insbesondere die Diplomaten, die ihn auch nur einmal kritisiert hatten, generell jeden Mann, der am Hof Rang und Namen hatte und älter war als er. Kul verurteilte sogar den alten Burgrat, der ihm immer ein Dorn im Auge gewesen war, grundlos zum Tode, und viele Leute verschwanden, man erfuhr nie wohin.

Die Hoffnungen vieler in Kulmeli, aber auch der Könige und Diplomaten der angrenzenden Königreiche war, dass die Wahl der richtigen Königin seine positiven Eigenschaften verstärken würde und dass die Gründung einer Familie ihn ausgeglichener werden ließe. Aber so kam es leider nicht und alle schauten mit Sorge auf das große Kulmeli und seinen unberechenbaren König.

Cruso Manon beugte sich seufzend über das Pergament. Er war es einfach nicht gewohnt schlechte Nachrichten zu übermitteln. Der Ständige Gesandte sah zum Fenster hinüber und betrachtete sein Spiegelbild. Da gab es zu allem Überfluss noch dieses eine Gerücht, das man sich hinter vorgehaltener Hand in Atris Stadt erzählte. Die Kunders hatten Feuerdrachen gezüchtet, dass wusste er, so wie jeder im Rat, auch wenn es die Bevölkerung von Atrisland nicht erfahren durfte. König Walmann wusste es natürlich auch, er hatte es ihm berichtet, allerdings war keine besondere Reaktion gekommen. Aber nun erzählte man sich im Stadtrat, dass am Drachenhof der Kunders ein Flugdrache geschlüpft und abgerichtet worden sei und dieser sei gleichzeitig mit Fynn und Kyna verschwunden.

Konnte das stimmen? Der Ständige Gesandte hielt es aus mehreren Gründen für unmöglich. Erstens gab es keine Flugdrachen mehr, seit Jahrhunderten hatte sie keiner mehr gesehen. Wenn überhaupt, existierten noch ein paar Exemplare in den Tälern der Ewigkeit. Zweitens war es unmöglich, einen

Flugdrachen, auch kein Junges, unbemerkt über den Pass zu bringen. Jedes Tier wurde an der Grenze kontrolliert, schon allein, damit keine Krankheiten eingeschleppt wurden. Drittens war das Handwerk Flugdrachen abzurichten seit tausend Jahren ausgestorben, keiner wusste mehr wie das ging und auch damals in der alten Zeit, war es mehr ein Geheimnis als ein offenes Handwerk gewesen. Alles, was von ihnen geblieben war, waren die schaurigen Lieder, die das Grauen beschrieben, dass die riesigen Flugechsen über die Soldaten brachten. Zuerst verbrannten sie die gegnerischen Soldaten, dann fraßen sie aus Hunger die Männer der eigenen Armeen, bis sie irgendwann begannen die Menschen in den Städten und Dörfern zu jagen. Sie vernichteten ganze Landstriche, kein Tier, kein Mensch, kein Haus blieb stehen.

Alles wurde zu blutiger Asche, solange bis die Drachen sich immer weiter zurückziehen mussten, weil sie selbst keine Nahrung mehr fanden. Irgendwann waren sie wohl selbst verhungert und wahrscheinlich, so hoffte Cruso Manon, ausgestorben.

Nein, bei Feymeris! Er würde das Gerücht mit dem Flugdrachen nicht berichten. Wie sehe das denn aus: Kyna Kunder und ein Flugdrache sind von Fynn von den Seestaden entführt worden und halten sich in Bideli auf. Kyna Kunder, so befürchtet man, ist zu Tode gekommen, aber Fynn und der Drache lebten eventuell noch und waren auf dem Weg nach Kulmeli? Cruso Manon schüttelte den Kopf: Nein! Das ging so nicht, das konnte er nicht schreiben, dann würde es gleich Krieg geben.

Krieg? Zum ersten Mal wurde ihm bewusst, dass es vielleicht wirklich einen geben könnte. Vielleicht waren alle Bemühungen, auch seinerseits, König Kul ruhig und versöhnlich zu halten, vergeblich gewesen. Nein, das durfte einfach nicht sein. Er würde König Walmann schreiben, dass Kyna Kunder und Fynn gemeinsam weggelaufen waren, ein verliebtes Pärchen eben, zwei verwöhnte Kinder die ihren Willen nicht bekommen hatten. Man würde sie schon finden und dann ordnungsgemäß verheiraten. Ja, das war gut, das würde er schreiben. Er hatte die beiden ja am Festabend der großen Auktion erlebt, wie sie miteinander geflüstert hatten an der Mauer und wie sie dann gemeinsam, ohne Begleitung, in die Nacht entschwunden waren. Da konnte die Schwester Adara behaupten was sie wollte, die beiden hatten etwas im Schilde geführt.

Abgesehen davon hatte er es immer für gefährlich gehalten, dass in Atrisland die Töchter der Züchter gemeinsam mit den Lehrlingen ausgebildet wurden. Kein Wunder, dass es nun diesen Vorfall gegeben hatte, es war lange genug gut gegangen ohne Skandal. Und die beiden Kunder-Töchter, das musste Cruso Manon zugeben, waren zwei außerordentlich hübsche Mädchen. Er hatte sie oft beobachtet, wie sie mit ihrem Bruder Myron lachend in die Stadt geritten kamen und wie sie auf den Festen ausgelassen tanzten. Vater Kunder hätte die beiden längst verheiraten sollen, das hatte er jetzt davon, dass ihm nie ein Brautwerber reich genug gewesen war.

Ja, nun war diese dumme Geschichte passiert und er, der Ständige Gesandte, musste sie womöglich ausbaden. Was konnte er schon dafür, dass sich zwei junge Leute ineinander verliebten und davonliefen? Nichts! – so ist es; und wenn schon, war es natürlich die Schuld der Eltern und obendrauf die Schuld von König Kul, der an seinem Hof den jungen Männern keine Manieren beibringen ließ. Nur verständlich, dass Prinz Baldo, edelmütig wie er war, loszog, um die Sache in Ordnung zu bringen.

Er nickte zufrieden, lächelte seinem Spiegelbild im Fenster zu und begann zu schreiben.

Adara lag in Kynas Zimmer auf dem Bett und starrte an die Decke. Sie kam jeden Tag in das Zimmer, lüftete es und befüllte die kleine Tonvase, die Kyna irgendwann einmal auf dem Markt mit ihr gekauft hatte, mit frischen Blumen von der Wiese. Sie konnte schon lange nicht mehr weinen und sie hatte die Kammer mehrfach auf den Kopf gestellt, um einen Hinweis zu finden. Aber sie fand nichts. Nun legte sie sich einfach jeden Tag auf das Bett, so wie sie sonst mit Kyna auf der Wiese gelegen hatte und grübelte. Manchmal führte sie auch Selbstgespräche oder schimpfte laut mit Kyna und pfefferte wütend Kissen und Bücher durch das Zimmer.

Adara wusste, dass Kyna nie mehr wieder kommen würde. Nicht weil sie mit diesem verdammten Fynn weggegangen war oder mit dem furchtbaren Flugdrachen, den sie abgerichtet hatte. Kyna hatte ihren geliebten Stoffdrachen mitgenommen, den sie schon als kleines Kind über alles geliebt hatte. Kyna hatte Adara und Myron stets mit ihren Rasseln und Stoffpuppen spielen lassen, aber wenn ihre beiden älteren Geschwister den Stoffdrachen auch nur ansahen, hatte es jedes Mal ein fürchterliches Geschrei gegeben. Mutter Kunder hatte ihn einst für Kyna genäht, weil sie ihr kleines Mädchen davon abhalten wollte, ständig auf die Mauer am Wassergraben zu klettern, um die Drachenjungen im Wäldchen zu sehen. Adara hatte dem Stoffdrachen, als Kyna nicht mehr mit ihm spielte, neue Augen aufgestickt und ein wunderschönes buntes Schuppenmuster. Sie hatte ihn neu gestopft und mit einem Goldfaden am Hals die Initialen K.K aufgenäht. Der Drache war immer auf Kynas Bett gewesen und niemand, besonders Nikli nicht, durften ihn anfassen oder woanders hinlegen.

Niemanden hatte interessiert, dass Kyna das Stofftier eingepackt hatte, als zuerst die große Suche am Hof und dann das große Geschrei losgebrochen war, als man sie nicht fand. Adara wusste, dass Kyna nicht entführt worden war, schon gar nicht von Fynn. Kyna hatte eine Entscheidung getroffen. Und die war so final gewesen, dass sie das kostbarste aus ihrer Kindheit eingepackt und mitgenommen hatte.

Adara wusste nicht, was sie mehr verletzte. War es die Tatsache, dass Kyna sie nicht eingeweiht hatte oder dass sie ausgerechnet mit dem ihr so verhassten Fynn weggegangen war? Sie konnte es einfach nicht fassen. Nachmittage lang war sie mit ihr zusammen gewesen, Tag für Tag hatten sie ihre Aussteuer bestickt, Pläne geschmiedet für die Hochzeit im Frühjahr, waren nach Atris Stadt geritten, um mit Mutter für Adara einzukaufen. Nie hatte Kyna sich etwas anmerken lassen oder mit einem Wort erwähnt, dass sie wegwollte. Natürlich, Kyna hatte sich stets mit dem Silberkopf beschäftigt und ihn so gut es ging abgerichtet, aber sonst – kein Wort.

Jetzt, wenn Adara so darüber nachdachte, hatte Kyna Myron nicht mehr so oft erwähnt. Weil sie zu ihm aufgebrochen war? Das war sowieso die einzig logische Erklärung – einerseits, aber andererseits: wieso bei allen guten Geistern sollte Kyna das machen? Sie hätte fragen können, ob sie ihn besuchen darf, wenn sie die Hochzeit in Bideli nicht mehr hätte abwarten können. Die Eltern hätten es sicher erlaubt, Kyna hätte Station machen können bei bedeutenden Familien und einen Ehemann finden. Wieso war Kyna Kunder, die alles hatte und noch dazu ein kluges Mädchen war, bei Nacht und Nebel auf und davon?

Adaras Gedanken drehten sich wie immer im Kreis. Wie oft hatte sie sich dem zermürbenden Verhör aussetzen müssen, ob sie etwas geahnt oder gewusst hatte. Nicht nur die Eltern und Mattyas hatten sie in die Mangel genommen. Sie hatte in die Weiße Burg reiten müssen und sich den Fragen der Stadträte stellen. Die Frage die man ihr am öftesten und eindringlichsten gestellt hatte, war natürlich gewesen, ob die beiden ein Liebespaar waren. Sie hatte das wohl hundertmal verneint, aber irgendwann begann sie selbst zu zweifeln. Dass Fynn in

Kyna verliebt war, das hielt sie für ausgeschlossen. Jeder am Drachenhof wusste, dass er seine diversen Frauengeschichten in der Stadt am Laufen hatte und den Erzählungen der Lehrlinge zufolge, sahen seine Gespielinnen ganz anders aus als Kyna. Kyna war sicher nicht die holde Braut, die er nicht anrührte, und dafür seine Bedürfnisse in der Stadt befriedigte. So war Fynn nicht, da war sich Adara sicher, der nahm sich was er wollte. Die andere Frage war, ob Kyna in Fynn verliebt war. Und da wurde Adara immer unsicherer.

Sie war immer der festen Überzeugung gewesen, dass Kyna mit Fynn nur die Abwesenheit von Myron kompensieren wollte, weil sie jemanden zum Reden brauchte. Prinz Baldo mit seiner feinen und hochwohlgeborenen Art, mit seinen Erklärungen für jeden und alles, war einfach nicht ausreichend gewesen. Kyna brauchte jemanden wie Myron oder eben Fynn, der viel wusste und alles kritisch hinterfragte.

So oder so hatte Myrons Abwesenheit Kyna einfach nicht gutgetan. Sie hatte immer auf ihn gehört, immer das gemacht, was er vorgeschlagen hatte und ihm bedingungslos vertraut. Adara erinnerte sich an damals, als sie noch Kinder waren und Kyna gerade in die Lehrstube aufgenommen worden war. Kyna hatte verbotenerweise ein schwaches Drachenjunges, das die Wärter nicht mehr füttern wollten, in ihre Schlafstube mitgenommen und dort gepflegt. Drachen waren jenseits des Wassergrabens verboten, jeder wusste das, auch Kyna.

Das Drachenjunge, das dank Kynas überfürsorglicher Pflege mit Milch, Eiern und Bratenresten sehr schnell erstarkte und nicht mehr in ihrer Kleidertruhe wohnen bleiben wollte, entwische eines Tages in den Hof, schaffte es irgendwie auf die Mauer und stolzierte dort herum. Als Girte es entdeckte, schrie sie wie am Spieß und das Drachenjunge erschrak und stürzte in den Wassergraben. Die Familie, die am Frühstückstisch saß und verwundert ob des von draußen hereindringenden Tumultes aufhörte sich zu unterhalten, konnte nur zusehen wie Kyna, die sehr wohl ahnte was los war, aufsprang, „Myron!“ schrie und losrannte. Zum Entsetzen des auf dem Hof zusammengelaufenen Gesindes schoss Kyna durch alle hindurch, war mit einem Satz auf der Mauer und sprang in den Wassergraben, wo sie das panisch strampelnde Drachenjunge packte und gemeinsam mit ihm unterging. Myron, der ihr natürlich nachrannte, hechtete kopfüber in den Wassergraben und zog die beiden heraus. Immer wenn Adara früher daran gedacht hatte, hatte sie gefunden, dass diese Geschichte sehr viel über Myron aussagte. Wie mutig Myron war und edel, ein Held, der alles für seine Schwester riskierte.

Aber wenn sie sich jetzt daran erinnerte, überlegte sie, dass es vielleicht viel mehr über Kyna aussagte und darüber wie sehr sie Myron vertraute.

Adara und Myron wurden oft für Zwillinge gehalten, so ähnlich waren sie sich in ihrem Aussehen. Doch Kyna war ihm in ihrem Denken und Handeln, ihrer neugierigen Art und dem Talent für die Drachenzucht viel ähnlicher als Adara. Obwohl Adara und Kyna nur theoretischen Unterricht erhielten, hatte Kyna, gleich wie Myron, ein Händchen für die Echsen und konnte sie kommandieren. Ganz im Gegensatz zu Adara, die die Tiere nicht wirklich mochte. Die Drachenjungen im Wäldchen fand sie noch ganz süß, aber die großen Drachen, die waren für den Verkauf, Angelegenheit der Drachenwarte und sollten bloß Geld bringen.

Adara wusste, dass das Wissen um die Drachenzucht sie neben ihrer Mitgift noch attraktiver als Braut machte, aber sie war froh, dass sie bald in einem Schloss in Bideli wohnen würde und nach ihrer Hochzeit die Drachen nur noch auf den Feldern und vielleicht an den Befestigungsanlagen sehen würde.

Die Hochzeit hatte Kyna natürlich ruiniert. Die Stimmung war dahin und es war fraglich, ob Mutter überhaupt mit nach Bideli reisen konnte, so sehr hatte sie das Verschwinden von

Kyna mitgenommen. Mutter hatte sich so darauf gefreut ihre Familie wiederzusehen, ganz besonders ihre liebe Cousine, die Fürstin von Karrenberg. Mutter hatte immer wieder augenzwinkernd zu Kyna gesagt, dass eine Überraschung in Dalberg auf sie warten würde. Aber Kyna war immer ganz woanders mit ihren Gedanken gewesen, hatte nur halbherzig gelächelt und sich gar nicht gefreut.

Adara hatte bei Kyna nie genauer nachgefragt, was los war. Sie war sich sicher gewesen, dass Kyna abwesend wirkte, weil sie sich permanent mit dem Abrichten von diesem Silberkopf beschäftigte und sich irgendwelche Tricks überlegte. Und sie wollte sich sicher nicht mit Adaras Hochzeit beschäftigen, weil sie diesen Tag verdrängte. Sie hätte mit ihr reden sollen, vielleicht wäre Kyna mit der Sprache herausgerückt.

Wo der Silberkopf abgeblieben war, das wusste auch keiner. War er weggelaufen, war er mit Kyna mitgegangen, verfolgte er Kyna? Suchen konnte man ihn auch nicht, weil er ja offiziell nicht da war und so wurde am Drachenhof einfach über ihn geschwiegen.

Adara hörte wie die verbliebenen Lehrlinge in den Hof zurückkehrten und zum Lehrlingshaus gingen. Sie musste hinunter und mit ihnen gemeinsam das Abendessen einnehmen. Sie hatte keine Lust darauf, aber auf die paar Monde, bis der Frühling kommen würde, kam es ihr nun auch nicht mehr an. Abgesehen davon war die Aussicht mit ihren schweigenden Eltern und Mattyas zu essen nicht besser. Auf diese miese Stimmung konnte sie sich beim Frühstück schon wieder freuen.

Prinz Baldo fehlte ihr im Lehrlingshaus. Sie vermisste die gemeinsamen geistreichen Gespräche und seine perfekte, vornehme Art. Sie hatte sich neben ihm immer wie etwas Besonderes gefühlt, wie eine richtige Prinzessin und er hatte sie nie merken lassen, dass sein Vater ein König war und sie die Tochter eines Züchters. Sie freute sich wirklich darauf ihn bei ihrer Hochzeit wiederzusehen und hoffte nur, dass er dort wohlbehalten erscheinen würde. Es hatte sie schwer beeindruckt, dass er aufgebrochen war, um Kyna zu suchen, aber er war eben ein echter Prinz. Dass er ausgerechnet Rikster mitgenommen hatte, hatte sie nicht verstanden, aber egal, besser als allein zu sein, war es sicher. Rikster hatte Kontakte und blöd war er auch nicht, auch wenn er neben Prinz Baldo aussah als wäre er sein Hofnarr.

Adara stand auf und strich ihr Kleid glatt. Sie sah hinüber zu Kynas Kleidertruhe, in der einst der kleine Drache wohnte und die sie gemeinsam mit Mutter mehrfach durchwühlt hatte, nachdem Kyna verschwunden war. Ihr kam es plötzlich so vor, als ob unter der Truhe etwas Weißes hervorlugte. Sie bückte sich und zog ein altes Stück Pergament heraus. Es war eine Zeichnung darauf: Das Wappen der Kunders, drei Türme auf einem Halbkreis. Oder war es eine Zeichnung der Grauen Türme, dem Gebirgszug mit den drei Bergspitzen? Beim Wappen der Kunders war der mittlere Turm etwas höher, diese hier waren gleich hoch, wie beim Bergmassiv. Adara begann zu zittern. Über die drei Türme war in blutrot ein Feuer speiender Flugdrache im Sturzflug gezeichnet worden. Er goss sein Feuer auf die Türme herab und schien mit seinen Klauen gleichzeitig nach ihnen zu greifen. Es sah so aus, als würde er sie verschlingen wollen und noch dazu, dass ließ Adara wirklich erschauern, war der Drache mit Drachenblut gezeichnet worden. Sie kannte diesen Rotton, der schwärzlich wurde, aber nie ganz schwarz.

Adara schluckte. Sie wusste nicht was mit der schaurigen Zeichnung machen sollte und steckte sie einfach ein. Sie sah sich noch einmal beunruhigt im dämmrigen Zimmer um. Als sie weiter nichts entdecken konnte, ging sie hinunter und hinaus in den Hof zum Lehrlingshaus.

Kyna wählte aus all den Kleidern, die die Fürstin ihr hatte bringen lassen, ein blaues aus. Sie nahm es, weil Adara es genommen hätte, um ihre Augen und ihre schöne blasse Haut zu betonen. Kyna war nach der Zeit in den Bergen und Wäldern leider nicht mehr so blass und im Spiegel hatte sie zu ihrem Entsetzen Sommersprossen entdeckt. Myron bekam sie auch im Sommer und alle Mädchen fanden das süß, aber bei ihr war das etwas anderes.

Ein junges Fräulein sollte keine Sommersprossen haben, das wusste sie genau. Kyna schnallte ihren Gürtel um und ging die Treppe hinunter in Richtung Saal. Sie verlief sich ein wenig in der schönen Burg mit den vielen Räumen und Gängen, aber sie konnte irgendwann die Stimmen der Fürstin und der Prinzessinnen hören und trat, nachdem sie angeklopft hatte, in einen getäfelten kleinen Saal.

Die Fürstin und die Räte standen auf und die Fürstin sagte:

„Milena, Mirella – das ist das Fräulein Kyna Kunder", sie machte eine elegante Handbewegung in Richtung Kyna, „Kyna, das sind die Prinzessinnen Milena und Mirella, die Schwestern des Fürsten." Die Prinzessinnen sahen Kyna an und kicherten. Sie waren jünger als Kyna, elf oder zwölf vielleicht und noch etwas pausbäckig. Sie würden einmal sehr hübsch sein, dass konnte Kyna sehen, so wie der Fürst auch sehr gut aussah. Kyna wurde rot und setzte sich. Der Fürst war noch nicht da und sie wurde schon rot, das fing ja gut an.

Die Fürstin sah nervös auf Beats leeren Stuhl und schaute Alfram, den Schatzrat fragend an:

„Er ist doch nicht etwa ausgeritten zur Jagd, Alfram?"

„Nein, nein, Fürstin", Alfram lächelte Kyna an, „er hat dem König geschrieben und sich noch lange mit dem Schutzmeister unterhalten."

„Nun gut, ich lasse auftragen." Die Fürstin bimmelte mit einer Glocke und das Gesinde trug Rüben, Braten, Wasser und Wein herein.

Obwohl das kein besonderes Essen war und Kyna zu Hause edlere Speisen vorgesetzt bekommen hatte, erschien es ihr wie ein Festmahl und sie griff beherzt zu.
„Haben dir die Jäger nichts zu essen gegeben?“, fragte Prinzessin Milena und kicherte.
„Milena!“, rief die Fürstin streng. „Bitte achte auf dich! Bitte denke an deine Taille, wenn der Kuchen kommt!“, dann sah sie Kyna freundlich an, „Bitte greif zu, Kind.“
Kyna aß beschämt ein wenig langsamer weiter und sah dabei auf ihren Teller. Als die Tür plötzlich aufging und Beat hereinkam, verschluckte sie sich. Sie hustete während Beat sich setzte und wurde wieder rot. Beat belud seinen Teller und schenkte sich Wasser und Wein ein.
„Wo ist denn dein hässlicher Freund?“, fragte Mirella und kicherte.
„Der ist in deiner Schlafstube und frisst deine Puppen“, sagte Beat und grinste.
„Du bist so gemein!“, schrie Mirella.
„Kinder!“, sagte die Fürstin drohend, „Wir haben einen Gast.“
Kyna schaute verunsichert in die Runde. Beat räusperte sich, drehte sich zu Mirella und sagte: „Na, der ist natürlich draußen in seiner Hütte und schläft brav.“
„Wir wissen alle, dass er in deinem Bett schläft“, ätzte Mirella wieder recht keck und stupste Milena an, „und dass er stinkt.“
Beat sah Kyna grinsend an und fragte:
„Magst du auch keine Hunde?“ Kyna sah ihn überrascht an:
„Äh…doch. Ich mag keine Pferde.“
„Ach, nein?“
„Nein.“
Beat machte drei Stirnrunzeln und sah sie forschend an. „Wie schaut es denn mit Drachen aus?“
„Die mag ich sehr“, sagte Kyna herausfordernd.
„Kuchen!“, rief die Fürstin und sprang auf. Beat protestierte: „Ich bin noch nicht fertig!“

„Ätsch, du warst zu spät!", schrie Mirella und kicherte wieder, bis die Fürstin sagte:
„Mirella – es reicht jetzt. Sonst isst du oben."
Der Kuchen wurde aufgetragen und die Fürstin gab jedem ein großes Stück.
„Das ist die Bidelitorte", sagte sie stolz, „kennst du die?"
Kyna, die die berühmte Bidelitorte natürlich kannte aber überhaupt nicht mochte, nickte: „Ja. Die ist wirklich ausgezeichnet."
Kyna spülte den Kuchen lächelnd Stück für Stück mit Wasser runter, denn sie wollte nicht unhöflich erscheinen. Beat beobachtete sie und fragte grinsend:
„Noch ein Stück, Fräulein Kyna?"
„Nein. Nein danke." Kyna sah die Fürstin an: „Darf ich mich zurückziehen?"
„Natürlich, Kyna, natürlich. Gute Nacht.", sagte die Fürstin und sah die Prinzessinnen streng an. „Gute Nacht", sagten sie im Chor und auch Beat sagte: „Gute Nacht", während die Räte nur nickten. Kyna versuchte den Saal möglichst elegant und mit geschmeidigem Gang zu verlassen. Dann lief sie, ohne sich einmal zu verirren, in ihre Kammer zurück und setzte sich hin.

Was sollte sie nur tun? Sie musste weiter, musste Fynn finden, musste den Silberkopf finden. Die Fürstin würde nach Hause schreiben und alle informieren, wo sie war, aber vorher musste sie zu Myron nach Kulmeli gelangen.

Es klopfte an der Tür. Kyna stand auf, strich ihr Kleid glatt und sagte so freundlich wie möglich: „Herein!", denn sie erwartete die Fürstin. Aber durch die Tür trat Fürst Beat und sagte:
„Fräulein Kyna, darf ich kurz stören?"
„Ja!", rief Kyna überrascht und setzte sich wieder auf das Bett. Fürst Beat blieb stehen und sah sie forschend an. Er lächelte und sagte:

„Fräulein Kyna, ich werde morgen ein Fest geben und würde mich sehr freuen, wenn Sie daran teilnehmen."

„Oh…ja, sehr gerne", sagte Kyna und dachte: wie dumm, dass ich heute schon das schönste Kleid angezogen habe. Sie stand wieder auf und sah den Fürsten abwartend an, doch er sagte weiter nichts und begann in der Kammer auf und ab zu wandern. Dann blieb er abrupt stehen und sah Kyna direkt in die Augen.

„Fräulein Kyna – darf ich Kyna sagen?"

Kyna nickte.

„Gut. Also folgendes." Er trat sehr nahe an sie heran. Er war einen Kopf größer als Kyna und beugte sich deswegen leicht nach vorne, um ihr direkt in die Augen zu sehen.

„Sag mir, was in meinen Wäldern los ist."

„Wieso? Was soll sein?" Kyna versuchte möglichst unwissend zu wirken.

„Nun, da ist eine Raubechse unterwegs und tötet mein armes Wild."

„Vielleicht ist es ein Wolf oder Bär? Oder ein Rudel von etwas…anderem gefährlichen?

„Nein, nein." Der Fürst begann wieder zu wandern. „Das ist ein junger Drache, der auf der Jagd ist."

„Ein junger Drache?"

„Ja, ja." Der Fürst nickte und seufzte und sah Kyna prüfend an. „Ich weiß das deswegen so genau, liebe Kyna, weil räuberische Drachen ihre Beute fressen, während sie noch lebt. Sobald sie erkaltet ist, wird sie für den Drachen uninteressant." Er blieb wieder stehen. „Und in meinen Wäldern liegt sehr viel halb aufgefressenes Wild herum. Das spricht für einen jungen Drachen, der noch nicht viel auf einmal fressen kann, während die Beute noch lebt, und der, wie für ein Jungtier üblich, öfter am Tag Hunger hat." Er sah Kyna erwartungsvoll an. „Er scheint auch ein äußerst guter Jäger zu sein." Kyna schwieg noch immer.

Fürst Beat lächelte und sah Kyna verschwörerisch an: „Kyna, ich glaube dir einfach nicht. Du bist eine Tochter der größten Drachenzüchterdynastie der Welt und wirst genau dort in meinen Wäldern aufgegriffen, wo ein räuberischer Drache mein Wild reißt. Natürlich ist das dein Drache."

Kyna sah zu Boden. Sie wollte Beat nicht anlügen, aber sie durfte den Drachen nicht verraten – wer weiß was dann passieren würde. Bestimmt würde man versuchen ihn zu töten. Es ärgerte sie, dass er so viel Wild riss, das lag sicher daran, dass ihm langweilig war. Als sie nichts sagte, legte Fürst Beat seine Hand auf ihre Schulter und sagte:

„Schau Kyna, du musst keine Angst haben, keiner sperrt dich mehr ein. Ich will nur, dass Ruhe ist in meinen Wäldern und dass der Drache nicht anfängt, das Vieh der Bauern zu fressen." Er nahm die Hand wieder von ihrer Schulter und ging in Richtung Tür. „Ist es ein Feuerdrache?" Kyna sah ihn nur an. „Ich weiß, dass deine Schwester Adara Feuerdrachen als Mitgift nach Bideli bringen wird. Also, wenn es ein junger Feuerdrache ist, fangen wir ihn einfach ein. Der König wird sich freuen."

„Wirst du auf Adaras Hochzeit gehen?", fragte Kyna. Wenn er mich nicht als Fräulein anspricht, verzichte ich auf den Fürsten, dachte sie.

„Ja, natürlich!", antwortete Beat überrascht, „natürlich, was für eine Frage. Wenn mein lieber Nachbar, der Fürst von Dalberg, heiratet, bin ich dabei."

Kyna dachte traurig, dass sie gar nicht sicher sein konnte, ob sie dabei sein würde. Soweit hatte sie gar nicht gedacht.

„Adara ist sehr schön", sagte Kyna betrübt, „sie wird eine wunderbare Braut."

„Ja, das hab ich gehört!", Fürst Beat lachte, „so schön wie Feymeris aus den Waldemischen Gesängen."

„Feymeris, die Einhornfee?", fragte Kyna.

„Ja, genau!" Fürst Beat grinste. „Die gute Fee, die über die Welt

wacht und mit ihren Ritten die Jahreszeiten bringt."
„Das habe ich mal gelernt, glaube ich."
„Gelernt? Ist Atrisland nicht eine Enklave von Waldemi? Glaubt ihr denn nicht an die Feen?"
„Nein. Wir glauben an nichts."
„Was ist denn euer höchstes Fest?"
„Die Auktion."
„Die Auktion? Der Tag, an dem die Drachen versteigert werden?" Fürst Beat schüttelte ungläubig den Kopf.
„Ja."
„Und wie bestattet ihr eure Toten?"
„Die treiben in einem Boot auf einem See und dann werden sie in Brand gesteckt."
Fürst Beat war noch immer irritiert.
Kyna fragte: „Ihr glaubt an die guten Geister, oder?"
Der Fürst nickte.
„Heißt das, du glaubst, dein Vater ist ein Geist? In den Bergen?"
Er sah Kyna nachdenklich an und nickte dann.
„Wann wird er denn aufsteigen können? Ich meine, muss da etwas Besonderes passieren?"
Fürst Beat lächelte Kyna melancholisch an. „Ja, ich denke, ich muss ein guter Fürst sein. Das wird ihn erlösen."
„Das wirst du sicher!", rief Kyna und wurde rot. Fürst Beat trat wieder näher an sie heran.
„Weißt du, Kyna, die Waldemi glauben nicht an eine, sondern an zwei große Feen."
Kyna sah ihn fragend an. Er betrachtete sie eingehend und sagte:
„Sie glauben an Feymeris, die Einhornfee und an Reymeris, die Drachenfee. Feymeris reitet auf einem Einhorn und wacht über die Welt und Reymeris reitet auf einem Drachen und wacht über die Unterwelt."
„Die Unterwelt?"
„Ja, sie passt auf, dass die Ungeheuer und dunklen Mächte

nicht an die Oberfläche kommen und den Menschen Schaden zufügen."
„Wieso braucht man denn zwei Feen?"
Fürst Beat grinste: „Nun ich denke, da ist schon jede für sich sehr beschäftigt." Dann griff er plötzlich in die Tasche seines Rockes, als würde ihm etwas einfallen und zog den kleinen Stoffdrachen heraus. „Den haben dir die Jäger abgenommen nicht wahr?" Kyna nickte: „Ja, äh…als Beweisstück." Sie hatte schon gedacht, er wäre verloren. Es war ihr ganz egal, wie peinlich das jetzt war, aber sie wollte ihn unbedingt zurück. Der Fürst reichte ihr das Stofftier und fragte: „Hast du das so schön bestickt?"
„Nein, meine Schwester, Adara."
„Sehr schön."
„Danke." Kyna wurde wieder rot.
„Gute Nacht, Kyna Kunder."
„Gute Nacht, Fürst Beat."

Die Fürstin saß in ihrer Schreibstube und wartete auf Alfram. Als er endlich durch die Tür gehinkt kam, schloss sie diese hastig hinter ihm und sagte: „Bitte, setz dich, Alfram." Sie legte ihm eine Pergamentrolle hin.
„Ist sie das?", fragte Alfram.
„Ja, das ist sie endlich. Kunder gibt seine Erlaubnis zur Vermählung von Beat und Kyna."
„Was war ausschlaggebend?"
„Dass wir das Fürstentum neben Dalberg sind und Kunder möchte, dass die Schwestern sich regelmäßig besuchen können."
„Nun, das ist gut. Sollen wir es den beiden sagen? Heute Abend? Beim Fest?"
„Nein, ich würde noch warten. Ich möchte vorher noch klären, was da mit diesem Fynn war. Wieso Kyna mit ihm weggelaufen ist."
„Das werden ganz hübsche Kinder", murmelte Alfram zufrieden.
„Alfram? Hörst du mir zu? Kyna Kunder, die zukünftige Braut des Fürsten, ist mit einem gewissen Fynn von zu Hause weggelaufen. Wie kann so etwas denn passieren?"
„Das weiß ich nicht, weiß ich nicht…", murmelte Alfram.
„Fynn, Fynn… es gibt doch nur einen bekannten Fynn in unserem Nachbarreich?"
„Was denkst du, Fürstin? Doch nicht etwa Fynn von den Seestaden?"
„Nein, das wäre ja verrückt. Wieso sollte Kul ihn nach Atrisland schicken und wieso sollten die Kunders ihn aufnehmen? Oder überhaupt irgendjemand? Und auch noch als Lehrling? Das ist ganz sonderbar."
„Andererseits…"
„Anderseits was, Alfram?"
„Wenn es stimmen sollte, dass die beiden nur zu zweit über den Steinernen Wall geklettert sind und sich allein durch die

Wälder bis hierher durchgeschlagen haben, dann…"
„…dann?"
„Dann könnte es sich schon um Fynn von den Seestaden handeln?"

Die Fürstin schwieg nachdenklich. Alfram fügte hinzu: „Kyna kommt mir nicht wie eine Lügnerin vor. Sie verschweigt uns etwas. Aber wenn sie sagt, sie ist mit einem Fynn unterwegs zu ihrem Bruder nach Kulmeli, glaub ich ihr das." Er nickte bekräftigend. „Das glaub ich ihr, jaja."
Die Fürstin schüttelte den Kopf: „Fynn von den Seestaden in Atrisland? Wieso?"

Alfram deutete auf das Pergament, das vor ihnen am Tisch lag: „Fürstin, das eine sage ich dir: Dem Kunder konnte man noch nie trauen. Er schickt seinen Sohn nach Kulmeli. Er verheiratet seine Töchter nach Bideli. Alle stattet er mit Feuerdrachen aus. Wer weiß wieso das Kynakind weggelaufen ist. Weiß man nicht…."
„Du denkst, Myron hat Feuerdrachen mitgenommen?"
„Ja ja…"
„Aber das wäre doch aufgefallen?"
„Nein, denke ich nicht, nein. Nicht, wenn die Frächter sie nachts auf der Hohen Au transportiert haben."
„Denkst du?"
„Ja ja…"

Die Fürstin ging nachdenklich zum Fenster. Kyna spazierte mit den kleinen Prinzessinnen im Garten. Mirella und Milena sprangen um sie herum und schienen sie ständig mit Fragen zu löchern. Kyna stand ihnen lachend und wild gestikulierend Rede und Antwort. „Sie scheint ein ordentliches Mädchen zu sein. Ich denke nicht, dass mit diesem Fynn irgendetwas passiert ist."
„Nein, Fürstin, nein nein…"
„Aber wir sagen es den beiden trotzdem noch nicht. Es war geplant, dass sie es auf der Hochzeit von Adara und Dalbergs

Sohn erfahren, dabei belassen wir es."
„Wie du meinst, Fürstin, wie du meinst."
„Ich werde nun zu Balzermann gehen. Er soll Kunder benachrichtigen, dass sie hier ist. Und dass wir sie hierbehalten über den Winter."
„Ja, Fürstin, mach das." Alfram stand auf. „Du könntest es Beat trotzdem sagen. Ich denke, sie gefällt ihm. Dann könnte er sich einmal auf etwas freuen…"
„Du denkst, ich bin zu streng zu ihm?"
„Nein nein." Alfram schüttelte den Kopf. „Aber er ist jung. Lass ihn auch leben." Er zwinkerte der Fürstin zu. „Und sich auf ein schönes Mädchen zu freuen, das gehört dazu."
Die Fürstin sah Alfram leicht entrüstet an und sagte:
„Nun gut, Alfram. Danke. Danke, wie immer für deinen Rat."
Alfram verbeugte sich so elegant wie er noch konnte und hinkte zufrieden hinaus.

Kyna wählte ein grünes Samtkleid für den Abend aus und sie machte sich die Frisur, die Adara ihr immer gemacht hatte für die Auktion: Die Haare offen und einen Zopf, der wie ein Haarreif von Ohr zu Ohr ging. Adara hatte allerdings zusätzlich ein goldenes Band hineingeflochten und auf der rechten Seite eine goldene Spange mit dem Wappen der Kunders hineingesteckt. Das fehlte nun leider und auch der Zopf war nicht so perfekt, aber Kyna hatte in ihrem Beutel für Haarutensilien keinen Platz gehabt. Wäre allerdings schlauer gewesen, das Goldband und die Spange mitzunehmen, als das Buch von Myron, indem nichts wirklich Neues stand.

Es klopfte an der Tür. Kyna öffnete sie und vor ihr stand die Fürstin, prachtvoll zurechtgemacht, mit den Prinzessinnen in rosaroten Kleidern und mit silbernen Diademen.

„Kyna, du siehst zauberhaft aus", sagte die Fürstin, „wer hätte gedacht, dass meine Kleider von früher noch einmal so glänzen können." Sie lächelte. Mirella und Milena nahmen Kyna links und rechts an der Hand und hüpften mit ihr die Treppe hinunter. Kyna hörte immer lauter werdende Musik. Sie gingen hinunter in einen großen Saal mit einem hohen Gewölbe, von dem Kerzenleuchter hingen. Eine lange Tafel war festlich gedeckt, mit Geweihen und getrockneten Blumen geschmückt, und bog sich beinahe unter Weinkrügen, Brot und dampfenden Speisen.

Als die Fürstin mit den Mädchen eintrat, verstummten alle Gespräche und der Fürst, der am Ende der Tafel stand und sich unterhielt, verbeugte sich leicht in Richtung Fürstin und sagte: „Liebe Gäste, bitte setzt euch, wir fangen an." Gleich wurde es laut, die Gäste setzten sich und Kyna nahm neben der Fürstin am vorderen Tischende Platz. Beat saß auf der anderen Seite und unterhielt sich und Kyna erkannte an den Hüten der Gäste, dass sowohl edle Leute aus der Karrenstadt, als auch die Räte und die Ritter aus den umliegenden Burgen anwesend waren.

Ritter hatte Kyna noch nie gesehen. Sie kamen nie nach Atrisland, um etwas zu kaufen. Sie lebten tagein tagaus in ihren Burgen und beschützen die Bauern in Bideli, Waldemi und Kulmeli. Sie alle trugen ein Wams mit einer aufgestickten Burg und ihrem Wappen und sie hatten ihre Frauen dabei, alle mit kunstvoll hochgesteckten Haaren.
„Was machen Ritter eigentlich den ganzen Tag?“, fragte Kyna.
„Sie beschützen die Bauern“, sagte Mirella.
„Kämpfen sie auch in der Armee?“
„Nein! Weißt du das nicht?“ Mirella schüttelte den Kopf. „Wenn ein Sturm kommt, machen sie die Tore der Burg auf, lassen alle hinein und dann machen sie sie wieder zu.“
„Gibt es denn keine Ritter in Atrisland?“, fragte Milena.
„Nein“, antwortete Kyna.
„Müssen die Leute in Atrisland denn nicht beschützt werden?“, fragte Milena.
„Aber das macht doch der König Walmann, Milena“, rief Mirella so laut, dass die Fürstin streng schaute.
„Das versteh ich nicht“, sagte Milena, „wieso liegt Atrisland denn in Bideli und wird von Waldemi beschützt?“

Kyna lächelte und sah die beiden an: „Also, das ist so: Atris aus Waldemi hat Atrisland gegründet. Er hatte den Krieg für den König gewonnen und wollte Land. Der König hatte im Geheimen Angst vor ihm und so hat er mit dem König von Bideli, dem er im Krieg sehr geholfen hat, ausgemacht, dass Atris das Land im Hohen Tal zwischen den Bergen bekommt.“ Die Prinzessinnen sahen Kyna gebannt an und fragten: „Aber es gibt keine Ritter?“ Kyna schüttelte den Kopf: „Nein. Weil erstens muss man Atrisland nicht verteidigen. Man kann es nur über einen einzigen Pass erreichen und der ist einfach zu beschützen. Der zweite Zugang zum Tal über die Schluchten beim Großen See ist durch Mauern verbaut. Dort könnten auch nur einzelne Männer oder Reiter passieren, so schmal sind die Wege. Zweitens greift Atrisland niemand an, weil alle

Geschäfte mit uns machen. Und drittens“, fügte Kyna stolz hinzu, „gehört Atrisland weder zu Bideli, noch zu Waldemi, es ist frei.“

„Dann habt ihr auch keine Soldaten?“, fragte Mirella besorgt.

„Nein.“

„Und wenn der Krieg kommt?“, fragte Milena.

„Welcher Krieg?“, Kyna verstand nicht recht.

„Beat sagt, es wird einen Krieg geben, es wird nämlich der…“

„Mirella!“, fiel die Fürstin ihr ins Wort, „genug jetzt.“

„Die Kyna ist dann ja eh bei uns“, flüsterte Milena Mirella zu, „dann passiert ihr nichts, wenn die Soldaten kommen.“

Die Fürstin warf ihren Töchtern einen mahnenden Blick zu und stand auf: „Musik!“, rief sie und die Musikanten begannen zu spielen. Die Tafel löste sich schnell auf und Kyna stellte sich, wie es ihre Angewohnheit war, rücklings an die Mauer neben der Treppe und blickte in den Saal. Sie betrachtete die kunstvoll bemalten Wände. Auf der rechten Seite war die Karrenfeste gemalt, majestätisch vor dem Karrenberg und der aufgehenden Sonne. Daneben eine Jagdszene mit vielen Jägern mit Jagdhörnern, Hirschen und Männern auf Pferden. Am Ende des Saals war dargestellt, wie ein Ritter in einer Rüstung vor verängstigten Bauern stand und sie mit seinem Schwert verteidigte. Kyna blickte zur linken Seite. Dort war ein See oder Meer dargestellt mit vielen Wellen und Fischen darin und darauf ein großes Boot mit weißen Tüchern. Daneben ein Wald mit Pflanzen wie Kyna sie noch nie gesehen hatte und bunten Vögeln. Und ganz am Ende war ein großer goldener Kreis an die Wand gemalt und darin erkannte Kyna zwei Feen. Sie saßen einander gegenüber, die eine auf einem geflügelten Einhorn und die andere auf einem geflügelten Drachen.

Beide trugen spitze, goldene Feenhüte mit einem weißen Schleier und einen goldenen Harnisch. Die Einhornfee hielt rechts ein Schwert und links eine Glocke in der Hand und die Drachenfee rechts Schwert und links einen Schild. Die Feen hatten weiße lange Röcke an. Bei der Einhornfee war er golden mit Blumen und Tieren bemalt und bei der Drachenfee rot mit Flammen. Ihr fiel das Gedicht ein, das Prinz Baldo gerne, meistens ungefragt, rezitierte:

Feymeris zieht den Feuerball
hinauf ins große Himmelszelt,
die Sonne strahlt all überall,
das Licht erwärmt die kalte Welt.
Feymeris ruft die Winde an,

und sie ruft den Regen,
jedes Tier in unsrem Land
lässt Feymeris leben.

Feymeris' Ritt durch unser Jahr,
bringt alle Jahreszeiten,
sie singt dabei, ganz hoch und klar,
man hört sie manchmal läuten.

Große Fee, wir bitten dich,
schütz Häuser, Hof und Tier.
Große Fee, wir ehren dich,
und wir danken dir.

Prinz Baldo hatte es auch immer am Tag der Auktion aufgesagt, manchmal gemeinsam mit Prinz Fidibel, der aber nie Luft dabei holte und für die letzten Zeilen dann keine Puste mehr hatte.

Die Prinzessinnen kamen herbeigelaufen. Kyna fragte: „Was ist das für ein Boot?"

„Ein Segelboot!", riefen die Prinzessinnen im Chor. „Mit den Segeln fängt man den Wind", fügte Mirella hinzu.

„Habt ihr so ein Boot schon einmal gesehen?", fragte Kyna.

„Nein, nur Ruderboote", sagte Milena betrübt. Ich auch, dachte Kyna, und erinnerte sich an das Boot der Bauern. Wo Fynn wohl war? Sie hatte ihn fast vergessen.
Kyna beobachtete, wie die Fürstin zu Beat ging und etwas sagte. Beat schüttelte den Kopf und hob abwehrend die Hände. Die Fürstin gestikulierte energisch und Kyna sah, wie er sein Wams zurechtzog und quer durch den Saal auf sie zusteuerte. Oh je, jetzt müssen wir tanzen, dachte Kyna und er will nicht. Sie sah zu Boden, bis er vor ihr stand.
„Fräulein Kyna, darf ich zum Tanz auffordern?" Die Prinzessinnen kicherten.
„Ja, gerne!", sagte Kyna und verbeugte sich leicht. Er reichte ihr den Arm und führte sie durch die tanzenden Gäste hindurch in die Mitte der Tanzfläche. Er beugte sich kurz rüber und flüsterte: „Es tut mir leid, ich tanze sehr schlecht."
„Das macht nichts", flüsterte Kyna zurück. Sie verbeugten sich voreinander und begannen zu tanzen. Beat hatte nicht übertrieben. Obwohl er ein gutes Rhythmusgefühl hatte und immer wieder einen Schritt zum richtigen Zeitpunkt machte, der erahnen ließ, dass er irgendwann einmal tanzen gelernt hatte, machte er einfach irgendwelche Bewegungen und überstrahlte das ganze Chaos mit seinem charmantesten Lächeln. Als das Lied endete, verbeugten sie sich wieder und er führte Kyna zurück zur Wand an der Treppe.
„Das war sehr, sehr schlecht, tut mir leid", sagte er betreten.
„Nein, gar nicht!", sagte Kyna und versuchte nicht laut loszuprusten. Sie dachte an Prinz Baldo, wie perfekt er immer mit ihr getanzt hatte. Jeder Schritt, jeder Sprung, jede Drehung makellos, als hätte er kein Gewicht und die Musik würde ihn durch den Saal tragen.
„Nein, es war ganz, ganz schlecht", sagte Beat, „ich muss mich wirklich entschuldigen."
Kyna grinste und sah zu Boden.
„Schau, du lachst!", rief er mit gespielter Empörung, „du

kannst es ruhig zugeben." Kyna fing an zu lachen und sagte: „Ja, es stimmt. Ich habe schon mit einem Drachen getanzt, der es besser konnte." Sie biss sich sofort auf die Zunge. Verdammt, wieso hatte sie das gesagt.
„Was?", Beat sah Kyna aufmerksam an, „Bitte? Ist das ein Sprichwort bei euch?"
„Äh ja…", Kyna wurde rot und sah zu Boden.
„Kyna?"
„Gehen wir vielleicht kurz hinaus?", fragte Kyna leise. Beat sah sie kritisch an und führte sie die Treppe hinauf in die Halle.
„Vielleicht irgendwo hin, wo uns keiner hört?", bat sie.
„Draußen ist es kalt."
„Mir ist eh so heiß. Gehen wir hinaus."
„Gut", sagte Beat und führte sie in den Garten.
„Also, es ist so….", fing Kyna an.
„Ja?"
„Also ich habe vielleicht doch einen Drachen dabei."
„Aha!", rief Beat. „Was für einen denn?"
„Äh…also", Kyna begann nervös ihre Hände zu kneten, „also ich muss mit dem Drachen weiter nach Kulmeli. Ich werde morgen aufbrechen."
„Nein. Zweimal nein."
„Doch, ich muss mit dem Drachen zu Myron, meinem Bruder."
„Wer sagt das?"
„Myron. Er hat mir einen Brief geschrieben."
„Wieso sollte dich dein Bruder in Gefahr bringen?"
„Ich bin ja nicht Gefahr…"
„Weil dieser Fynn auf dich aufpasst? Wo ist er denn jetzt?"
„Er wartet sicher irgendwo auf mich."
„Ja, sicher. Wieso holt er dich nicht ab?"
„Beat, bitte, ich muss wirklich, wirklich weiter. Auch, wenn es mir hier sehr gut gefällt." Sie wurde ein wenig rot, aber das konnte er in der Dunkelheit zum Glück nicht sehen.

„Du musst mich morgen bitte gehen lassen, im Morgengrauen."
„Nein."
„Doch."
„Dann reite ich mit."
„Das geht ja wohl nicht, du bist der Fürst."
„Dann lasse ich dich begleiten."
„Nein", Kyna schüttelte den Kopf, „gib mir zwei Pferde."
„Für Fynn und dich?"
„Nein beide für mich, zum Wechseln. Dann bin ich in zwei Tagen in Kulmann Stadt." Beat lachte: „Ich dachte, du kennst dich mit Pferden nicht aus."
„Dass ich sie nicht besonders mag, heißt nicht, dass ich mich nicht mit ihnen auskenne."
„Und den Drachen nimmst du morgen mit?"
„Ja."
„Dann begleite ich dich, bis du den Drachen gefunden hast. Ich sage, wir reiten zur Jagd aus."
„Ist gut." Kyna nickte. „Danke."
„Ich gebe dir eine Urkunde mit, die bestätigt, dass du eine Gesandte bist und eine Nachricht überbringst. Sollte man dich aufhalten."
„Danke, Beat." Kyna begann nun doch zu frösteln. „Gehen wir wieder hinein?"
„Eines sagst du mir noch, Kyna."
„Ja?"
„Was ist das für ein Drache?"
Kyna holte tief Luft: „Ein Silberkopf."
Beat riss die Augen weit auf: „Ein – ein – was bitte? Ein Si.. Ich glaub es ja nicht!" Er sah Kyna entgeistert an: „Ein Silberkopf!?"
„Ein Silberkopf ist ein…"
„Danke, ich weiß was das ist!", fiel er ihr energisch ins Wort. „Gute Geister! Sind die nicht ausgestorben?"
Er zog die Augenbrauen hoch, machte drei Stirnrunzeln und begann seine Stirn zu massieren, als hätte er furchtbare

Kopfschmerzen: „Wie bist du denn an den geraten?"
„Der ist bei uns geschlüpft."
„Wie seid ihr an das Ei gekommen?"
„Ich weiß nicht….Ich denke, Fynn hat es mitgebracht. Und ich glaube, er hat es wirklich aus den Tälern der Ewigkeit."
„Das würde erklären, wieso er so gut klettern kann."
Kyna sah zu Boden: „Es tut mir leid wegen den Hirschen. Er ist sonst ganz brav.."
„Ja, sicher! Das ist ein ganz lieber! So wie alle Silberköpfe, das weiß man doch! Überhaupt nicht gefährlich." Beat seufzte tief und sorgenvoll: „Wieso hast du den bitte mitgenommen?"
„Weil Myron das geschrieben hat."
„Das kommt mir sehr komisch vor, Kyna. Mag dich dein Bruder denn nicht? Wollte er, dass du am Steinernen Wall abstürzt? Oder irgendwo wegen dem Drachen zum Tode verurteilt wirst?"
„Äh…nein."
„Warst du dabei als der Drache geschlüpft ist?"
„Ja."
„Wer noch?"
„Fynn und ein Drachenwart."
„Aber du hast ihn abgerichtet, nicht Fynn?"
„Ja, irgendwie mochte mich der Drache lieber, glaub ich."
„Weißt du, wie man die Leute genannt hat, die früher die Silberköpfe für die Schlachten abgerichtet haben?"
„Nein."
„Große Meister."
„Aha."
„Nur sehr wenige haben das geschafft, besser gesagt überlebt."
„Aha."
„Sie mussten in Burgen im Gebirge leben und durften nur herunterkommen, wenn die Könige in die Schlacht zogen."
Beat sah Kyna prüfen an: „Und sie mussten in der Öffentlichkeit Masken tragen, damit niemand sie erkannte und töten konnte,

weil sie so wichtig für den König waren."
„Das klingt sehr dramatisch."
„Ja, genau, Kyna. Sehr dramatisch."
„Also, nein, das wusste ich nicht. Denkst du, Fynn ist ein Großer Meister?"
„Vielleicht wär er es gerne."
„Mmh...". Kyna überlegte: „Der beste Drachenlehrling war er jetzt nicht."
„Schau ob er irgendwo ein Wappen hat oder ein Zeichen mit einem Feuer speienden, fliegenden Drachen im Sturzflug. Mit Klauen wie ein Adler – so ungefähr." Er formte seine großen schlanken Hände zu Klauen, als wolle er in der Dunkelheit etwas packen.
„In Ordnung." Kyna nickte. „Bist du froh, dass der Drache morgen verschwindet?"
Beat lächelte: „Ja und nein." Das verstand Kyna nicht ganz und lächelte einfach zurück. Er hakte sie unter und sagte: „Komm, gehen wir rein."

Am nächsten Morgen wachte Kyna im Morgengrauen auf. Sie packte ihren Beutel und beschloss, wenig für die zwei verbleibenden Tage mitzunehmen. Sie würde einkehren, Geld und Gold hatte sie. Und so packte sie nur Bürste und Seife, das Buch, ihren Becher und den Trinkbeutel, ihre Kleidung und etwas Brot ein. Ihr Blick fiel auf den Stoffdrachen. Den lasse ich hier, dachte sie, den nehme ich auf dem Rückweg mit, der ist hier besser aufgehoben. Sie betrachtete die Gürtelschnalle mit dem Drachen, die sie zuletzt am Drachenhof immer getragen hatte.

Auf der Reise nach Kulmeli hatte sie darauf verzichtet und die einfache Schnalle getragen um sich nicht zu verraten. Sie konnte sich noch gut erinnern wie sie mit Mutter, Adara und Nikli am Markt in Atrisstadt war. Adara und Mutter hatten Bänder gekauft und sie war mit Nikli herumspaziert. Sie waren bei einem alten Händler stehengeblieben, der in einem Leiterwagen viele Gürtelschnallen ausgebreitet hatte. Er hatte Kyna gemustert und das war ihr sehr unangenehm gewesen. Gerade als sie Nikli weiterziehen wollte, hatte er sich zu Nikli gebeugt und ihr die Schnalle gegeben. Er sagte: „Die ist für deine Schwester."

„Für Adara?", fragte Nikli, denn sie war es gewohnt, dass in letzter Zeit nur für Adara eingekauft wurde.

„Nein, für diese hier", sagte er und deutete auf Kyna.

Nikli reichte Kyna die alte Gürtelschnalle mit dem seltsamen Drachenvieh und sagte: „Für dich!"

„Danke, aber das dürfen wir nicht annehmen", sagte Kyna und reichte ihm die Schnalle zurück.

„Doch, doch, die ist für dich", sagte der Händler.

„Dann bezahle ich dafür!"

„Nein, denn einen Wert hat sie nicht", er schüttelte den Kopf. „Aber sie ist sehr kostbar."

Was sollte das denn bedeuten? Nikli begann alle Schnallen anzufassen und umzudrehen und so stotterte Kyna nur

schnell: „Ähm…danke, werter Herr!“, und zog Nikli weg.
Als sie wieder mit Mutter und Adara zusammentrafen und Mutter die Schnalle sah und fragte, woher sie kam, schimpfte sie fürchterlich, weil Kyna sie angenommen hatte ohne zu bezahlen. Sie verlangte, dass Kyna sie zurückgab. Aber als Kyna zurück zum Händler ging, war er weg und so behielt sie die Gürtelschnalle.

Kyna befestigte die Schnalle an ihrem Gürtel und ging hinaus in den Gang, die Treppen hinunter in die große Halle, hinaus in den prachtvollen Hof der Karrenfeste. Beat wartete dort, auf seinem Pferd sitzend, bewaffnet mit Armbrust, Pfeil und Bogen, Schwert und einem Dolch. Sein Hund lag neben dem Pferd auf dem Boden und hechelte. Er hielt ein weiteres Pferd am Zügel fest, an das noch ein weiteres Pferd gebunden war. Es waren alles weiße Schimmel, große Tiere und wie Kyna erkannte, auch noch Hengste.
Kyna hob sorgenvoll die Augenbrauen: „Hengste?“
„Das sind zwei meiner besten Pferde.“ Beat schien enttäuscht, dass Kyna nicht begeistert war.
„Ich habe ein wenig Angst vor großen Pferden. Und Hengste folgen nicht so gut wie Stuten.“
„Du hast Angst vor großen Hengsten aber nicht vor einem…“; er sprach es nicht aus und sah Kyna verschwörerisch an.
„Ja, weil Pferde schlagen nämlich aus und steigen, wenn sie erschreckt werden und werfen einen ab.“
Kyna trat vorsichtig an den Hengst heran und saß auf. Er begann sofort zu scharren.
„Ist der sehr nervös?“, fragte Kyna besorgt.
„Nein, nur gut gefüttert und voller Tatendrang.“
Beat schnalzte und sie ritten los. Als sie sich dem Wald näherten, fragte Kyna: „Wohin reiten wir?“
„Dahin, wo dein Drache zuletzt gejagt hat.“
„Gut!“
Sie ritten durch den Wald, über Lichtungen und sogar durch

kleine Bäche, bis sie zu einer großen Lichtung kamen. Dort blieb Beat stehen.
„Dann ruf ihn mal." Er nahm einen Pfeil aus dem Köcher und bereitete seinen Bogen vor.
„Was machst du da?"
„Ich will nur vorbereitet sein."
Kyna musterte ihn kritisch und rief: „Silberkopf!"
Beat sah sie an. Nichts geschah.
„Ruf ihn noch mal."
„Nein, der kommt schon."

Irgendwo aus dem Wald drangen Geräusche, Vögel stiegen auf. Der Hund begann zu winseln. Kynas Hengst wurde unruhig und stieg. Als er wieder mit allen vieren am Boden war, rutschte Kyna schnell herunter. Der Hengst galoppierte mit dem angebunden zweiten Hengst davon. Kyna sah Beat an: „Nein, gar nicht nervös."

Beat schaffte es, sein bockendes Pferd unter Kontrolle zu halten. Und da, plötzlich war der Silberkopf am Waldrand. Er war wieder gewachsen. Er stand auf den Hinterbeinen und war nun bestimmt drei Meter hoch. Man sieht so gar nicht, dass er Flügel hat, dachte Kyna, doch in dem Moment breitete er sie aus. Die Spannweite betrug nun sicher schon zwölf Meter. Beat spannte den Bogen und sagte:
„Verdammte…"
„Psst", sagte Kyna, „nimm den Bogen runter. Er kennt dich nicht."
Der Silberkopf stieg mit einem einzigen Flügelschlag auf, segelte über die Lichtung und landete vor Kyna und Beat. Er zischte kurz zu Beat hinüber, dann kam er zu Kyna und gurrte sie an. Kyna streichelte seinen Hals.
Beat schien nicht zu wissen was er tun sollte. Er stieg ab. Er hielt sein Pferd fest an den Zügeln und reichte sie Kyna.
„Nimm mein Pferd, Kyna."
„Und du?"

„Ach, der Hund und ich finden die beiden anderen schon." Er tätschelte den riesigen, wuscheligen Welpen.
„Der Hund braucht einen Namen", sagte Kyna.
„Du kannst dir ja einen überlegen und ihn mir sagen, wenn du wieder kommst."
„Ist gut, " sagte Kyna.
Beat nahm ihre Hand. „Hat denn der Drache einen Namen?"
„Nein."
„Dann musst du dir zwei überlegen."
„Das mach ich." Kyna wurde traurig, sie wollte sich nicht verabschieden.
„Danke für alles", sagte sie leise.
„Pass auf dich auf", antwortete Beat und drückte ihre Hand.
„Du auch."
Beat half ihr auf das Pferd. Kyna sah noch einmal zu ihm hinunter. „Ich komme wieder", sagte sie. Dann schnalzte sie und das Pferd lief los. Der Drache folgte ihr mit langen, lautlosen Sprüngen und sie verschwanden im Wald, so wie sie gekommen waren.

Als Beat die beiden Hengste in einem Dorf fand, war es schon weit nach Mittag und die Sonne brannte auf ihn herunter. Obwohl es Herbst war, wurde es tagsüber doch noch sehr heiß und so ritt er völlig verschwitzt und sehr, sehr hungrig zurück in die Karrenfeste. Als er im Hof angelangt war, kam nicht nur der Pferdeknecht angelaufen. Auch seine Mutter stürmte die Eingangsstufen zur Halle aufgebracht herunter und lief auf ihn zu. Beat holte tief Luft und atmete seufzend aus, dann schwang er sich vom Pferd.

„Beat! Beat! Ihr könnt doch nicht einfach…!“ Die Fürstin blieb wie angewurzelt stehen.

„Wo ist Kyna?“

„Nach Kulmeli geritten, Mutter.“

Die Fürstin schlug sich entsetzt die Hände vor den Mund: „Mit Begleitung?“

„Nein, alleine.“

„Gute Geister! Ich hab ihren Eltern schon geschrieben, dass sie hier ist. Der Botenreiter ist schon weg“, sagte sie panisch.

„Sie wird wieder kommen.“

„Wann?“

„Bald.“

Beat ging mit schnellen Schritten in Richtung Eingang, nahm immer drei Stufen auf einmal, durchquerte die Halle und steuerte auf die Küche zu. Sein Hund und die Fürstin verfolgten ihn.

„Beat, bleib sofort stehen.“

„Ich muss jetzt essen, bevor deine Räte mir wieder den letzten Nerv rauben.“

Er riss die Küchentür auf und zwei Mägde, die gerade quatschend Rüben schälten, sprangen auf. Die eine rannte in die Kammer und holte Bidelitorte und kalten Braten, den sie in dicke Scheiben schnitt. Die zweite drückte Beat einen riesigen Krug Apfelmost in die Hand. Beat trank den Krug in einem Zug aus während die Fürstin versuchte, den Hund vor

die Tür zu schieben.
„Lass ihn, Mutter!“, sagte Beat und warf ihm Braten zu. Er selbst stopfte sich so viel Kuchen wie möglich in den Mund und spülte ihn mit noch mehr Apfelmost runter, den die Magd sofort nachgeschenkt hatte.
„Beat, bitte, ist das dein Ernst?“ Die Fürstin stellte sich so knapp wie möglich vor ihn hin und schaute hinauf. Er war mittlerweile zwei Köpfe größer als sie. „Du hast das Mädchen allein wegreiten lassen?“
„Ja, ging nicht anders“, sagte Beat mit vollem Mund.
Gerade als die Fürstin antworten wollte, klopfte es an der Tür. Es war Alfram.
„Fürstin“, sagte er durch die Tür, „man sucht dich. Die beiden Boten, denen an der Hohen Au die Pferde gestohlen wurden, sind hier. Der Fürst wollte sie sehen, aber wir finden ihn nicht…“
„Er ist hier! Wir kommen gleich!“, flötete die Fürstin durch die Tür zurück und zischte Beat an: „Wir unterhalten uns später, komm jetzt.“ Sie zog den essenden Beat am Arm aus der Küche die Treppe hinauf in den Ratssaal.
Dort saßen die vier Räte und der Schutzmeister auf ihren Plätzen am Tisch. Die zwei Boten standen vor ihnen, ihre Botenhüte hielten sie in der Hand. Die Fürstin nickte allen würde voll zu und setzte sich auf ihren geschnitzten Stuhl.
Der Fürst stellte sich, noch ein paar Brösel abklopfend, vor die Boten und sagte:
„Meine Boten, ich habe gehört, euch ist etwas zugestoßen am Strand unserer schönen Hohen Au. Erzählt mir das, bitte.“ Er setzte sich auf seinen Platz und sah die Boten erwartungsvoll an. Der größere der beiden knetete betreten seinen Hut, sodass die Feder schon ganz komisch abstand. Der kleinere sah den Fürsten an, verneigte sich leicht und sagte:
„Mein Fürst, uns wurden die Pferde gestohlen.“
„Wie ist das passiert?“, fragte der Fürst.

„Wir hatten am Fluss unser Nachtlager aufgeschlagen, nicht weit vor Karrenstadt", er räusperte sich kurz, „und aßen und tranken am Lagerfeuer. Da kamen plötzlich ein Bursche und dann ein Mädchen aus dem Wald und gesellten sich zu uns."
„Beschreib die beiden!", sagte der Fürst.
„Der Bursche war etwa so groß", sagte er und fuchtelte mit seiner Hand in der Höhe der Schulter des großen Boten, „und das Mädchen einen halben Kopf kleiner."
„Waren die beiden bewaffnet?", fragte der Fürst.
„Nein, ich denke nicht."
„Wie konnten sie dann die Pferde stehlen? Ihr schlagt doch oft im Freien ein Nachtlager auf. Warum habt ihr nicht aufgepasst?"
„Die beiden haben nicht wie Räuber ausgesehen."
„Wie dann?"
„Das Mädchen war sehr hübsch", sagte der Bote, „die hat so ausgesehen, als hätte sie noch nie im Freien übernachtet."
„Und der Bursche?"
„Der hat auf den ersten Blick schon gefährlich gewirkt, wie er aus dem Nichts dastand." Der kleine Bote sah Bestätigung suchend hinauf zum anderen und der nickte auch. „Aber als er zu sprechen begann, hielten wir ihn für einen feinen jungen Herren."
„Was hat er denn erzählt?"
„Dass ihm und seiner Schwester das Gesinde abhandengekommen ist – und auch die Pferde."
Der Schutzmeister wurde immer ungeduldiger und rutschte auf seinem Stuhl hin und her: „Mein Fürst, bitte entschuldigt die Unterbrechung." Er wandte sich dem kleinen Boten zu: „Beschreib die beiden genauer." Der Bote sah wieder zu dem großen hinauf und sagte:
„Das Mädchen hatte lange Haare und große Augen…"
„Welche Farben?", rief der Schutzmeister.
„Es war sehr dunkel, aber ich würde sagen, recht helle Haare

und blaue Augen."
„Und der Bursche?", fragte der Fürst.
„Dunkle Haare, sehr dunkel. Auch helle Augen. Aber nicht blau."
„Wie alt waren die beiden?", fragte der Fürst.
„Das Mädchen vierzehn oder fünfzehn. Der Bursche achtzehn oder neunzehn. Oder zwanzig."
„Haben sie wie Geschwister ausgesehen?", fragte die Fürstin.
Der Bote drehte sich zu ihr und schüttelte den Kopf.
„Aber trotzdem wart ihr nicht achtsam und sie konnten euch bestehlen? Wie konnte das denn passieren?", fragte die Fürstin. Die Boten sahen einander betreten an. Der größere räusperte sich und sagte:
„Wir haben das Mädchen gebeten etwas vorzusingen. Sie sagte, dass könne sie nicht – wir sollten singen und sie würde einen traditionellen Tanz aus Atrisland vorführen."
„Atrisland? Sie haben gesagt, sie kommen aus Atrisland?" Die Fürstin stand alarmiert auf und stellte sich neben Beat.
„Ja!", fuhr der große Bote fort. „Also haben wir begonnen zu singen und das Mädchen hat begonnen zu tanzen. Wunderschön war das ", er bekam ganz glänzende Augen, „und dann….", er atmete tief aus.
„Dann was?", rief die Fürstin.
„Dann kam ein Drache aus dem Wald und hat mit ihr getanzt. Ich habe so etwas noch nie gesehen. Er hat nur auf seinen Hinterfüßen gestanden, seine Flügel ein wenig ausgebreitet und schlangenförmige Bewegungen gemacht. Und die Flügel geschwungen wie das Mädchen die Arme." Der kleine Bote nickte bekräftigend und ruderte nicht sehr elegant mit seinen Armen.

Die Fürstin blickte prüfend zu Beat. Er hatte den Drachen gesehen. Sie erkannte es an der Art wie er die Boten ansah. Die Pferdediebin war tatsächlich Kyna gewesen.
„Plötzlich schoss der Bursche auf einem unserer Pferde aus

der Dunkelheit, riss das Mädchen hoch und sie waren weg. Ich habe noch nie jemanden so reiten sehen."
Die Fürstin und Alfram sahen einander vielsagend an. Fynn von den Seestaden, wie sie es befürchtet hatten.
„Wonach klingt das?", rief der Schutzmeister triumphierend.
„Nach zu viel Wein am Lagerfeuer", sagte Beat und stand auf. „Meine Boten, bitte mäßigt euch in Zukunft. Diesmal werde ich euch nicht bestrafen. Aber sollten euch noch einmal Pferde abhandenkommen, " er sah die beiden streng an, „wird das Konsequenzen haben."
„Aber mein Fürst!", reif der kleine Bote entsetzt, „das stimmt…."
„Genug jetzt!", rief die Fürstin und sah den Schutzmeister an. „Bring die beiden wieder hinaus."

Der Schutzmeister führte enttäuscht die beiden betretenen Boten hinaus. Die Fürstin sah die Räte an und sagte: „Bitte lasst uns allein, außer Alfram – du bleibst hier." Als sie allein waren, sah sie Beat an und sagte: „Du musst König Barin schreiben."
Beat seufzte und sah aus dem Fenster: „Und was bitte, soll ich ihm schreiben, Mutter?"
„Dass Kyna Kunder und Fynn von den Seestaden mit einem Flugdrachen unterwegs nach Kulmeli sind." Sie sah Beat an, der ihrem Blick auswich. „Dass du sie gehen hast lassen, schreib besser nicht."
Beat antwortete nicht. „Beat?", die Fürstin trat näher an ihn heran und nahm seine Hand. „Du musst ihm sofort schreiben, damit er Verstärkung schickt. Verlagere deine Männer an die Grenze. Alle."
Beat sah zu Alfram. Der schwieg und sah ihn sorgenvoll an.
„Hast du auch etwas zu sagen?", fragte Beat.
„Rekrutier mehr Männer", sagte Alfram, „jeden Burschen der kämpfen kann."Beat nickte schweigend, machte drei Stirnrunzeln und ging aus dem Saal.

Kyna ritt fröstelnd durch den kühlen Wald und erst nach einiger Zeit, als sie durstig wurde, hielt sie auf einer Lichtung an einem Bach an. Der Drache, der ihr lautlos gefolgt war, legte sich nahe an das sonnige Bachbett und schloss seine Augen. Kyna genoss das warme Licht und das freundliche Plätschern des Baches. Sie füllte ihren Trinkbeutel und tätschelte sogar den Hengst, der in langen Zügen trank.
„Hallo Mädchen!", sagte eine Männerstimme hinter ihr. Kyna erschrak und drehte sich um. Hinter ihr stand der alte Jäger.
„Hallo Jäger!", sagte Kyna und schielte zum Bachbett weiter oben. Der Drache war verschwunden.
„Er hat mich schon lange kommen hören", sagte der Jäger und deutete auf das leere Bachufer. Er sah Kyna nachdenklich an.
„Ich wollte dir etwas geben!", sagte er, als würde ihm plötzlich wieder etwas einfallen und griff unter seinen Umhang.
Kyna sah ihn verunsichert an. Er lächelte und zog sein Horn aus der Tasche.
„Für den Drachen", sagte er.
„Was soll ich mit einem Jagdhorn?", fragte Kyna. Der Jäger hielt es ihr unbeirrt hin. „Es ist eigentlich kein Jagdhorn", sagte der Jäger. „Es ist nur ein Jagdhorn, wenn ein Jäger darauf bläst." Er hängte es Kyna um die Schulter.
„Danke", sagte Kyna etwas irritiert und betrachtete es.
„Verlier es nicht", sagte der Jäger.
Sie erkannte die gleiche Zeichnung wie auf ihrer Gürtelschnalle am Griff des Horns.
„Das ist ja..", fing Kyna an und blickte auf. Aber der Jäger war weg.
Kyna schüttelte den Kopf und saß wieder auf. Sie öffnete ihren Umhang und hängte sich das Horn so um, wie der Jäger es getragen hatte. Dann schnalzte sie und ritt weiter.
Gegen Abend konnte Kyna die Rauchsäulen eines Dorfes kurz vor der Grenze sehen. Auf den letzten Wegbiegungen vor dem Dorf kamen ihr bereits vereinzelt Grenzwächter

entgegen. Von einer Anhöhe aus konnte sie die große Ebene mit den vielen Seen deutlich erkennen. Dahinter lag Kulmann Stadt. Felddrachen wurden schwer beladen in Richtung Seen gebracht, warum auch immer. Transportdrachen wären dafür viel besser geeignet gewesen, aber Kyna wagte es nicht einen Grenzer anzuhalten und zu fragen, warum man die Felddrachen falsch einsetzte. Die meisten Drachen trugen noch dazu das Zeichen der Kunders. Kyna dachte an zu Hause. Bald konnte sie zurückkehren, aber vorher wollte sie noch einmal Beat besuchen. Sie lächelte in sich hinein.

Als sie das Dorf erreichte, suchte sie eine Schenke, doch wider Erwarten konnte sie keine finden. Sie ritt die Häuser ab und vor einer Schmiede, vor der drei Frauen auf einer Bank saßen und Kindern beim Spielen zusahen, hielt sie an und stieg ab.

„Liebe Leute", sagte Kyna, „könnt ihr mir für die Nacht Quartier geben? Ich bin eine Gesandte des Fürsten und suche einen Schlafplatz. Ich werde mich erkenntlich zeigen."

Die Frau mittleren Alters sah Kyna an und fragte: „Woher kommst du?"

„Von der Karrenfeste."

Die mittelalte Frau nickte und sagte: „Ich geh den Schmied fragen."

Die junge Frau sah Kynas schönen Umhang und den weißen Hengst mit dem edlen Zaumzeug an. Die alte Frau sah nur die Kinder an und lächelte dabei. Da keine der beiden etwas sagte, lächelte Kyna auch die Kinder an und ein kleines Mädchen, etwas älter als Nikli lief zu ihr hin.

„Bist du eine Prinzessin?", fragte sie.

„Nein", sagte Kyna und lachte.

„Kennst du den Fürsten?", fragte sie. Kyna nickte. „Ist er nett?", fragte das Mädchen.

„Ja, sehr", sagte Kyna. Das Mädchen nickte zufrieden, als hätte sie diese Antwort erwartet.

„Ich möchte ihn einmal heiraten“, sagte sie.
„Das kann ich verstehen“, sagte Kyna.
Das Mädchen wollte gerade noch etwas fragen, da kam ein alter Mann angelaufen. Er trug einen braunen Hut mit einem großem hölzernen Knopf. Der Dorfrat, dachte Kyna.
Er keuchte: „Sie haben…“, er schnappte nach Luft, „gestern Nacht. …das Dorf am See… überfallen.“
„Aha“, sagte die alte Frau. Die junge schaute sehr besorgt. Der Dorfrat lehnte sich gegen die Mauer. „Wir müssen alle aufbrechen, zur Burg von Ritter Steinbrech und dort Schutz suchen.“
„Du bist ja heute wieder lustig“, sagte die alte Frau. „Wenn wir jetzt losgehen, kommen wir zu Mitternacht an.“ Sie schüttelte den Kopf. „Nachts durch den Wald, da fressen uns die Wölfe.“
„Die Soldaten oder die Wölfe, such es dir aus, alte Schmiedin“, schnaufte der Dorfrat. „Du hast eine Tochter und eine Enkelin. Und Urenkelinnen.“ Der Dorfrat schaute die spielenden Kinder besorgt an.
„Die Deppen plündern doch nur“, sagte die alte Schmiedin. „Wenn wir weggehen stehlen sie alles. Der Fürst hat die Wachen verstärkt, bei uns sind fünf, die schlafen bei den Bauern. Die werden schon aufpassen.“
„Fünf? Da bin ich ja beruhigt“, schimpfte der Dorfrat und sah Kyna an, als würde er sie mit ihrem riesigen Pferd erst jetzt entdecken. „Wer bist du denn?“
„Ich bin eine Gesandte des Fürsten“, sagte Kyna.
„Na, dann schwing dich auf dein Pferd, reite zurück zur Karrenfeste und sag dem Fürsten er soll seine Soldaten herschicken. Sonst steht hier bald kein Dorf mehr.“

Kyna sah ihn irritiert an. Die alte Schmiedin stand wackelig auf und sagte: „Jetzt hör aber auf und lass uns in Ruhe.“ In dem Moment kam auch die mittelalte Frau zurück und sagte zu Kyna: „Du kannst bleiben. Du bekommst einen frischen Strohsack und schläfst bei den Kindern.“ Als sie den Dorfrat

sah, fragte sie:
„Was ist, Rüber?"
„Die Soldaten sind letzte Nacht im Nachbardorf gewesen", sagte Rüber. Die Schmiedin zuckte mit den Achseln: „Wenn sie kommen, kommen sie. Was sollen wir machen?"

Der Dorfrat schüttelte den Kopf und ging schimpfend davon. Kyna folgte den Frauen ins Haus und legte ihre Sachen im ersten Stockwerk neben dem Strohsack ab. Als sie hinunterging in die Stube, waren auch Männer da. Sie begrüßten Kyna murmelnd und musterten sie. Kyna aß gemeinsam mit der Familie einen Eintopf und sah dabei meistens auf ihren Teller. Alle schwiegen beim Essen, nur die Kinder zankten sich. Kyna wollte der jüngsten der drei Frauen beim Aufräumen helfen, aber die sagte nur: „Lass gut sein, ruh dich aus."

Kyna ging hinauf und legte sich auf ihren Strohsack. Die Kinder bewarfen sie mit Kleidungsstücken, turnten um sie herum und lachten ausgelassen, bis sie endlich müde auf ihre Strohsäcke fielen. Bevor Kyna einschlief, dachte sie noch einmal an den alten Jäger im Wald. Da fiel ihr ein, dass der Händler damals auch ein blaues und ein grünes Auge gehabt hatte, so wie der Jäger.

Kyna hatte einen Alptraum. Sie hörte Schreie und Schläge und lautes Poltern. Als sie schweißgebadet erwachte, wurde ihr klar, dass die Geräusche echt waren. Sie richtete sich panisch auf. Die Soldaten waren gekommen. Kyna begann zu zittern und sah um sich. Die Kinder hatten ihre Augen weit aufgerissen und wimmerten. Die zwei kleinen Buben saßen aufrecht auf den Strohsäcken und die drei Mädchen kauerten am Boden, die älteste umarmte links und rechts ihre kleinen Schwestern. „Seid leise", flüsterte Kyna. Sie hörte ein lautes Krachen und Männergebrüll von unten. Dann schrien die Frauen.

Sie konnte die junge und die mittelalte Frau wie am Spieß schreien hören und die Männer laut aufheulen, bis sie plötzlich

verstummten.
Dann hörte Kyna schwere Schritte auf der Treppe. Ihr gefror das Blut in den Adern als die Stimmen immer näher kamen. Zitternd griff sie nach ihrem Umhang und streifte ihn über. Sie steckte das Horn und Myrons Buch in die Taschen und legte sich wieder hin. Die Tür flog auf und zwei schwarz gekleidete Soldaten kamen herein.
„Wen haben wir denn da!", grölte ein fetter Soldat und riss Kyna hoch. „Die nehmen wir mit!", schrie er begeistert und packte sie am Arm. Ein zweiter, riesiger Soldat riss die drei kleinen Mädchen hoch. Er warf das älteste, das Kyna die Fragen gestellt hatte, über seine Schulter und klemmte sich jeweils eines der kleineren unter den Arm.

Der fette Soldat riss Kyna die Treppe hinunter, dicht gefolgt vom zweiten mit den weinenden Mädchen. Kyna sah wie die Männer unten am Boden lagen. Die alte Schmiedin wurde von einem Soldaten brutal an den Armen festgehalten, Blut rann ihr aus der Nase und dem Mund. Als sie die zwei Soldaten mit Kyna und den Kindern die Treppe hinunterkommen sah, schrie sie:
„Nicht die Kinder! Nicht die Kinder! Nicht – die – Kin – der!"
Ihre Schreie gingen Kyna durch Mark und Bein, sie waren vor dem Haus noch laut zu hören. Dort stand ein großer Kastenwagen vor den vier Pferde gespannt waren. Der Soldat stieß Kyna hinein und verriegelte die Tür. Es war stockdunkel, Kyna konnte nichts erkennen. Sie saß aber offensichtlich zwischen Frauen und Mädchen die unaufhörlich weinten und schluchzten. Der Wagen setzte sich ruckelnd in Bewegung und man konnte trabende Pferde und lachende Männerstimmen von draußen hören.

Als die Sonne aufging, drang ein wenig Licht durch die Bretter und sie sah, dass sie mit etwa fünfzehn Frauen und Mädchen in den Wagen gepfercht war. Die jüngsten unter ihnen waren vielleicht elf Jahre alt. Kyna fühlte sich elend und

schloss die Augen. Plötzlich hielt der Wagen an.
„Hallo Hauptmann", grölten die beiden Soldaten, die den Kastenwagen fuhren.
„Hallo Männer", sagte eine tiefe Stimme. Kyna riss die Augen auf. Das war Fynn. Ihr Herz machte einen Sprung. Er hatte sich verkleidet und würde sie jetzt retten. Woher wusste er nur, dass sie hier war? Er war wirklich unglaublich.
„Ich hätte mir gerne ein Mädchen ausgesucht", sagte er.
„Sicher Hauptmann!", grölten die beiden. Ächzen und Knarren war zu hören, dann Schritte. Der Verschlag des Kastenwagens wurde geöffnet. Die helle Sonne blendete extrem, die Frauen hielten sich schützend die Hände vor die verweinten Augen und wohl auch um ihre Gesichter zu verbergen.

Es war totenstill geworden, keine gab auch nur mehr einen Ton von sich. Nur Kyna verdeckte ihre Augen nicht und sah Fynn an. Er stand da, zwischen den Soldaten und sah gelangweilt in den Wagen. Und er sah aus wie immer. Er trug sogar noch die gleichen Sachen, die er anhatte, als Kyna ihn zuletzt gesehen hatte. Fynn musterte die Frauen eine Weile, dann sah er Kyna an. Er streckte seinen Arm aus, zeigte auf Kyna und sagte: „Sie!"
„Jawohl, Herr Hauptmann!", grölte der riesige Soldat, kletterte auf den Wagen und packte Kyna, hob sie heraus und stellte sie unsanft vor Fynn hin. Fynn würdigte sie keines Blickes. Dann zeigte er noch einmal in Wagen und sagte: „Und die beiden da!"

Der Soldat kletterte noch einmal in den Wagen und hob zwei der elfjährigen Mädchen heraus. Sie begannen leise zu weinen. Kyna blickte um sich. Sie zählte etwa zehn Kastenwägen, begleitet von etwa hundert Soldaten. Die Pferde hatten die Soldaten auch aus dem Dorf mitgenommen. Sie sah ganz hinten Beats weißen Schimmel an einen Wagen angebunden. Sie sah Fynn herausfordernd an und sagte:
„Ich hätte gerne mein Pferd zurück". Dabei zeigte sie auf den

weißen Schimmel ganz hinten.
Fynn sah sie an, als hätte sie den Verstand verloren. Dann sagte er zu einem Soldaten auf einem Pferd:
„Hol mir den Schimmel da hinten." Der Soldat nickte und ritt bis ans Ende des Zuges, band den Schimmel los und kam mit ihm zurück. Er drückte Fynn die Zügel in die Hand. Fynn beugte sich zu Kyna und sagte so leise, dass nur sie es hören konnte: „Das Pferd des Fürsten, soso." Er grinste, hob Kyna auf das Pferd und setzte eines der Mädchen hinter sie.
Das zweite Mädchen hob er auf sein Pferd, es war noch immer das gleiche, das sie an der Hohen Au gestohlen hatten, und saß selber auf. Er herrschte die Soldaten an: „Fahrt weiter!", und die Karren fingen wieder an zu fahren. Er wendete sein Pferd und preschte in den Wald, Kyna folgte ihm. Das Mädchen hinter ihr krallte sich so sehr fest, dass es ihr wehtat.

Sie erreichten einen schmalen Waldweg und Fynn hielt an. Dort war das zweite Pferd von der Hohen Au an einen Baum angebunden. Kyna konnte dahinter im Dickicht den gezackten Kamm des Silberkopfes erkennen. Fynn stieg ab, hob das Mädchen von Kynas Pferd und setzte es hinter das andere. Beiden liefen Tränen über die Wangen. Fynn drückte dem vorne sitzenden Mädchen die Zügel in die Hand und sagte:
„Reite immer diesem Weg nach, dann kommt ihr nach Hause."
Das Mädchen nickte mit zusammengepressten Lippen. Fynn gab dem Pferd einen Klaps und es trabte los. Dann band er das zweite Pferd vom Baum los, saß auf und sah Kyna, offensichtlich sehr zufrieden mit sich, an:
„So, da wären wir wieder. Auf nach Kulmann Stadt."
„Ich reite nirgendwo mit dir hin, Herr Hauptmann."
„Mach jetzt kein Theater. Ich dachte, du willst zu Myron."
„Ich reite alleine."
„Sicher, sicher. Weil du ja den Weg kennst, Fräulein Schlau. Lust wieder den Soldaten in die Arme zu laufen?"

„Wie alt bist du eigentlich, Fynn?"
„Kyna, nerv mich nicht. Wir haben schon zu viel Zeit verloren, weil du dich offensichtlich nicht von der Karrenfeste lösen konntest." Er sah Kyna verächtlich an. „Dass du dich gleich in den ersten hübschen Kerl verknallst, der dir über den Weg läuft, hätte ich nicht gedacht. Frauen!"
„Apropos Frauen! Sind das deine Soldaten, die in den Dörfern plündern, morden und vergewaltigen?"
„Das sind Soldaten der Armee des Königs."
„Wo bringen sie die Frauen hin?"
„In ein Lager."
„Ein Soldatenlager?"
„Ja."
„Wo?"
„Kyna, vergiss das einfach. Das sind Soldaten. Das ist so im Krieg. Dir ist nichts passiert, weiter geht's."
Kyna sah Fynn böse an. Sie spürte wie ihr die Tränen in die Augen stiegen. Kyna starrte Fynn an und fragte noch einmal, leise und bestimmt:
„Wo ist das Lager?"
„Am Kulstein See. Dort lagern hunderttausend Soldaten. Willst du hinreiten?"
Kyna schüttelte den Kopf. Sie holte tief Luft, schluckte die Tränen und sagte:
„Bring mich nach Kulman Stadt. Wie du es versprochen hast."
„Das mache ich." Er ritt ganz nahe an Kyna heran und sah ihr in die Augen. „Und ich habe dir versprochen, dass ich dich sicher und wohlbehalten hinbringe. Und dieses Versprechen habe ich bisher gehalten. Ich würde dich bitten, dass du das zur Kenntnis nimmst", er sah sie durchdringend an, „Kyna vom Hohen Tal."

Kyna nickte und seufzte tief, um einen Schluchzer zu verbergen. Fynn schnalzte und trabte los, Kyna folgte ihm. Sie ritten noch bis zur Mittagsstunde durch den Wald. Als er sich mehr und mehr lichtete und es blau durchzuschimmern begann, bog Fynn zum Landweg ab. Kyna drehte sich zum Drachen um und betrachtete ihn liebevoll. Seine Zeichnung war so schön, seine mandelförmigen Augen sprühten voller gelber Funken. Wenn er so aufgerichtet mit angelegten Flügeln dastand, sah er wie ein besonders schöner und schlanker Nutzdrache mit einem kunstvoll gezackten Kamm aus. Er würde ihr wieder parallel durch die Wälder folgen und auf sie warten, da war sie sich sicher. Dennoch ließ sie ihn diesmal ungern zurück.

Kyna und Fynn ritten immer weiter, an schönen Seen und an bunten geschäftigen Dörfern vorbei. Sie sah überall Fischer mit ihren Ruderboten in den Wellen schaukeln. Kulmann Stadt zeichnete sich immer deutlicher am Horizont ab. Eine riesige Stadt und in ihrer Mitter eine große Festung mit dem höchsten Turm, den Kyna je gesehen hatte. Von dort aus musste man mindestens das ganze Seenland überblicken können, dachte Kyna. Vielleicht konnte man sogar bis zum Meer sehen und hinauf bis zum Hohen Tal.

Sie erreichten die Vororte der Stadt, die nicht ummauert waren. Zum ersten Mal seit sie aufgebrochen waren, fielen Fynn und Kyna nicht auf. Das bunte Treiben verschluckte sie und als sie die Stadtmauer erreichten, wurden sie ohne Kontrolle durch das Tor gelassen. Es stank noch mehr als in Karrenstadt und Kyna sah viele Bettler zwischen den geschäftigen Leuten herumsitzen und kriechen.

Plötzlich ging es leicht aufwärts und sie erreichten eine kleine Mauer und dahinter einen riesigen Wassergraben, fast wie ein See, der die Burg umgab. Sie ritten am Wassergraben entlang, bis sie zu einer heruntergelassenen Zugbrücke kamen. Wachen versperrten anfangs mit ihren langen Lanzen den Weg, aber als sie Fynn offensichtlich erkannten, ließen sie die beiden sofort durch.

Sie erreichten den weitläufigen Innenhof. Viele Pferde waren angebunden und wurden getränkt, Knechte und Mägde liefen und standen herum und Höflinge spazierten gemeinsam in den Lauben. Sie stiegen ab und Fynn drückte einem Pferdeknecht wortlos beide Zügel in die Hand. Kyna folgte Fynn die majestätische Treppe zum Eingangstor hinauf und sie traten ein in eine riesige Halle. Wo Myron wohl war? Ob er auch so beeindruckt gewesen war, als er hier ankam? Fynn ging die breite Freitreppe hinauf und Kyna folgte ihm staunend. Sie sah Frauen in kostbaren Gewändern durch die Gänge gehen. Als diese Kyna und Fynn erblickten, lachten

sie und tuschelten. Fynn steuerte auf eine hohe hölzerne Flügeltür zu, dahinter war offensichtlich der Thronsaal. Wachen standen vor der Tür und unter den Fenstern waren Holzbänke aufgestellt, für Bittsteller und Gäste. Fynn ging zu einem Wachen und befahl ihm harsch:
„Geh rein und sag ihm, dass ich da bin."
Der Wache nickte und fragte kleinlaut:
„Und das Mädchen ist?"
„Kyna vom Hohen Tal", sagte Kyna bevor Fynn antworten konnte. Die Wache ging hinein und Fynn drehte sich um:
„Kyna, da drinnen sagst du so wenig wie möglich. Hast du verstanden?"

Kyna nickte genervt. Was hatte er denn jetzt schon wieder? Sie musste dem König doch erklären, wer sie war, dass sie Myron besuchen wollte. Sie musste versuchen einen möglichst guten Eindruck zu machen und hoffte, dass man sie mit Kleidern wie in der Karrenfeste ausstatten würde, denn ihr Beutel lag noch immer im geplünderten Dorf an der Grenze.
Der Wachmann kam zurück, sah Fynn verängstigt an und sagte:
„Der König möchte zuerst nur das Mädchen sprechen."
„Was?", fauchte Fynn den Wachen an, der einen Schritt zurückwich.
„Entschuldigt bitte", sagte der Wachmann und machte eine kleine Verbeugung. Bevor Kyna Fynn fragen konnte, warum Fynn mit der Höflichkeitsform für Könige und Fürsten angesprochen worden war, ging die Tür auf und der Wachmann schubste Kyna vorsichtig hinein.

Der Thronsaal war das Prunkvollste, das Kyna je gesehen hatte. Es war ein Saal mit Fenster rundherum, das größte befand sich hinter dem Thron, denn es reichte von der Decke bis zum Boden. Der Thronsaal musste ein Stockwerk des Turmes sein, denn von allen Seiten drang Licht durch die bunten Fenster und der Thron wurde von hinten magisch umstrahlt. Es standen an beiden Seiten des Saals hunderte Hocker überzogen mit rotem Samt. Die mussten für den Hofstaat sein, dachte Kyna. Kunstvolle Teppiche lagen im Gang in der Mitte und bedeckten den kompletten Boden von der Flügeltür bis zu den drei Stufen zum Thron hinauf. Links neben der großen Eingangstür war noch eine schmale Holztür, ansonsten waren die Wände wunderschön bemalt. Ein Gewölbe mit goldenem Stuck spannte sich hoch über den Saal, Kerzenleuchter an meterlangen Seilen hingen herab und sahen aus wie Wolken vor einem vergoldeten Himmel.

Der König saß auf dem Thron. Rechts von ihm, auf einem kleineren Thron, saß die Königin. Sie trug im Gegensatz zum König eine kleine Krone. Links neben dem König saßen auf vier schmalen geschnitzten Holzstühlen Männer. Das waren wohl seine Räte.

„Komm näher Kyna vom Hohen Tal!“, rief der König. Seine Stimme hallte durch den Saal. Kyna ging möglichst würdevoll und aufrecht auf den Thron zu. Vor den drei Stufen blieb sie stehen und verbeugte sich leicht. Der König stand auf und sah Kyna freundlich an. Er war nicht besonders groß, hatte struppiges blondes Haar und grüne Augen. Er war ganz in Schwarz gekleidet, so wie seine Soldaten, doch seine Kleidung glänzte und war aus Samt und Seide.

„Was führt Sie in mein schönes Schloss, liebes Fräulein?“, fragte er, „so eine lange Reise für so ein zierliches Kind?“ Es wunderte Kyna, dass er sie Kind nannte, denn er war selbst nicht besonders alt.

„Mein König“, sagte Kyna, „ich bin hier um meinen Bruder Myron zu besuchen. Ich bin Kyna Kunder aus dem Hohen Tal.“ Der König sah Kyna verwirrt an und blickte hinüber zu seinen Räten. Dann sah er Kyna väterlich an und fragte:

„Aber wie sind Sie denn auf diese Idee gekommen?“

„Mein Bruder hat mir einen Brief geschrieben und bat um meinen Besuch.“

Der König sah Kyna an und grinste. Dabei sah er ein wenig wie ein Kater aus.
„Fräulein Kyna, hat Myron Ihnen geschrieben, Sie sollen hierher kommen? Hier in das Schloss?"
„Er hat mir geschrieben, ich solle zu ihm kommen und ich bin davon ausgegangen….weil er ja der Erste Drachenwart ist…. dass er…."
Weiter kam Kyna nicht, denn der König begann schallend zu lachen. Er setzte sich wieder auf den Thron, klopfte sich auf die Schenkel, krümmte sich vor Lachen und weinte dabei Tränen.
„Oje, oje", lachte er, „man muss immer aufpassen, was man Frauen für Nachrichten schickt, was?" Er krümmte sich wieder, hielt sich den Bauch und sah die Räte an, die mitlachten. Aber Kyna kam es so vor, als lachten sie nur ganz ängstlich und weil sie es mussten. Die Königin lachte überhaupt nicht.
Als der König sich ein wenig beruhigt hatte, sagte er:
„Liebes Fräulein, Ihr Bruder weilt mit den Drachen bei meiner Armee, zwei Tagesritte von der Stadt entfernt." Er wischte sich die Lachtränen weg und sagte: „Ein hübsches Fräulein sollte da auf keinen Fall hin reiten und jemanden besuchen. Auch die Schwester vom Ersten Drachenwart nicht."
Der König schüttelte ganz wild den Kopf, als wollte er versuchen wieder ernst zu werden und sagte:
„Also wir werden Sie jetzt gut versorgen. Sie ruhen sich aus und dann werde ich Sie nach Hause bringen lassen, zu den lieben Eltern." Er griff energisch zu einer Glocke, die auf der Thronlehne stand und bimmelte sie ganz wild. Der Wachmann kam herein und der König sagte: „Führ sie in das Nebenzimmer und lass ihr Speisen, Wasser und Wein bringen. Lass eine Kammer herrichten." Er sah nachsichtig zu Kyna hinunter und sagte: „Gehen Sie etwas essen, mein Fräulein."

Er ließ sich wieder auf den Thron plumpsen und die Wache führte Kyna zu der schmalen Holztür. Kyna trat ein in den schön getäfelten Raum. Es war ein großer Tisch mit vielen

Stühlen darin, an der Wand hingen silberne Becher und ein Feuer flackerte im Kamin. Kyna setzte sich. Der Raum hatte eine zweite schmale Tür zum Gang. Die öffnete sich sogleich und eine Magd kam herein. Sie stellte Braten, Brot, Rüben, Wasser und Wein auf den Tisch, nahm zwei Becher von der Wand und schenkte Kyna lächelnd ein. Dann ging sie und schloss leise die Tür.

Kyna stürzte drei Becher Wasser hintereinander hinunter und gerade als sie zum Braten greifen wollte, hörte sie wie der König brüllte: „Hol mir das Arschloch!"

Kyna sprang erschrocken auf, ging zur Tür, die in den Thronsaal führte, und lehnte ihren Kopf an. Sie hörte wie die Flügeltür auf und zu ging. Der König brüllte mit sich überschlagender Stimme:

„Bist du verrückt geworden, du blödes Arschloch? Hast du Kyna Kunder entführt?"

Fynn sagte laut und freundlich: „Schönen Nachmittag, lieber Bruder."

„Halt die Klappe", brüllte der König.

„Du hast mich etwas gefragt oder nicht?", fragte Fynn ruhig.

„Willst du, dass Walmann morgen losmarschiert?", schrie der König, „wieso ist sie hier? Hast du sie geschwängert, du Soldatensack?"

Ein lautes klirrendes Schellen war zu hören, offensichtlich hatte der König seine Glocke durch den Thronsaal gepfeffert.

„Nein", sagte Fynn und seufzte gelangweilt, „sie kommandiert den Drachen. Deswegen ist sie hier."

„Wo ist der Drache?", schrie der König.

„Im Wald vor der Stadt."

„Das glaub ich dir nicht!", brüllte er.

„Ich wollte ihn mit ins Schloss mitbringen, aber ich hab es mir anders überlegt."

„Was?", schrie der König.

„Vorher lässt du sie frei", sagte Fynn drohend.

„Nein!“, brüllte der König.
„Das war unsere Abmachung!“, brüllte Fynn zurück.
„Hol mir den Dra-chen!“, schrie der König.

Kyna konnte viele hastige Schritte und Murmeln hören, die Flügeltür fiel donnernd ins Schloss. Kyna setzte sich fassungslos hin. Fynn wollte sie eintauschen gegen eine andere Frau. Sie und den Silberkopf. Kyna ging zur anderen Tür, machte sie auf, lugte kurz hinaus und sah, dass die Gänge leer waren. Sie lief schnell zur Treppe und ging zitternd, aber mit gespielter Ruhe und lächelnd hinunter. Sie schritt höflich grüßend durch die Halle, die Stufen hinunter zum Innenhof, auf ihr Pferd zu, band es los und saß auf.

Kyna passierte schnell trabend das Tor und die Zugbrücke, ritt in die Stadt hinein und bog dann nach rechts in Richtung Stadtmauer ab. Sie trabte die Mauer entlang und hoffte vergeblich auf ein Tor. Plötzlich hörte sie hinter sich ein galoppierendes Pferd. Das war Fynn, dass erkannte sie schon am Klang.

„Kyna!“, rief er. Kyna begann auch zu galoppieren. Fynn holte sie natürlich trotzdem ein, schnitt ihr den Weg ab, griff nach ihrem Zügel und brachte beide Pferde zum Stehen.
„Komm, da lang, wir müssen weg“, sagte er.
„Mit dir rede ich nicht!“, Kyna zerrte an ihrem Zügel.
„Kyna, bitte, ich kann dir später alles erklären. Reite mir nach.“
„Wo willst du denn hin, Fynn?“
„Weg. Egal, von mir aus auch ins Hohe Tal.“
Kyna betrachtete ihn kritisch. Er sah ziemlich blass aus.
„Und die Frau, gegen die du mich eintauschen willst?“
„Die ist tot“, sagte Fynn tonlos.
Kyna schüttelte den Kopf:
„Fynn, lass mich in Ruhe. Ich reite zu Myron, mach du, was du willst.“
„Kyna, bitte!“, sagte Fynn flehend. Er griff nach ihrer Hand. „Wir verlieren nur Zeit.“

„Nein, lass mich los. Ich muss zu Myron."
„Kyna, Myron ist wahrscheinlich auch tot."
„Was?", schrie Kyna, „was sagst du denn da?"
„Kyna, bitte…", Fynn hielt ihre Hand so fest, dass sie sich nicht losreißen konnte.
„Ich will zu meinem Bruder!", sagte Kyna, Tränen liefen ihr die Wangen herunter.
„Kyna", flüsterte Fynn, „ich hab den Brief geschrieben."
„Was?", schrie Kyna. „Was hast du getan?"
Ihr Herzschlag setzte für einen Moment aus. Sie wurde kreidebleich. Fynn hielt sie noch immer fest. Galoppierende Reiter näherten sich. Ihre langen Schatten waren schon an der Mauer zu sehen. Fynn ließ sie los, wendete sein Pferd und sagte:
„Hau ab! Ich halte sie auf."
Kyna saß wie gelähmt auf ihrem Pferd und sah die Reiter kommen.
„Kyna, los! Reite los! Zurück zur Karrenfeste!"
Aber Kyna konnte sich nicht mehr bewegen. Die Palastwachen kamen immer näher und schrien:
„Ergreift sie!"
Sie umzingelten Fynn und Kyna und rissen ihnen die Zügel aus den Händen. Dann eskortierten sie sie zurück zur Festung.

Der Erste Kommandant saß auf seinem Pferd und blickte vom Hügel am Kulstein See auf das Soldatenlager hinunter. Hunderttausend Soldaten waren hier, ein Drittel davon beritten. Sie waren marschbereit, bereit ihrem König in die Schlacht zu folgen. Bald würde das Zeichen kommen und sie würden losziehen nach Bideli und es im Handumdrehen einnehmen. Spannend würde es erst werden, wenn es gegen Waldemi losging, denn König Walmann würde sich wehren, das war sicher.

Der Erste Kommandant grinste. Walmann saß jetzt sicher in seinem riesigen Schloss und aß Ente mit Rotweinsauce. Obwohl, unterschätzen durfte man Walmann nicht, das war klar. Und Walmann ahnte sicher, dass früher oder später etwas passieren würde. Dumm war er nicht, der große König. Endlich würde es Krieg geben, denn auch wenn bisher noch nicht gekämpft wurde, in den Köpfen der Menschen war schon lange Krieg.

Der Erste Kommandant dachte an Fynn. Er erinnerte sich an den Tag von Fynns Geburt, als der König mit ihm zum Kulstein See ritt, um den Säugling zu ertränken. Er hielt das schreiende Kind über das Wasser, doch plötzlich überlegte er es sich wieder anders und drehte um. Er wollte die Königin bestrafen und den Buben töten, doch vorher wollte er ihn noch lange genug aufwachsen sehen, um endlich herauszufinden, wer sein Vater war.

Der König ließ Fynn in der Königsfestung leben, abgeschirmt vom Hofstaat, bis er sieben Jahre alt war. Doch der König konnte nicht herausfinden, wem Fynn ähnlich sah, denn er sah so aus wie seine Mutter. Er schaffte es nicht, die Königin zum Tode zu verurteilen und so beschloss er, sie bis an ihr Lebensende zu quälen. Er ließ Fynn wegbringen zu ihm, den Ersten Kommandanten, damals noch ein Hauptmann, und sagte:
„Kümmere dich um ihn, Hauptmann."

„Aber mein König! Ich kann doch hier bei den Soldaten kein Kind großziehen."
„Lass ihn kämpfen. Und wenn er fällt, gib mir Bescheid."
Mehr sagte er nicht und stellte das weinende Kind vor ihn hin.

Der Hauptmann brachte Fynn das Reiten bei und dann nahm er ihn einfach überall hin mit. Manchmal kam die Königin zu Besuch, aber die Besuche wurden immer seltener, denn Fynn schrie jedes Mal fürchterlich, wenn sie wieder ging und weinte nächtelang nach jedem ihrer Besuche. Als Fynn zehn wurde, brachte der Hauptmann ihm das Kämpfen bei. Als dem König zu Ohren kam, dass er an der Waffe ausgebildet wurde, befahl er:
„Schick ihn mit den Soldaten mit. Zu jedem Aufstand. Zu jeder Auseinandersetzung. In jede Stadt."
Das machte der Hauptmann, obwohl er sich innerlich dagegen sträubte.

Jedes Mal, wenn Fynn davonritt, hoffte der König, dass er sterben würde und der Hauptmann, dass er heimkommen würde. Fynn kehrte zur Enttäuschung des Königs jedes Mal zurück, verletzt und grimmig, aber immer stärker und selbstbewusster. Als Fynn vierzehn war, freuten sich die Soldaten, wenn sie hörten, dass er dabei sein würde, denn er war bald der Beste unter ihnen und er hatte jede Art von Gemetzel bereits überstanden.

Als der König krank wurde und nicht mehr so oft nachfragte, schonte der Hauptmann Fynn und ließ ihn lesen und schreiben und in die Stadt reiten, um sich zu vergnügen. Eines Tages kam Prinz Kul in das Soldatenlager und ritt lange mit Fynn aus. Fynn hatte leuchtende Augen als sie zurückkamen und er verabschiedete sich von seinem Bruder mit einer Umarmung. Als der alte König starb, ernannte Kul Fynn zum Hauptmann und ließ ihn an den Königshof zurückkehren, allerdings ohne klarzustellen, wer er war.
Fynn durfte offiziell die Familienbezeichnung seiner Mutter

führen und wurde, besonders von der alten Königin, herzlich aufgenommen als ein Verwandter der Familie.

Doch Kul war es zunehmend ein Dorn im Auge, dass Fynn klüger war als er, ein weitaus besserer Reiter und darüber hinaus der beste Kämpfer weit und breit. Auch Fynns Erfolge bei den schönen Hofdamen machten ihn eifersüchtig. Doch viel schlimmer war noch, dass Kul das Gefühl hatte, die alte Königin würde Fynn mehr lieben als ihn. Und so bereute der König sehr schnell, dass er seinen kleinen Bruder an den Königshof zurückgeholt hatte. Vor zwei Jahren verschwand Fynn dann von der Bildfläche. Es hieß, er führe einen Auftrag des Königs aus und die Soldaten hörten nie wieder etwas von ihm.

Der Erste Kommandant konnte es gar nicht glauben, als er am Vortag von den Soldaten erfahren hatte, dass sie Fynn im Wald angetroffen hatten. Nun war er in die Königsfestung geritten, angeblich in Begleitung eines Mädchens. Was auch immer Fynn vorhatte, die Soldaten hofften, dass er mit ihnen im Krieg kämpfen würde und sie vorneweg in die Schlacht führen. Es hatte sich wie ein Lauffeuer verbreitet, dass er zurückgekommen war und die Soldaten hatten in Chören seinen Namen gerufen und sie taten es noch immer.

Nun stand er da, der Heerführer des Königs, blickte hinab auf die hunderttausend marschbereiten Männer in der Ebene und lächelte in sich hinein. Er war stolz auf seinen Ziehsohn und was immer er vorhatte, er würde ihn unterstützen. Er wartete nur auf sein Zeichen.

Kyna wurde hinunter in den Kerker der Festung geführt. Die Palastwachen brachten sie in ein dunkles feuchtes Verließ und steckten sie ganz allein in eine düstere Zelle. Ganz wenig Licht trat durch einen schmalen Spalt oben in der Steinmauer ein, ansonsten herrschten absolute Dunkelheit und Stille.

Es war überall feucht und nass, den großen Pfützen nach schloss Kyna, dass das Wasser wohl durch die Mauern vom Wassergraben her eintrat. Kyna war froh, dass sie nicht in die Ecken sehen konnte, es stank nämlich erbärmlich und sie wollte gar nicht wissen, was da war. Sie blieb einfach stehen, aber sie wusste, irgendwann würde sie sich irgendwohin setzen müssen und ihr graute vor diesem Moment.

Sie dachte an die Jäger, die sie auf der Karrenfeste unter Arrest gestellt hatten. Sie hatten ihr Essen gebracht und Peterle war regelmäßig gekommen, um nachzuheizen. Dort war sie zu Recht eingesperrt worden, denn ihr Drache hatte im Wald des Fürsten gewildert, was die Jäger sehr wohl wussten, auch wenn sie es nicht zugab. Aber sie hatten sie gut behandelt und sie hatte in keinem Moment Hungerleiden oder frieren müssen. Aber das hier? Warum war sie eingesperrt worden? Sie hatte ja gar nichts getan. Sie war ein Gast gewesen, ein edles Fräulein auf Besuch, keine Gefangene, die davon gelaufen war. König Kul schien ein wenig verrückt zu sein, dass war ihr schon aufgefallen, und zusätzlich leider auch böse. Wo war Fynn hingebracht worden? In der gespenstischen Stille konnte sie nichts hören außer das tropfende Wasser und ihre eigenen verzweifelten Seufzer. Kyna begann auf und ab zu wandern, denn ihr wurde immer kälter.

Plötzlich stieg sie in eine tiefe Pfütze und als sie spürte wie Wasser durch ihren Stiefel drang, machte sie erschrocken einen Satz zurück. Da machte es einen lauten Platsch. Oh nein, dacht Kyna verzweifelt, das Buch war ihr aus der Umhangtasche gefallen. Wo war es?

Kyna tastete verzweifelt den Boden ab, griff in die Pfütze und zog es heraus. Es war ganz nass geworden. Nein, nein, nein, dachte Kyna. Myrons Buch war kaputt, sie spürte wie ihr die Tränen kamen. Sie dachte an Fynn, wie er immer sagte: „Heul nicht!". Aber anstatt sich zu beherrschen, begann sie richtig zu weinen, als sie an Fynn dachte. Wieso hatte er das nur gemacht? Er hatte sie von zu Hause weggelockt um den Silberkopf und sie gegen ein anderes Mädchen einzutauschen, dass er liebte.

Er hatte sie und den Drachen bereitwillig geopfert und was noch viel schlimmer war, ihre Freundschaft. Kyna spürte erst jetzt wie sehr sie ihn eigentlich mochte und sein Verrat traf sie an einer Stelle in ihrem Herzen, von der sie gar nicht wusste, dass es sie gab. Meine Freundschaft ist eben nichts wert, dachte sie. Und ich habe jetzt generell keinen Wert mehr für niemanden. Jetzt konnte sie nicht einmal mehr verheiratet werden, weil sie mit einem Hauptmann davon gelaufen war. Sie dachte an Beat und begann furchtbar zu schluchzen. Wieso war sie nicht bei ihm geblieben, dann hätte alles gut werden können. Wieso hatte sie nicht auf ihn gehört?

Kyna wurde wütend, wütend auf sich selbst und ihre Dummheit und sie nahm das Buch und schrie und schleuderte es gegen die Wand. Sie tobte noch eine Weile durch die Zelle und als sie nicht mehr konnte, atmete sie tief durch und blickte hinauf zum Lichtspalt und dann hinunter auf den Boden. Da lag das Buch, nass und zerfleddert. Jetzt habe ich es in meinem Zorn ganz kaputt gemacht, dachte Kyna, ging reumütig hin und hob es auf. Der schöne Einband, den Myron für sie hatte machen lassen, schälte sich ab, denn die Nähte hatten sich aufgelöst. Kyna streifte ihn ganz herunter und dann hielt sie, sie traute ihren Augen kaum, zwei Bücher in ihren Händen.

Das Buch über die Nutzdrachen, und ein zweites, ganz dünnes. Sie hielt es in den Lichtstrahl und betrachtete es. Vorne war ein Drache abgebildet. Ein fliegender Drache, der sein Feuer auf die Welt herabgoss und mit seinen Klauen gierig nach ihr griff. Kyna schluckte. Sie öffnete ihren Umhang, holte das Horn und hielt es in das Licht. Es war die gleiche Zeichnung, nur ohne das Feuer. Sie sah auf die Gürtelschnalle und betrachtete sie. Dreimal der Drache. Kyna wollte das Buch aufschlagen, doch da hörte sie plötzlich Schritte im Gang und die Kerkertür ging auf.

Kyna betrat, flankiert von zwei Palastwachen den Thronsaal. Er war voller Leute, Höflinge, die auf den samtenen Hockern saßen und sie gespannt ansahen. Der König saß auf seinem Thron, diesmal trug er eine Krone. Rechts neben ihm saß wieder die Königin mit stoischem Blick, links die vier Räte mit besorgter Miene.

Am Fuße der drei Stufen, die zur Empore mit dem Thron führten, waren zwei Stühle aufgestellt. Myron und Fynn saßen darauf, beide waren an die Lehne gefesselt. Kynas Herz begann vor Freude schneller zu schlagen als sie Myron sah und sie strahlte ihn an als sie durch den Gang zwischen den Höflingen auf ihn zuging. Er aber starrte nur geradeaus in den versammelten Hofstaat hinein und ignorierte ihren fragenden Blick. Fynn saß auch reglos da, aber er sah Kyna durchdringend an und als sie zwei Meter vor ihnen stehenblieb, weil die Wachen anhielten, senkte er kurz seinen Kopf und blickte dann mit trauriger Miene wieder auf.

Der König erhob sich und grinste Kyna an. Er stand auf und der Hofstaat begann zu tuscheln, verstummte jedoch sofort als der König seine Hand hob. Er sah freundlich zu Kyna hinab und sagte: „Liebes Fräulein vom Hohen Tal", er tänzelte vor zu den drei Stufen, „Sie müssen mir bitte bei einer kleinen Sache helfen." Er rieb sich die Hände als würde er sich sehr auf etwas freuen. „Nun, wie Sie wissen bin ich Herr über sieben Feuerdrachen und einen Flugdrachen" ein Raunen ging durch den Saal, eine Tatsache die der König sichtlich sehr genoss, denn er streckte seine Brust weit heraus, „und ich benötige für diese majestätischen Kämpfer zwei Drachenwarte."

Er machte eine kleine Pause und sah Kyna erwartungsvoll an. Seine Augen blitzten. „Wie Sie ja sicher wissen, als Tochter der großen Kunderfamilie, benötige ich nur zwei Drachenwarte um diese Drachen zu befehligen. Einen für den mächtigsten unter den Feuerdrachen. Und einen für den Flugdrachen." Er ging die drei Stufen hinunter und stellte sich zwischen die zwei Stühle. „Nun ist es so, Fräulein Kyna, dass ich Sie sehr gerne behalten würde“, er sah sie väterlich an, „aber die Frage ist nun: Wen behalte ich von den beiden?“ Er tippte mit seinen Zeigefingern auf die Köpfe von Myron und Fynn. „Ich kann mich da nur sehr schwer entscheiden“, er schüttelte den Kopf, „und deswegen würde ich Sie bitten, Fräulein Kyna, dass Sie diese Entscheidung treffen.“

Er grinste. „Sie kennen die beiden ja besser als ich, nicht wahr?“ Er zwinkerte Kyna verschwörerisch zu und ging auf sie zu. Er blieb dicht vor ihr stehen und zog sein Schwert. Ein lautes Raunen ging durch den Hofstaat. Er drückte Kyna sein Schwert in die rechte Hand. Es war so schwer, sie musste es schnell mit beiden Händen festhalten, damit es ihr nicht entglitt und auf den Boden fiel.

„Sie suchen jetzt einen aus, Fräulein Kyna, indem Sie dem anderen den Kopf abschlagen.“ Er rieb sich wieder freudig die Hände und ging an Fynn und Myron vorbei zurück zu den drei Stufen. Er raunte Fynn etwas im Vorbeigehen zu, sehr leise, aber Kyna konnte es in der Stille des Saales hören. Er sagte: „Du bist tot.“

Kyna stand da und zitterte. Ihre Knie waren weich und ihr Kopf war so leer, sie konnte an gar nichts denken. Alle schwiegen, keiner rührte sich. Sie spürte wie ihre Hände am Griff des Schwertes schwitzten, gleich würde es ihr entgleiten und mit einem dumpfen Schlag auf den kostbaren Teppich stürzen. Sie hatte im Kerker so viel geweint, dass gar keine Tränen mehr aufstiegen und so sah sie einfach entsetzt zu Boden und dann irgendwann wieder auf. Myron saß noch immer reglos da. Kyna sah ihn Hilfe suchend an, doch er starrte immer nur geradeaus. Er war sehr blass. Kyna ging einen Schritt auf ihn zu. Die Leute begannen leise zu flüstern, doch als der König freudig grinsend seinen Zeigefinger an den Mund legte, wurde es wieder still. Myron sah Kyna nicht an. Kyna realisierte, dass er nicht blinzelte. Seine blauen Augen

blickten ins Nichts. Kyna schluckte. Myron war tot. Der König hatte ihren toten Bruder angebunden in der Hoffnung, sie würde es nicht merken und sich für ihn entscheiden. Sie sollte Fynn töten. Kyna holte tief Luft und sah Fynn an. Er sah geradeaus und erwiderte ihren Blick nicht. Kyna sah hinauf zum König und fragte:
„Mein König, muss ich denn wirklich einen töten?“
„Ja, mein Kind“, der König nickte, „es muss leider sein.“
„Befehlt Ihr es mir?“, fragte Kyna.
„Ja!“, rief der König voller Vorfreude.
Kyna nickte und nahm das Schwert fest in beide Hände. Das Raunen und Flüstern im Saal fing wieder an und wurde immer lauter. Der König unterband es nicht, er stieg grinsend eine Stufe hinab, um nichts zu verpassen.

Kyna hob das Schwert und fuhr damit ein paarmal durch die Luft. Der König strahlte Kyna an. Kyna schloss für einen Moment die Augen, öffnete sie, rannte nach vorne, sprang auf die zweite Stufe und schlug dem König den Kopf ab.

Ein unglaubliches Geschrei brach los, Kyna rannte zu Fynn und band ihn los. Fynn nahm seinen Stuhl und schlug damit auf die herbei eilenden Räte ein, die blutend zu Boden stürzten. Die Königin lief schreiend davon. Wachen stürzten herbei, doch Fynn entwaffnete gleich den ersten und streckte einen nach den anderen nieder. Er brüllte: „Beruhigt euch!“

Kyna stand zitternd neben ihm, in ihrer Hand noch immer das blutige Königsschwert. Sie wollte es Fynn reichen als er seinen Arm danach ausstreckte und da sah sie es. Sein Beutel mit Mrillerpulver hing leer und knittrig an seinem Gürtel. Kyna wurde heiß und kalt zugleich. Fynn hatte Myron getötet. Sie waren wohl in der gleichen Zelle gewesen. Fynn sah Kyna ungeduldig an und sagte:
„Los, gib mir das Schwert.“

Kyna drehte auf dem Absatz um und rannte mit dem Schwert in der Hand zum Fenster hinter dem Thron. Sie warf es mit aller Kraft in das Glas und es zerbarst mit einem lauten Knall, tausend bunte Scherben prasselten auf den Thron hernieder. Sie sprang hinaus ins Freie auf die Treppe, die außen am Turm bis ganz nach oben führte. Sie rannte nach unten, doch als sie den Tumult im Innenhof sah und die hereinströmenden Soldaten, drehte sie um und rannte aufwärts. Sie rannte eine Ewigkeit, sie stolperte und schlug sich die Knie auf und schürfte ihre Hände blutig. Als sie ganz oben angekommen war, stieg sie auf das flache Dach des Turms.

Sie atmete durch. Ja, man konnte das ganze Seenland überblicken und wenn man weiter über die Wälder blickte, sah man eine verschwommene Bergkette im Hinterland blau und silbern schimmern. Das Hohe Tal, dachte Kyna, oder vielleicht auch nur der Karrenberg. Sie sah hinauf zum Himmel. Er war so schön und blau wie damals am Steinernen Wall, sogar die Luft schmeckte gleich und die Sonne war so hell und warm. Kyna senkte ihren Blick auf die Stadt und sah hinüber bis zu den Dörfern. Dort drüben im Wald hinter den tausend Häusern wartete der Drache auf sie. Nun würde er ewig warten.

Kyna hörte wie die Soldaten die steinerne Treppe hinauf liefen. Sie ging an den Rand des Dachs, zur Mauer, stützte sich ab und sah hinunter zum Wassergraben. So blau wie der Himmel, dachte sie, sogar die Sonne spiegelt sich darin. Das Trampeln und die Stimmen wurden immer lauter. Kyna richtete sich wieder auf und sah zum Waldrand hinüber. Sie schrie:

„Flieg nach Hause! Flieg nach Hause!“

Dann drehte sie sich um. Es war plötzlich ruhig geworden und dort, wo sie viele Helme erwartet hatte, tauchte nur ein einziger Kopf auf der anderen Seite auf. Es war Fynn. Er stieg langsam und ruhig auf das Dach und ging auf Kyna zu. Er hatte sich das Königsschwert an den Gürtel gesteckt und als er näher kam, grinste er sie an. Wenn du mich jetzt auch noch tötest, dachte Kyna, dann werde ich niemals Frieden finden. Dann werde ich für immer durch die Berge geistern und nichts könnte meinen Geist befreien, damit er aufsteigen kann in die Ewigkeit.

Kyna kletterte auf die Mauer. Fynn streckte seinen Arm aus, um sie zu halten oder zu stoßen, sie wusste es nicht. Sie sah ihn noch einmal genau an, seine dunklen Haare und seine grünen Augen. Sie konnte noch immer seinen Herzschlag spüren, wusste noch immer wie er roch. Leb wohl, mein Freund, dachte Kyna.

Und dann sprang sie.

Fynn und der Erste Kommandant galoppierten auf den Hügel vor dem Kulstein See. Dort warteten bereits die Hauptmänner auf Fynn und als er durch ihre Reihen nach vorne preschte bis zum Abhang, erhoben sie jubelnd ihre Schwerter. Die Soldaten, die im selben Moment Fynn oben auf dem Hügel erblickten, begannen tosend zu brüllen und riefen in Chören seinen Namen. Als Fynn sein Schwert hob, verstummten sie.

„Wollt ihr mit mir in den Krieg ziehen?", schrie er hinunter in die Ebene.

„Jaaaa!", tobten hunderttausend Mann.

„Reiten wir nach Bideli und Waldemi…"

„…jaaaa", tobten die Soldaten.

„…und holen uns dann die ganze Welt?"

„…jaaaaa!", schrien die Soldaten mit überschlagender Stimme und begannen mit ihren Lanzen und Schwertern im Takt auf den Boden zu schlagen.

Fynn hob wieder sein Schwert und sie verstummten erneut.

„Ich habe noch eine Überraschung für euch!", brüllte er und dann: „Myron!", und drehte sich um.

Die Soldaten verstummten und blickten erwartungsvoll hinauf zu Fynn. Hinter ihm erschien ein großer, schlanker Reiter mit einer dunklen, drachenhaften Maske. Die Soldaten hörten ein donnerndes Geräusch. Hinter dem Reiter erschien der gezackte schwarze Kamm eines aufrecht gehenden Drachens. Die Hauptmänner sprangen mit ihren panischen Pferden zur Seite. Der Feuerdrache kam immer weiter herauf, immer näher, bis er haushoch hinter Fynn und Myron auf dem Hügel stand. Die Soldaten starrten fasziniert auf das riesige Tier.

Hinter der monströsen Echse donnerten noch sechs weitere den Hügel hinauf und blieben neben der größten von ihnen fauchend stehen. Die Hauptmänner hielten die Pferde mühevoll auf ihrer Position und sahen den Reiter mit der

Drachenmaske ehrfürchtig an.
Fynn hob sein Schwert und brüllte:
„Wollen wir die mitnehmen?"
„Jaaa!"; brüllten die Soldaten. „Jaaa!", und
„Kön-ig Fynn-bar!
Kön-ig Fynn-bar!
Kön-ig Fynn-bar!"

Fynn galoppierte mit Myron den Abhang hinunter. Die Echsen folgten ihnen mit echoendem Poltern. Die Hauptmänner ritten anschließend in die Ebene und verteilten sich vor den Truppen. Die Soldaten schrien und jubelten und setzten sich in Bewegung. Sie marschierten und ritten beschwingt ihrem König nach und stimmten ihr Lied an:

König, Du hast uns gerufen,
zu den Waffen greifen wir,
König, Du musst uns nicht suchen,
wir stehen schon alle hier.

König, lass uns marschieren,
auf in die nächste Schlacht.
König, Du kannst nicht verlieren,
Du hast uns unsterblich gemacht.

König, wir sind Deine Männer,
es kämpft unser Geist, unser Blut.
König, wir tragen Dein Banner,
es schenkt uns die Kraft und den Mut.

König, wir werden nun siegen,
Dein Wille trägt unser Schwert.
König, in Deinen Kriegen,
kennen wir nicht Furcht oder Schmerz.

König, lass uns beginnen,
wir warten so lange schon.
König, wir werden gewinnen,
wir halten Dich auf dem Thron.

Fynn zog mit seiner Armee vorbei an Kulmann Stadt, vorbei an seinen Seen, Feldern und Dörfern. Männer, Frauen und Kinder kamen herbeigelaufen und winkten, schrien seinen Namen und erschauerten freudig als sie die Feuerdrachen sahen. Fynn sah hinüber zum Wald und dachte an den Silberkopf. War er wirklich nach Hause geflogen? Er würde es herausfinden, wenn er in Atrisland einmarschierte. Aber vorher musste er Bideli einnehmen. Er grinste vor sich hin. Das würde leicht sein, die Fürstentümer Karrenberg und Dalberg würden keinen großen Widerstand leisten können. Er sah sich selbst schon im schönen Bidelberg durch die Straßen reiten und im prächtigen Schloss von König Barin an der Tafel sitzen.

Fynn atmete die frische Herbstluft ein und drehte sich um. Ja, er konnte zufrieden sein mit seiner Armee. Nur der Silberkopf fehlte noch, aber den würde er sich schon holen.

Fürst Beat stürmte aus dem Ratssaal, als er erfuhr, dass der König von Kulmeli losmarschiert war, sprang auf sein Pferd und galoppierte los. Er ritt so schnell wie er nur konnte auf den Karrenberg. Er trieb seinen schönen Hengst peitschend hinauf, immer weiter, bis er den höchsten Aussichtspunkt erreicht hatte. Er stieg ab, ging ganz nach vorne bis zum Abgrund und blickte über die Wälder und Hügel hinweg, hinaus in die Ebene.

Da sah er es am Horizont, das schwarze Band, das sich immer weiter ausrollte. Dort, wo der Himmel die Seen berührte, bedeckte es die Erde und färbte sie schwarz. Hunderttausend Soldaten, so sagte man, hatten sich in Bewegung gesetzt.

Fürst Beat ging zurück zu seinem Pferd, saß wieder auf und ritt zurück zur Festung.

ENDE

Fortsetzung folgt….

Alex Perns
Das Buch der großen Meister
- Krieg um Atrisland -
Band 2

Krieg um Atrisland

Die Welt wird dreimal untergehen,
denn sie wird dreimal brennen.
Zuerst wird großes Fieber kommen
und alle Kinder nehmen.
Danach dann kommt der große Krieg
und nimmt die ganzen Frauen mit.
Am Ende kommt das Ungeheuer
und wer noch lebt, der brennt im Feuer.

1.Auflage
Umschlaggestaltung, Illustration: Evaro Gmbh
Lektorat, Korrektorat: Evaro Gmbh
Verlag: Dreampearl commerce Gmbh, A-6233 Kramsach

ISBN Paperback: 9798649545792

Bibliografische Information der Deutschen Nationalbibliothek:
Die Deutsche Nationalbibliothek verzeichnet diese Publikation in der Deutschen Nationalbibliografie; detaillierte bibliografische Daten sind im Internet über http://dnb.d-nb.de abrufbar.

Printed in Poland
by Amazon Fulfillment
Poland Sp. z o.o., Wrocław

94115995R00148